神の手

望月諒子

集英社文庫

この作品は二〇〇一年一〇月、有限会社ルナテックよりe文庫として電子出版で刊行されました（林雅子名義）。集英社文庫収録に際し、加筆、修正を行いました。

神の手

神の手

一九九九年五月二十五日。

その日は本郷素子《ほんごうもとこ》にとって最良の日といえた。十数年にわたる作家生活の中でこれほど誇らしいことはなかった。

ホテルの玄関口には続々とタクシーが到着する。ドアボーイは颯爽《さっそう》とドアを開け、招待客たちを迎え入れる。本郷素子はその光景のすべてが今、自分のためにあるのだと思うと、興奮が抑えられない。

なにもパーティが初めてというわけではない。自分が主催するにしろ、出席するにしろ、むしろ彼女はパーティを好んだ。その日のパーティが、とりわけ会場が広かったとか、高級だったということでもない。肝心なことはいつもよりグレードアップした出席者の顔ぶれであり、なにより誇らしいのはその横断幕なのだ。

祝『花の人』新世紀文学賞受賞

某老作家はにこやかに祝辞役を務める。

「エンターテインメント、もしくは大衆娯楽作品というものと純文学というものの線引きをどこに求めるか、いや、線引きを求めること自体に無理があるのだとか、今、日本の近代文学史上かつてなく、それこそ雨後の筍《たけのこ》を思わせるほどにミステリー作家が輩出するようになり、改めてそんな議論をする向きもございますが」

雑誌記者がいつもより多かった。招待客の中にはいくつものベストセラーを持ち、大きな文学賞の選考委員を務める大御所が多数見受けられた。それでも他の小説家のパーティに比べて芸能人の姿が目についた。そんな中でこの老作家はここぞとばかり誇らしげに、手垢《てあか》を超えて黴《かび》さえ生えていそうな言葉で会場を飾っていた。

「それでも純文学という言葉の持つ独特の吸引力に、作家というものは抗《あらが》えないものでありまして、それは古今東西、厳粛なる事実なのでありまして」

ある作家は鼻で笑って隣に立つ編集者になにやら耳打ちし、それに対して編集者はうなずいてみせた。

老作家は壇上でジョークを挟んで笑いを誘う。それはある有名な小説の誕生秘話で、その著者はすでに全文書き上げていながら、書き出しの一文の、二つの修飾語のうちどちらを先に置くべきかでなお三年悩みぬいたというものだった。彼がそれをジョークとして持ち出したことにあからさまに不快の表情を浮かべたゲストもいたが、ほとんどの参加者たちは老作家の祝辞など聞きとがめるほどに聴きもせず、こと本郷素子に至っては、てんから聴いてもいない。

「本郷さんがこの『花の人』という小説で一つの転機を迎え、本人さえ認識していなかった潜在的能力をここに開花させ、純文学作家としての第一歩を――」

彼女は七五三を祝う少女のように、隣にただ晴れがましく立っている。

四十歳を超えたばかりの本郷素子はまだ十分に若かった。醜くもなかった。文章も下手ではない。しかし彼女の若さといい容貌《ようぼう》といい作家としての実績といい、そういう彼女の要素のすべてが本人の望む晴れがましさや称賛にはいつも不釣り合いだった。彼女のパーティではいつも、招待客が主役の興奮に共に陶酔するには何かが不足する。特にその日はそうだった。

壇上の老作家はユーモアという知性をちゃんと心得ているとばかり、まくし立てている。しかし痩《や》せぎすなその老作家が、その長い挨拶《あいさつ》の中で聴衆の笑いを誘ったのはただ「本人さえ認識していなかった潜在的能力」の一言だけだった。もちろん当人としてはユーモアのつもりで言ったのではない。加えていえばその笑いは彼が意図した、会場を包む温かなものでもなく、ある種の冷笑であったことに、本郷素子は気づいていたが気にしなかった。

彼女はその日そこに集まっていた誰の目も、思惑も、気にしなかった。

なにものも回ってくるときには回ってくる。彼女には金も名誉も成功も間違えて送られてくる郵便物のようなもので、ある日突然舞い降りるものなのだ。それが彼女の簡潔な人生観だった。彼女はただ、その席に立つことが嬉《うれ》しかった。自分の名がその本の背に打たれて書店に並ぶということが嬉しかった。収入は、かつての作品、すなわち小説でもエッセイでもなく、社会派という名のもとに吐き出されるゴシップの拡大版のようなノンフィクションが稼ぎ出す方が遥《はる》かに多い。それでも「純文学」という言葉は彼女を陶酔させた。

マイクの前の老作家は機嫌良く言葉を重ね、本郷素子はただそこに顔を紅潮させて立っている。どこからか無遠慮に聞こえてくる、グラスがテーブルにあたる音、フォークが皿にあたる音、その中に時折混じる、祝辞とは無関係な笑い声、そして遅れて続く追従《ついしよう》笑い。少なからぬ人々の表情にあるものは祝福とはほど遠い。それでも彼女は構わなかった。その時彼女に見えていたものはその会場の中央の円テーブルの上にしつらえられた豪勢な花であり、横断幕に書かれた文字であり、そこに自分の名が書かれているという現実だった。彼女は今、自分の身にふってわいた「純文学作家」の名に酔いしれていた。

回ってくるときには回ってくる。渡り鳥だって時には海の上に浮かぶ思わぬごちそうの上に羽を休めるチャンスを持つことがあるように。そしてそれはたぶん、一回でなく、複数回なのだ。誰の人生にだって、複数回なのだ。

老作家がパーティの主役にマイクを譲った時、壇上の本郷素子は低い地響きのような歓声に迎えられた。彼女はその声を聞き、一同を見回して、満面の笑みで挨拶をはじめた。それは『花の人』が出版されて三年目の初夏だった。

同五月二十五日、和歌山県。白浜《しらはま》の海を望む断崖《だんがい》に男が一人立っていた。空は雲を浮かべて晴れ渡り、海が水平線でその空と接する。紀伊《きい》の明るい日差しを受けて松の緑は一層艶《つや》やかだった。

断崖へと続く小道のそばに小さな祠《ほこら》がある。そこには風化して輪郭さえ失った地蔵たちがいた。

首にかかった前垂れの朱色さえも色あせている。地蔵の間には木の墓標が何本も立っていた。墓標は日に焼けて、風雨に黒くただれ、書きつけられた墨字の文句ももはや判別できない。男はその祠を背に海を見つめていた。

波が断崖に寄せては返していた。水面は日を照り返してガラスの粉をまぶしたように輝く。髪が突然の風にあおられて吹き上がった時、左の眉《まゆ》を横切るように古傷が一本、海からの光の反射に浮き立った。

1

三村幸造《みむらこうぞう》が新文芸社の文芸誌「新文芸」の編集長に昇進してはや一年半が経《た》った。当然の人事ではあったが、本人には奇妙に醒《さ》めたものがあった。出世に欲がなかったわけではない。男であるから悪い気はしない。実際家族も喜んだ。

昇進の夜、普段はすれ違いばかりの上の娘は、風呂《ふろ》上がりの濡《ぬ》れた髪のまま居間に顔を出して「おとうさん、おめでとう」と一言言って忙しそうに部屋に上がった。今年大学に入ったばかりの下の娘は新しい名刺を珍しそうに眺めながら「編集長の上は何?」と問うた。二人の娘が部屋に引き取った後、妻がテーブルに残された名刺を手に取って、「副って一文字が取れるだけでこんなにすがすがしいものかしら」とポツリと呟《つぶや》いたのは、子育てを始めとする家庭の些事《さじ》に一切かかわらなかった夫を持つ自分自身に対するねぎらいだったような気がした。

しかし昇進の興奮は初めの三カ月で消し飛んだ。その三カ月で彼が学んだことは、文芸誌の編集長などなるものではないということだった。

大体が売れない。売れなくても各出版社の文芸誌はその社の顔であり、ステイタスであり、企業が野球チームを持つように、利潤を度外視した存在であるから始末が悪い。エンターテインメント系の小説誌でさえ社の収益の足を引っ張る存在だというのに、その五分の一も売れない文芸誌は、出版社の意地以外にその存在理由がないとまでいうやからもいる。漫画と女性誌で稼いで文芸誌の穴を埋める。資本主義的企業倫理から言えば即刻廃刊であろうその部署が、「我こそは文芸なり」とプライドばかりが高いから煙たがられる。

利潤を産まないことがはじめからわかっているのだから、売名的ボランティアだと位置づけた方が物事はスムーズであり、現に、かつての三村がそうであったように、文芸編集者のほとんどがそういう浮き世離れした哲学的境地で仕事をしている。

文芸誌編集部にも売り上げ数字は、販売部から報告が来る。しかしここはそのような下世話なことにかかわってはいない。そもそも文学は、競争原理とは相いれないものであり、商業主義を導入すれば根腐れを起こして消滅する。それを、売り上げを競うなどと、目抜き通りのファーストフード店じゃあるまいし。

「文学は売れない」が転じて「売れないから文学だ」などという開き直りが横行し、いつしかマイノリティーであることに美徳さえ感じるような風潮が作家の中に蔓延《まんえん》して、結果、文芸作品は存在そのものに意義があるなどという、一見哲学的なものへと押し上げられた現代の文学の位置に、みな危惧《きぐ》を抱き落胆はしていても、編集者が文芸小説を過酷な消費文化の中に投ずる気のないことは明白なのだった。彼ら文芸部のスタッフは自らの使命を、売ることにではなく守ることに見いだしている。しかし編集長になって初めて三村は、文芸誌編集部にも「売り上げ」という言葉がホコリをかぶった死語ではなく、いまだ強大な力を誇って存在していることに気付いたのだった。そして同時に、毎月報告される数値を、現実の恐怖として――例えば頭の芯《しん》が軋《きし》むような実感を伴う恐怖として理解するのはただひとり編集長だけである、すなわち「売上部数」などという芸術の敵とは、編集長ひとりが戦わなければならないということを痛感したのだった。

毎月販売部数が数字で現れるから、その明確さゆえに「頑張れ」という社長からの叱咤《しった》激励が強迫的でさえある。売り上げが伸びないのは作家がいい作品を書いてこないからなんですと、会議で言えるものなら言いたいところだが、そこは暗黙の了解で既成の事実であるから、いまさらなにを言っているんですか、それを書かせるのが編集者でしょうと一蹴《いっしゅう》されるのがおちだ。

昔、三村がヒラの編集者として文芸誌の編集に携わっていた頃は、文芸誌の意味は、作家に発表の場を与えるということだけでなく、連載小説を載せて、本にするべき質のいい長編作品の供給源になるということもあったのだ。しかし数字が絡むと様相は変化する。連載小説ばかりだと売れないものがますます売れない。そこで読み切りの短編を多くし、そのかわりエッセイをとりあえず連載ものにして、あとから本になるように算段する。大作家が死ねば、頭をひねってそれらしい「追悼特集」を組む。数字という魔物の前に編集長は「俗物的」という汚名をほぼ一身に背負わなければならなかった。

連日の会食に夜のスケジュールは埋まり、パーティには颯爽《さっそう》として顔を出さねばならず、会社では作品について載せる水準に達しているか否かの決定をしなければならず、しかし回ってくる原稿全部に目を通す時間もなく、結局三十年に及ぶ編集者人生で培った勘と担当者の意気込みや顔色で判断するしか手はない。なぜ小説の中身でなく表紙のデザインの決定に半日を費やさなければならないのか。数字に追われ、気難しい部下に追われ、わがままな作家連中に翻弄《ほんろう》されて、その上、編集長職というのはミスがないように気を配り、人をうまく、すなわち不満を抱かせないように器用にそつなく動かす社交術のようなものが要求された。それは彼のもっとも不得意とするところだったのだ。

彼は小説が好きだった。そして小説を書く人種に愛着を持っていた。会社の方針が、持ち込み原稿は読まないと決まってからも彼はそれを無視して、何かの縁で彼の手に渡った原稿は読んで返事をした。人は彼を昔気質《むかしかたぎ》の編集者といい、不器用といい、偏屈といった。しかし彼自身は作品の中に才能の底光りを見いだし、鶏が卵をかえすように、世に飛び出すまでを温めてやる、その仕事が好きだったのだ。

事実、彼が世に送りだした作家は数知れなかった。彼らは売れてしまえばいつしか育ての親である三村という編集者の名は忘れていく。それでも彼はそういうことを気にしなかった。売りだすまで引き上げて、そして忘れられていく。それこそが編集者の本分であるとさえ思っていたのだ。ただ文学に魅せられた、右も左もわからぬ埋もれた才能を、世間へ導く杖《つえ》となる。そのためには飯も喰《く》わすし酒も飲ますし職も世話するしアパート探しまでしてやった。そうやって大切に、彼は才能を育てるのだ。彼はそういう自分の職業に対する姿勢に誇りを持っていた。

だから彼が人事異動とおぼしき時期を前に社長室に呼び出され、次期編集長の職を打診された時には、予期していたとはいえどこかで本当にたじろいでいた。そして帰りの車中でぼんやりと考えたことは、編集長の任を解かれた時、すなわちクビになった時の次のポストのことだった。

三カ月で解任される編集長など業界にはごまんといる。まあ、次のポストがどこであろうと本を作ることにさえたずさわっているのであればそれでいいではないか。

その三村が就任してはや一年半を迎えている。そして毎日、作家やその関係者との会食と連日の会議と社長の強迫的な激励への返答に追われている。

根が頑固で片意地だから、売らなくてもよい喧嘩《けんか》を売って、言わなくてもいいことを言っては、いつも崖《がけ》っぷちにいる。嘘《うそ》と追従が下手で、思わぬところで窮地に陥ったりもする。しかしそういう彼の実直さを珍しがって後押ししてくれる人もいる。庇護者《ひごしゃ》がいて敵対者がいて、なんだか戦国のようでもあり、それでも彼は編集長としての期間を長らえて来た。最近は少々要領を覚え、副編集長に仕事を回すことにも慣れたし、部下の振り回す高圧的な文学論を、突っぱねず、かかわらず、うやむやにしながら宙に浮かす術《すべ》もほぼ完璧《かんぺき》に手にいれた。


日差しの強くなりはじめた、六月初旬。

三村は月曜朝一番の編集会議を終えて、十一時に席に戻り、原稿の山を横目に新聞を広げていた。価値のある作品がその原稿の山の中に紛れている可能性は極めて薄い。だとすればこの小説の山を束ねて一冊の冊子を刊行しなければならない自分としては、どんな化粧を施せばその不足分を誤魔化せるのか。

新聞には、彼がかつて育て上げた作家の千枚の長編書き下ろしの広告が他社大手出版社から打たれていた。最近では小説の新聞広告に作家の顔写真まで載せる。悪趣味だという声もあれば、ないよりは購読意欲をそそるだろうという消極的賛成者もいる。だからといって小説が面白くなるわけでないことだけは確かだ。その書き下ろしの著者は人のいい奴《やつ》だったが頭は悪かった。人がいいだけでは小説なんぞ書けやしない。千枚の原稿となると、話の辻褄《つじつま》を合わせるだけでも大変だろう。面白くないのは読まなくてもわかる。このような作品にこんな誇大広告をかけて、この社はどう元《もと》を取るつもりだろうか。

この男の救いは自分が作家であると錯覚できる無神経さなのだ。三村がその電話を受けたのは、つくづくと懐かしくその顔写真を眺めていた時だった。

「三村さん、お電話です。広瀬《ひろせ》さんて方」

広瀬という名前に心当たりはなかった。

「男の方です。三村編集長をとご指名で」

三村は受話器を上げた。

「わたし、正徳《せいとく》病院の内科部長をしています、広瀬というものです」

四十前後の男の声だった。口ぶりには教養が感じられる。しかし三村には、病院の名にも、広瀬という医者にも心当たりがない。

面識のない人間から指名で電話があった場合、相手はすぐに用件なり事情なりを切り出すものだ。しかしその男は、三村が「どういうご用件でしょうか」と問うほどの間をあけた。そして三村がそう切り出してもなお、男は困ったように逡巡《しゅんじゅん》している。

「はあ、それが……」

どうやら彼自身、かなり困惑しながらここへ電話をしたように思われた。

かつてある女性が、ある大作家の新しい作品が自分とのプライベートな関係を取り扱ったものであるから慰謝料をくれと電話をしてきたことがあった。某作家の作品は盗作である、なぜならばわたしはかつてそれと全く同じものを読んだことがあるのだと滔々《とうとう》と弁じたてた初老の男性に受け答えもしたことがある。彼らはこのようには淀《よど》まない。紙に書いてあるものを読むように無感情に趣旨が一貫しているか、状況を判じかねるほどに感情的にまくし立てるかなのだ。

男は一息置いて、言った。

「唐突で申し訳ないのですが、高岡真紀《たかおかまき》という女性をご存じないですか」

三村はしばし考えた。しかしその名は記憶の片鱗《へんりん》にもない。

「いえ。記憶にありませんが」

男が受話器の向こうで小さくため息を漏らすのが聞こえた。それは妙に同情心を起こさせた。いや、むしろ彼自身の困惑が三村の気を引いたのだ。

「失礼ですが、どういうことでしょうか」

責めているつもりはなかった。ただ、電話をかけてきておきながら、自分の困惑に気を取られていっかな事情を説明するまでたどり着けない相手に対する少々の苛立ちはあった。男は気配を察してちょっと慌てたようだった。

「いえ、それならいいんです。全く見当違いな電話を差し上げたらしい。実はうちの患者の一人に突然小説を書きはじめた女性がいまして、少々心理的に不安定なところのある患者でしてね、その彼女が原稿をあなたに送ると言ったもので……」

「僕を知っていると？」

「はあ。高岡真紀っていうんですけど」高い低いの高に岡本なんかの岡、真紀は政治家の田中真紀子の真紀なんです……その声の調子は田舎の青年を思わせた。邪険《じゃけん》にするのもためらわれ、あてもないのに三村もちょっと考え込んだりした。

「高岡真紀――」

「ええ、三十半ばですが三十前後にしか見えません。小柄な美人ですよ」

三村は一息考えたのち、「申し訳ありませんが、心当たりはありません」と言った。全く心当たりがないのだ。男はあっさりと引き下がった。

「それならいいんです。いえ、彼女の持ってきた『緑色の猿』という小説が素人離《しろうとばな》れしていた上に、彼女があんまりはっきりとあなたの名前を言うものですから、医者として気になりましてね。ちょっと事実関係を知りたいと思った次第です」

不意に三村は遮った。「今なんて言いました？」

瞬間、男の当惑が感じ取られた。三村はたたみかけた。「その小説の題はなんて？」

「……『緑色の猿』です」

——緑色の猿。

男は続けた。

「なんだか不気味なんですが、怪奇小説でもない。なんていうんでしょう、懐かしいような、黴臭《かびくさ》いような、押入れの隅に忘れられていた蒲団《ふとん》のような匂《にお》いのする作品。遠い昔の郷愁とでもいうんでしょうかね」

真夜中に視線に気づいて顔を上げると緑色の猿が部屋の片隅からじっとこちらを見ている。

視覚の中では焼き物のような置物なのに、意識の中では生きた猿であり、いや確かに置物だと目を凝らしてみれば、ふさふさと毛の生えた生々しい猿なのだ。

三村の脳裏に、その作品の一節がはっきりと蘇《よみがえ》った。忘れ去った記憶の扉が不意に開けられたようで、三村は一瞬どこかに引き込まれるような気がした。

「ペンネームは来生恭子《きすぎきょうこ》。来るという字に生きるという字を書いて、きすぎと読むんです」

男がその名を言った時、三村は反射的に目を瞑《つむ》っていた。丁寧な漢字の説明は頭上を通り越していく。

底のない谷を挟む崖《がけ》の両端にいるような気がする。距離は三メートルほどしかないのに、二つの間に横たわるものは永遠に深く、冷たく、神聖な闇《やみ》なのだ。

松太郎は思った。冬の荒れる海原にかかる空に絵の具の灰色を塗ればキャンバスの中からその空が失われるように、たとえキャンバスを黒く塗ってもこの闇を表現できない。視覚には黒くとも、黒ではない。光に犯される前、意識が存在する前、認識の向こう側、すなわち無――すなわちもっと膨大なる床――そのようなもの。

小説の言葉が頭の中に溢《あふ》れ出る。それは記憶ではなく、今、耳元で朗読されているようだった。もしもし、と電話の向こうで相手が言葉を促していた。

あれは過去なのだ。三村は眩暈《めまい》のような感覚を覚えながら、できる限り穏やかで善良な声を繕った。

「失礼ですが」

彼は目を開けると、にこやかに、しかし断固とした声を装った。

「先生、正徳病院の内科部長とおっしゃいましたね」

三村は自分のそういった物言いが相手にいかに威圧感を与えるものかをその三十年の編集

者経験の中で知っている。男は良心的に言葉を添えた。

「はい。神戸の正徳病院です」

それは三村に再び衝撃を与えた。

神戸――新幹線で三時間半の距離。禁煙の窓際。できれば二つ並びの席、空いていませんか。彼女は新幹線の予約窓口でいつもそう言っていた。三村は無意識に言葉をすべらせた。

「ではその女性も神戸に……」

男は神妙に答えた。

「はい」

三村は動揺を隠して、極めて事務的に答えた。

「ではなにかの思い違いでしょう。そのような女性に会った記憶もないし、名前にも心覚えがありません。お役に立てなくて申し訳ありませんが、どういう事情かこちらでもわかりかねます」

三村はご用件はそれだけでしょうかと言うと、いぶかしげな相手を残して受話器を置いた。静かに。心のどこにも響かぬように静かに。

目の前にはさっき見ていた新聞が広げられたままにある。ざらついたその紙には懸命に聡《そう》明《めい》さを演出して遠くに視点を合わせている間の抜けた男の顔が印刷されている。その隣のページに帝京出版の新刊の広告が紙面下五段を占めていた。

〈本郷素子『花の人』新世紀文学賞受賞！　新鮮で繊細な感受性が紡ぎ出すこの……〉

三村は虚《うつ》ろにその紙面を眺めていた。

来生恭子——遠い昔に封印したその名前。肉体がいずれ分解されてその実体を失うように、時間が分解したと信じたその名前。

三村は忘れようとした。

作家Aは自分の長編を載せてくれとごねている。女流作家のBは、座談会に彼女が出るならあたしは出ないと言ってきた。Bはかつて、ガルシア・マルケスの『百年の孤独』を、『百年の狐《きつね》』と思い込んでいた作家だった。狐を信仰する部族の神秘的な物語だと信じ、あのネーミングがいいと感嘆しきりであった彼女に、依頼した今回の座談会の議題は「中南米文学の源流」だった。思うに、彼女は次には名前の順番にこだわるだろう。こっそり自分用の台本を欲しがるかもしれない。いや、気を利かせて台本を渡すと馬鹿にする気かと怒るかもしれない。賞味期限の切れかけた作家にその事実を通達するのも編集長の役目だろうか。会議に出たあと作家との食事を済ませ、会社に戻ってほろ酔いの頭で机に積まれた原稿に深夜まで目を通す。翌日は担当編集者を替えないかぎりお宅の雑誌には小説を書かないという作家の許《もと》へ機嫌を取りにいった。社に帰ってみると、お宅はいつから右翼になったのかと苦情の電話が来ていた——。三村が再びその名に記憶の扉をねじ開けられたのは一週間後、その医師からの電話が、奇妙な夢を見たかのような錯覚に姿を変え始めていた頃だった。

三村は一通の茶封筒を受け取った。

B4サイズの用紙の入る茶封筒だった。裏には住所が丁寧に書き込まれている。

神戸、そして差出人は高岡真紀。

中にはワープロで書かれた作品が入っていた。四百字詰めの原稿用紙に直すと三十枚ほどの短編だった。一番上には題名とペンネームが書かれた白い紙が載っている。

『緑色の猿』　　来生恭子

それは間違いなく彼女の作品、彼女が七年近くも前に書いた初めての短編『緑色の猿』だった。

彼女はこの作品にご執心だった。そんな猿を見たことがあるのかと三村は問うた。イエスと言えば精神科にでも連れて行かなければならないかと思ったものだ。しかし彼女は笑って、いいえと答えた。そのくせ「ではなぜ緑色なのですか」と問えば、「だって、そうだったんですもの、はじめから」と困ったように答えた。

三村はその様子をはっきりと思い出す。見たのですかと重ねて問うた。彼女は困ったようにいいえと答える。どうしてそんなことを聞くのかというように不審気《ふしんげ》に語尾をちょっと上げて。その仕種《しぐさ》があどけなく、大きくくっきりと瞳《ひとみ》を見開いた子猫を思わせた。

この作品がどうして人の手に渡ったのか。彼女は作品を人に見せない人間だった。そしてこの作品を含め、彼女の書いたすべての作品はまだあの部屋に眠っているはずなのだ。三村は高岡真紀という、その送り主の名を見つめた。広瀬という医者の電話の声が蘇る──高岡真紀という女性をご存じないですか。

なぜ高岡真紀という女はわたしの名を知り、この原稿を持ち、かつ来生恭子の名を知っているのだろうか。

来生恭子という文字が三村を見上げていた。

三村にはそれがあの恭子自身に見えた。彼女がそこに佇《たたず》んで、じっと自分を見つめているように思えた。あの『緑色の猿』の中の猿のように魂だけに化身して、責めるでもなく、すがるでもなく、静謐《せいひつ》な光をもってただじっと自分を見ている。

誰かが彼女の姿を借りている。そしてわたしを愚弄している──そして三村は不意に思った。いや、責めていると。

高岡真紀と書かれた名前の隣には正確な文字で電話番号が記してある。見たことのない筆跡だった。その字を見た時、彼の中にぽつんと怒りが灯《とも》った。

彼女の名を騙《かた》る者がいる。

三村は受話器を上げて、記載された高岡真紀の番号を押した。

はい、と出たのは女だった。

「新文芸社の三村というものですが、高岡真紀さんはご在宅でしょうか」

「わたしが高岡真紀ですが」

聞き慣れない声だった。

〇七八というボタンの位置は三村の指に馴染《なじ》んで今も忘れることはない。もうこの呼びかけに答える人間はいないのだとわかっていながらそれでも電話を鳴らしつづけたあの日々を三村は思うのだ。あの思いを、今、この電話の向こうにいる女が愚弄している。三村は丁寧で物柔らかな声を出した。

「原稿を送っていただきましたね。『緑色の猿』という作品」

「ええ」

出版社に原稿を送り、編集者から返事をもらう時、人はひどく緊張するものだ。プロの作家でさえそうなのだ。一言一句を聞き逃すまいと張りつめて、その懸命さが微笑《ほほえ》ましい時もあれば重い時もある。しかし今、この見知らぬ声を持つ女には、その緊張感がかけらもなかった。三村は強い不快感と不安を覚えた。

「送っていただいた小説なんですが、あれはあなたがお書きになったものですか」

女はその問いに驚きもしなかった。彼女は先ほどと同じく、ほぼ横柄にさえ聞こえる語調で「ええ」と答えた。三村はもう一度問いかけた。「あなたがお書きになったと?」

女は今度ははっきりと答えた。「ええ。わたしが書きました。それがなにか」

怒りが突き上げた。同時に彼女の挑発に乗ってはならぬと自分の裡《うち》から声がした。

『緑色の猿』は来生恭子の作品だ。すなわちこれは間違いなく挑発なのだ。三村は語調を変えた。

「面白い作品でした。一度お会いできませんか」

「ありがとうございます。そうしていただければ光栄です」

プラスチックのような冷たい肌触りの感謝の意だった。そこにはなんの緊張も困惑もない。

「いつがご都合がよろしいですか」

「わたしの方はいつでも結構です」

日時と時間を指定する間も、女はただ「ええ」と「はい」と「わかりました」と答えただけだった。三村はぼんやりと考えた。彼女はなぜ嘘をつくのか。そしてなぜわざわざ自分の元にあの小説を送りつけてきたのか。

連絡をしてはいけなかったのかもしれない。このままうやむやにするべきだったのかもしれない。

来生恭子という文字が、それでもじっと三村を見上げていた。

高岡真紀がやって来たのはその週の木曜だった。

三村は新宿東口の駅ビルにある喫茶店を指定した。そこは編集者が人と待ち合わせるのによく使う場所であり、十年前、来生恭子と二度目にあったのもこの喫茶店だった。

最初は出版社に訪ねてきた。応接室で待つ彼女を初めて見た時、その屈託のない愛らしさに、このような人が小説なんぞ書くのだろうかと驚いたことを今もはっきりと覚えている。

そして二度目に会ったのがこの喫茶店だった。三村は時間に少し遅れて行った。彼女は俯《うつむ》いて、彼に送った原稿のコピーを熱心に読み返しているようだった。彼女は人の気配がするたびにそうしていたのだろう、彼が入り口に立つとはっと顔を上げ、それが三村だとわかると大急ぎで立ち上がり、礼をしたのだった。

あれから長い時間が経った。それでもあの時の彼女の横顔も服装も、その座っていた位置さえ忘れることはない。そして今あの日、来生恭子が鮮やかな黄緑色のワンピースを着て座っていたちょうどその場所に、一人の見知らぬ女が座っていた。

女は三村を見ると立ち上がった。

年の頃なら三十過ぎ、ちょうどあのころの恭子と同じ年頃だった。女はまっすぐに三村を見ていた。まるで以前から知っているように。

「高岡真紀さんですか」

彼女はあの、電話で聞いたのと同じ、どこか取り澄ました声で、はいと答えた。それきりなにも言おうともしないし、問おうともしない。ただじっと三村を見ている。

三村は彼女から目を離すことが出来なかった。高岡真紀という女性は確かに見たことのない女性だった。しかしその物腰、瞳の光には覚えがあったのだ。

「原稿、読んでいただいたそうですね」

「ええ。読みましたよ」

「どうでしたか」

その目は力を帯びて輝いていた。いまにも躍りかかりそうな気迫に満ちている。それを見つめるうち、眩暈がするような気がした。三村は少し歩きたいと思った。

「場所、変えませんか」三村はそう言うと彼女をそこから連れ出した。

彼女が立ち上がり、ゆっくりと歩き出す。高岡真紀というその女が左足を引きずっていることに気づいた時、三村は背後に亡霊を連れているような錯覚に捉われた。現実感を失っていく。彼は辛《かろ》うじて平静を装った。

三村はしばらく歩くと彼女を広くて人けの少ない喫茶店へと連れていった。

彼女は座るなり、鞄を隣の椅子にではなく、自分の足元に置き、問うた。「どうでしたか」

それを見つめて、三村は距離を置くように、ゆっくりと答えた。「ええ。よく書けていました」

女は満足そうに微笑んだ。

三村の、彼女を見る視線は冷たかった。不安と憤りがあった。三村は、嘘と演技を見極めようと、懸命に彼女を観察していた。しかしその彼の態度さえ、女は気にする風はなかった。

「わたし、何度も書くのをやめようと思ったんです。それでもね、こんなことを言うと笑われるかも知れませんが、わたしが作家にならないことはわたしの不幸ではなく、必ず、文芸界、活字文化の大きな損失になる。自分のために書いているんじゃないんです。書くべきだと思うから書いているんです。わたしは一流の作家になりたいとは思わない。二流は一流の下だから二流というのもおこがましい。それでも三流と呼ばれるのはしゃくに障るから二流半の作家になりたい。読者を活字文化へ導くような、マンガや映画から、文学へのかけ橋になるような、そんな作品を書きたいんです。机の前で読む作品でなく、五百円ぐらいの値段でバスを待つ間にちょっと読みたくなるような、そしてああ、活字で書かれたものも結構面白いんだと思って、若い人を活字の世界へ引き戻すステップになるような。だからわたしが作家になることは活字文化にとって大切なことなんです」

——あなたたちは今、世の中の人が読みたいと思っている作品について誤解している。読みたくないから読まないんじゃない、読みたいと思う作品がないから読まないんだ。

彼女は憑《つ》かれたように喋りつづけた。コーヒーにミルクと砂糖を入れてかき混ぜたまま、一度もそれに口をつけない。口調は活力に溢れ、態度は自信に満ち、大きく見開かれた目は燃え立つようで、話す間視線を彼から離すことはない。三村はそのすべてを食い入るように見ていた。そして彼の視線にあるのはもはや冷たさではなく怯《おび》えと葛藤《かっとう》だった。

来生恭子と同じだ。鞄を足元に置く癖、いつも決まったようにコーヒーを頼み、ミルクと砂糖を入れ、そのくせ席を立つ直前まで口をつけないこと。そしてこの女はあの十年前、来生恭子が言ったのと全く同じことを言っているのだ。同じ瞳の輝きを持って、同じ語調で——。

あの日、来生恭子はほとんど初対面の彼の前で、自分が作家になることは人類のためだと言い放ったのだ。

それは一人の女の身のほど知らずな暴言とは一線を画していた。時として作家はそういう間歇泉《かんけつせん》を噴き上げるのだ。作家は――真正の作家は、ある種、狂人だと三村は常々感じていた。かれらは時々磁場に入り込んだように日常的な自分の姿を失う。そういう時の彼らは、あらゆる計器を誤作動させているようにさえ感じる。彼らの直感を言葉に直すと、途方もなく妙なのだ。彼らは常に言葉にならないものを抱えている。長い編集者生活を通して、三村はそれこそが作家に特有の性質なのだと思うようになっていた。そして最近では、そういう破綻《はたん》の見える作家に出会うこともない。あの日の彼女には、編集者の魂のどこかを揺さぶる狂信的な熱情があった。

そして今、この見知らぬ女はあたかもテープを回すような正確さでその時を再現している。あの日から十年の歳月が経っていた。

三村は目の前の高岡真紀と名乗る女に言った。

「この作品からは作家的才能を感じます。成功するかどうかはわからない。でもやってみる価値はあると思います。今すぐ作家になれるというわけにはいかないが、努力すれば可能性は――」

それらしい言葉を並べてみただけだった。混乱が彼の言葉をその場逃れなものにさせていた。

その瞬間だった。彼女はその燃え立つような瞳を瞬間ふときらめかせ、彼をまっすぐに見つめ、囁《ささや》くような声で、しかしはっきりと、彼の言葉を遮った。

「あなたがわたしを作家にしてくれるんじゃなかったの？」

低い声だった。女の目は三村の芯を捕らえた。瞳はその一瞬笑ってはいなかった。その時、彼の脳裏に残ったのは、この世のものとも思えぬ冷たい響きだった。

——あなたがわたしを作家にしてくれるんじゃなかったの——

聞き誤ることのないその言葉。三村は背筋までが凍りつくようだった。女の瞳の冷たさが彼をどこか地獄の底へ——そんなところがあるならば、間違いなくそこへ引き込もうとするかのようだった。三村は視線を外したいと思った。しかし女の瞳は彼をつかんで放さなかった。三村は金縛りにあったように、その言葉を吐いたその女から視線を外すことができなかった。

三村の脳裏に彼女が蘇る。

ホテルの部屋に入るなり無造作に靴を脱ぎ捨てる。鞄をベッドの足元に置くと、ベッドの端に腰掛けながら時計とピアスを外し、灰皿を引き寄せてその中に時計を置く、そのカラリとささやかに響く聞き慣れた音まで。

彼女は枕を床に放り投げる。ベッドカバーを引き剝《は》がして床に落としてしまう。平たいベッドにうつ伏せに寝ころぶのが好きなのだ。枕を床に落とすことがなんだか不道徳なような気がして、三村は落とすあとからついて回るようにして拾ってはソファに置きにいった。ベッドの足元にたまったベッドカバーを拾ってソファの上に置いた。恭子はそんな三村に気兼ねもせずに、頰《ほお》を冷たいシーツにくっつけて気持ち良さそうに目を瞑《つむ》っているのだった。その寝顔を少しでも長く見ていたくて、眠ることもできなかったあの日々。

目の前の女は恭子よりも五、六歳若いだろうか。最後に会った時、恭子は若く見えたが三十七だった。恭子は茶色い柔らかな髪をしていたが、女は少女のような張りのある髪をしている。恭子ほどに長い指もしていなかったし、女は恭子より鼻筋が通っていた。体の線も恭子より肉感がなかったし、思い起こせばいくら彼女をなぞらえてみても、恭子の動きの優雅さのかけらも彼女にはない。それでもその瞬間、恭子が本当にここにいるような気がした。

この女は、なぜあの時彼女が告げた夢と野望を語れるのだ。同じ目をして、同じ興奮をもって——十年前のあの時を——一塊の情熱であったあの女を。

憎しみでも怒りでもない。胸をえぐるような郷愁が五十歳を越えた三村に襲いかかった。

天井の低い部屋を怖がった恭子。

黄色い色調の明かりを怖がった恭子。

今、もし彼女がここにいるというのなら、そう——あの世界が黄色い色調のあかりに彩られ、彼女が怯えて泣いているのだとすれば——。

彼女がじっと三村を見ている。

彼は、嘘ではなかったと心の中で恭子に言った。

私は嘘をついたのではない。地位を利用したのではない。持てるものすべてを利用しただけだ。

目の前の女はその三村に対してにっこりと笑った。——知っているのよ、その心の奥の奥まで。奔放で無邪気な笑みは、まるでそう言っているかのように、どこか小悪魔のような残忍さをほんのりと匂わせていた。

2

エレベーターは五階に止まった。木部美智子《きべみちこ》は「開」のボタンを押して人を送り出すと、自分が降りるのを忘れて上階までいってしまった。昨日は山手線で一つ手前の駅で降りていた。後続に乗り直しても大して時間をロスするわけではないのだが、ホームに立って電車を待つ間、情けないやら苛立《いらだ》つやらで、こんな時間はなかったことにしてしまいたいと思うのだった。

心身症の始まりかしらと思ったりもする。仕事仕事で明け暮れると結局いつかはこういうことになるのだろうか。頭の隅にぼんやりと座り込んだような部分ができて、思考の全体が繋《つな》がらない。一昨日で三十七歳になったのだと気がついたのは今日の朝だった。人生に悔いはないが、悔いのない人生とはこんな程度のものなのだろうかと思うとため息も出る。疲れだと知りながら、それを癒《いや》す手だてを知らない。眼鏡をコンタクトにしようかと思ったり、ちょっとパーマを当てて女の気分を取り戻そうかと思ったり。最近は柄にもなく高級ブランドのショーウインドーの中に流行《はや》りのスーツを見つめていたりもする。しかし結局、疲労はそんな手軽な気分転換ではとれないのだ。

やっぱりいい記事が欲しい。ジャーナリストのはしくれである限り、得心のいく記事を書き上げることにしか癒しや安息はないのだ。六階で降りて下りのエレベーターを待つ間、昨日ホームで感じたのと同じ情けなさをしみじみと噛《か》みしめながら、美智子はふと思った。あたしはちゃんと女に見えているのかしら。

「週刊フロンティア」の真鍋編集長は美智子を見つけると、席から彼女に向かってちょっと手をあげた。いやいや、電話中だけどね、君の姿は見えているからね——今ちょっと笑って見せたのはわたしに対してではなく空中に向かってだから、電話の相手にお愛想を言っている最中なんだろう。それからまた電話に向かって声をあげている。——いやいや、そんなことはないんだけどね、がはは、がははは。

前の編集長は攻撃的な男で、過激な記事を好んで載せて、売り上げも伸ばしたが世間で物議をかもし、結局短期で任を解かれた。老舗《しにせ》の信用とスキャンダラス記事の持つ衝撃性の境界線ぎりぎりを走っていくのは容易なことではない。新しい編集長の真鍋は、その反動で就任以来、保守的な選択をし続けている。それは彼個人の判断基準によるものではなく、手堅さをアピールする会社の戦略の一つに過ぎない。前の編集長で均衡を失った天秤《てんびん》の針を中央に戻すためにはとりあえず針を反対に振らせる必要があるのだ。今彼らが望むのは「社会派」のイメージの持てる、地道で裏の取れた、四角四面の記事だった。

しかし考えてみれば、美智子自身としては、好都合な事態といえた。彼女は派手なリードの記事が苦手だったから。

　彼は電話を置くと美智子に合図した。

「電話でも言ったと思うけど、学校もので連載したいのよ。今どっこもそれ一色だからね。木部くん、この前テレビでやったでしょ、子供の討論会。あの子供たちを追跡取材するって企画。目鼻つきますか」

「ええ。何人かリストアップしています。ただ、荒れる学校なんてのを前面に押し出すというのはちょっと——」

　編集長は遮った。「いや、そういうことが趣旨じゃないから心配しなくてもいいんです。絵空事書いたってうちの読者は反応しない」彼は、テープで聞くような生々しさが欲しいと言った。方向性のない語録の集大成のような形——美智子はそれを了解した。

「来週明けから一本目の原稿にかかります」

　編集長は来週明けという言葉に反応を見せた。

「何か記事になりそうなことを見つけりましたか」

　美智子は笑った。「いいえ。神戸のあの記事ですよ」

　編集長はちょっと思案すると、ああと言って笑った。「あの神戸の記事ね。誘拐のあれでしょ、追跡取材。まだねばりますか。さすがに新聞上がりだねぇ。そこいらのルポライターとは執念が違うわ」

　奇妙な褒められ方をして、美智子も困ったように笑う。「いいえ。ただ行って、経過を見ようと思っているだけでね。いまさら記事にはならないと思いますよ」

立ち上がって去ろうとする美智子に、真鍋は後ろから声をかけた。「まあ、そう言わず、何かあったら見せてくださいよ。木部くんとはつきあい長いしね。邪険にはしませんよ。本音を言うと硬派な記事は今や値千金でね」

「それで学校ものですか」

彼は笑った。「実際のところ、わかんないですよ、子供の言うことは。ただ、そのわかんなさ加減を知りたがっている大人がいるわけで、すなわち情報提供という、ただそれだけのことさ」

電話が鳴って、真鍋がそれを取る。

学生時代は成績優秀、品行方正、不純異性交遊なしの美智子には、荒れる学校など実感がわかない。子供たちとも話はしたが、まるで異星人であり、感情移入のしようがない。方向性のない語録の集大成とはよく言ったものだ。

「明日、大体の打ち合わせをしたいんだけど」真鍋の声がして、振り返ると彼は受話器を抑えて美智子をみていた。

「明日は神戸です」

彼は、じゃ、戻ったら電話してと言って、その声は煙と喧騒《けんそう》の中に戻っていった。

進展もない。意味づけも難しい。神戸の幼児誘拐事件は、三年の年月を経て、もはや誰もふりかえらない。こんな事件にかかずりあうからわたしは風采が上がらないんだろうか。もっと派手な事件——そう、編集長がどこかで煙たがるような。ふとそう思った自分に美智子は笑った。そんな面白おかしい事件なんてあるもんじゃない。みなそれぞれに小さな人生を寄せ集めて生きているのだから。

下りのエレベーターがなかなかこない。木部美智子は携帯電話を取り出した。葛西《かさい》弁護士はすぐに出て、やぁ、木部さんですかと景気のいい声をあげた。昨日そっちは雨だったでしょ、やっぱりね。だから今日こっちは雨なんだな。知ってましたか、神戸と東京じゃ、天候が一日ずれるんだな。明日おいでになる？　やあ、やあ、わかりました。お電話ください。たぶん彼には、餡《あんい》入り饅頭《まんじゆう》がやってくると聞こえていることだろう。彼は美智子が土産《みやげ》に持っていく東京の餡入り饅頭が好きなのだ。まあ、どこの餡入り饅頭でも、要は甘ければいいのだろうが。

しかし天候は――と美智子は考えた。逆にずれるんじゃなかったかしら。

留守番電話に伝言が残っているのに気がついた。誰からだろうと思いながら乗り込んだエレベーターは、彼女を上へと運んでいたのだった。

3

広瀬が言った正徳病院は、新幹線の新神戸駅から電車を二つ乗り継いだ、郊外にある中堅の総合病院だった。建物は四階建てで、その前には五十台程収容できる駐車場があり、玄関の前にはベンチが出ている。ベンチでは入院患者が座って煙草《タバコ》をふかして談笑していた。入り口の看板には内科、外科、小児科、整形外科、そして最近、産婦人科を消したあとがある。二階、三階は入院患者を収容しているのだろう。昼過ぎだというのに駐車場はほぼ満杯で、「救急入口」と書かれたドアの前には、赤いポールが四角く救急車両のための場所を確保していた。

三村は病院を見上げた。

高岡真紀と名乗ったあの女は、また連絡しますと言って帰っていった。彼女の存在が自分にとってなんらかの脅威になるとは考えられなかった。それでも彼は今日会社を欠勤した。そして今、見知らぬ町で見知らぬ病院を見上げている。

彼女が何者であり、なぜ今頃来生恭子を騙《かた》るのか。広瀬という医師がそれに何らかの解答を持っているかもしれないというだけのことに自分が神戸まで駆り立てられた。三村はそれに不安を感じていた。高岡真紀という存在がどうあれ、理性の声に従うならばあの女にかかわり合ってはならないのだ。それでも今、自分はここに立ち、病院を見上げている。

三村は受付へ行き、広瀬という医師と会いたいのだがと言って名刺を差し出した。

新文芸社の文芸部編集長という肩書を見て、受付の事務員の女性は怪訝《けげん》な顔をした。お待ちくださいと言ってあちこちに電話をまわしたのち、院内アナウンスをかけた。

「広瀬先生、内科部長の広瀬先生、至急受付までおいでください」

その瞬間、三村は体が戦慄《せんりつ》するのを感じた。彼に会いに来たはずなのに、彼の名がこのロビーに響いて初めて、その現実感につぶされそうになったのだ。

――いえ、彼女の持ってきた『緑色の猿』という小説が素人離れしていた上に、彼女があんまりはっきりとあなたの名前を言うものですから、医者として妙に気になりましてね。

アナウンスは二度繰り返された。十五分も経っただろうか、事務員が廊下の向こうに顔を上げた。

白衣を着た一人の男がひょこひょこと歩いてくる。かなりの長身だった。年の頃は四十過ぎ、顔は見えないが、その体格と歩く様子からみればそんな感じだった。妙に目立つ感があるのはその背の高さだろうか、それともその飄々《ひょうひょう》とした身軽な歩き方のせいだろうか。男が受付で立ち止まると、おそらくはすみやかに連絡が取れなかったことに対してだろう、事務員は彼にちょっと苦情を言ったようだった。男はそれを気にする風もない。それから事務員は三村に視線を向けた。三村は立ち上がった。事務員が広瀬になにかを言いながら名刺を差し出し、広瀬に対して三村に注意を促した。彼が振り返り、三村を見た。若くは見えるが確かに四十過ぎだろう。若作りにしているということではなく、まだどこか少年の青臭さが抜けない感じとでもいうのだろうか。

男はひどく驚いた顔をしていた。

三村は男に向かってゆっくりと一礼した。


彼は三村を、空いていた診察室の一室に案内した。診察室での習慣だろうか、彼は先に椅子に腰を下ろし、それからあわてて三村にも椅子を勧めた。

三村には職業柄、相手を値踏みする習慣がついていた。まず目についたのは彼の大きな手だった。体が大きいから手も大きい。その手には赤や黒のボールペンのインクがあちこちについていた。結婚指輪はしていない。軽装で、あまり格好には構わないようだった。昔の田舎の青年のような朴訥《ぼくとつ》さが残っている。その彼がひどく当惑した面持ちで自分を眺めている。それはなんのためにやってきたのか、いまだ量りかね、かといって何をしにきたのですかと問うてみることも思いつかない、小さな子供のような困惑の仕方だった。

「先週だったと思いますが、お電話をいただきましたね。高岡真紀という女性を知らないかと」

広瀬はええと答える。

「実はその女性から原稿が送られてきましてね。会ったんですよ。それがどうも妙な具合でして。はっきりとは言わないんですが、先生がおっしゃったように、先方はわたしを知っているようなんです。ところがわたしには全く心当たりがない。それで先生なら何かご存じではないかと思いまして」

三村は意識してよどみなく話した。『緑色の猿』という小説の存在を知っていること、来生恭子という女性を知っていること、そのどちらも三村はこの医者に話すつもりはなかった。三村にとって目の前の男はただの田舎医者に過ぎなかったのだ。

しかし驚いたことに、広瀬という医師は三村の大手出版社の編集長という肩書にも、その流暢《りゅうちょう》な語り口にも威圧感を覚える気配はなかった。それどころかどっかりと椅子に座り直して困惑気味に彼を見ている。

広瀬は三村の真意を量るために懸命に彼を観察しているようだった。そして三村がそれ以上言葉を継ぐ気がないと確認すると、彼をじっとみつめたまま、言った。

「それで高岡真紀さんのことを聞きに、わざわざいらした」

そして三村をなおも見る。

その言葉は裏に、あなたの説明は実に不十分なのだが、あなたはそれを認識していますかという指摘を含んでいた。しかしそれは指摘以上の物ではない。ただそれだけのためにわざわざ東京からこの神戸の郊外に足を運ぶというのは、全然説得力はないですが、それ以上の説明は加えたくないというご意向であるということですねと彼は念を押しているに過ぎず、こちらを責める気配はなかった。彼は三村が早々に電話を切り上げた、あの一瞬の呼吸すら嗅《か》ぎつけていたのかもしれない。あの時の三村の表した不快感をも含めて、あんなに不快がっていたものをなぜ突然、わざわざ神戸までやってきたのかと、それさえも暗に問いかけているようだった。その瞬間、田舎医者という侮《あなど》りの裏をかかれたような気がして、三村は狼《ろう》狽《ばい》したのだ。

彼は三村が返答に窮したその気配を嗅ぎ取ると、早々にその質問を切り上げた。

「それで具体的にはなにをお聞きになりたいのですか？」

三村はおもわず彼を凝視した。

「その女性が、来生恭子という名前を口にしたくだりについて」三村は来生恭子という名を言葉にする時、自分が一瞬言葉を呑んだのを意識した。しかし医者は、そんなことにはまるで気付かぬ風だった。彼はなるほどと得心の表情を見せて、語り始めた。

「僕の患者が、いえ、その高岡真紀なんですけどね、突然小説を書き始めたと言った。彼女を見るようになってほぼ半年になります。週に一時間」そこで広瀬はちょっと言いにくそうに苦笑した。

「いえ、一時間半ってところですね、時間外にカウンセリングをしていたんですよ。神経症の気味のある患者でね、医者の患者に対するプライバシー守秘の義務から詳しいことは話せませんが」広瀬は三村に向き直ると、彼の思い詰めた視線に応えようとするように口調を改めて話しだした。

「だから彼女のことについては大体は知っています。週に一時間半、一カ月に六時間、半年で三十六時間。それだけの時間、自分のことを話し続けていれば、たかだか三十五年かそこらの人生なんぞ、すべてを語り尽くすことができますよ。だから言えるんですが、彼女はそれまで、小説なんぞというものに全く興味がなかった。その彼女が、ある日突然小説を書き出したといい、あなたのことをまるで昔なじみのように言うものだから、初めは何かの妄想が症状として出たのかとも思ったものです。しかし妄想にしてはどういうかこの……」と広瀬は言葉をまさぐった。

そしてやがて言葉を継いだ。「なんだか生々しい」

そして広瀬はちょっと考えたようにため息をついた。

「それにね、彼女が書いたというその『緑色の猿』って小説が、これは電話でも話したかと思うんですが、ひどく素人離れしてみえたんですよ。もちろん僕は小説のプロではありませんから、小説の善し悪しなど語るべくもありませんが、それにしてもずぶの素人が書いたものかどうかくらい見分けはつきます」

三村は思った。そうとも、あの『緑色の猿』は前途有望な作家の卵が書いたものだ。そこいらの作家志願の女の習作と一緒にされてたまるものかと。しかしそれにしても来生恭子の作品をなぜその高岡真紀という女が持っていたのか、なぜ自分のことを知っていたのか、なによりあの真紀という女はなぜあれほど来生恭子の言葉と癖を知り得たのか。いまだ広瀬の言葉の中にその答えとなるものを見いだせない。

「精神に問題のある人ですか」

それに対して広瀬ははっきりと答えた。「いいえ、基本的にはただの心療内科の患者です。正確には神経症。まあ、さっきいった守秘義務の問題でこれ以上は申し上げられませんが、彼女に関しては、確かに空想癖はあるようですが、それは個人的な資質でして、虚言とか妄想ということとはかかわりのない病質なんです。精神病ではありません」

「どのような容貌《ようぼう》の女性ですか」

広瀬は怪訝そうに問い返した。「なぜですか？」

三村の感情が一瞬揺らいだ。彼の問い返しがひどく無遠慮なものに思えたのだ。見知らぬ男に答えを要求されているということが三村を不安にさせ、不快にもした。しかし広瀬の不思議そうなその面持ちをみるうち、それが身勝手な言い分であると気付いた。彼はこの突然の来訪者に、誠心誠意応《こた》えているのだ。

「わたしの会った高岡真紀と名乗る女性が、先生の患者であるその女性と同一人物なんだろうかと、ふと思いまして」

彼は三村の顔をまじまじと見た。そしてほぉ、とため息とも感嘆ともつかぬ声をもらした。それは、なんと面倒なことを考えつくのだと感じ入っているようでもあり、その発想の奇妙さに魅せられたようでもあった。それから彼は三村の問いに明確に答えた。

「高岡真紀は三十七歳、ただ三十歳前後にしか見えません。小柄な美人です。髪の長さはちょうど肩くらいでしょうか」

三村はその女性に思えると答えた。広瀬は頷《うなず》いた。

「原稿に住所は書いてありましたか」

広瀬は世にいう、親切な男のようだった。彼を見ていると、人の窮地には無意識的に立ち止まり、近づいてしまうお節介な人間を連想する。三村はそういう安易な善意を軽んじてきた。蔑視《べっし》していたといってもいいかもしれない。頼まれもしないのによかれと思うことをしてしまう、そういう善意はあくまでこころざしであって、私は善良であると公然と示されてもそれが現実に何かの役にたつとは思えない。しかし今、彼は広瀬の親切に対して、これが自分のしていることかと驚くほどに素直に、高岡真紀が原稿に付けてきた住所と電話番号のメモを渡していた。

広瀬は立ち上がると部屋を出て行った。それからしばらくして帰って来た時には片手にカルテを携えていた。そして三村の渡した住所とカルテにある高岡真紀の住所を見合わせた。

「原稿を送ったのはやっぱり高岡真紀本人でしょうね」

すなわち二つの住所は一致していたということだ。

「しかしなぜ彼女がわたしを知っているのですか。あなたから電話で聞くまで、わたしは高岡真紀というその名さえ聞いたことはなかったのです」

広瀬は顔を上げると、軽やかに同意した。

「ええ、そうなんです。全く不思議です。実はあなただけじゃないんですよ。高岡真紀が知っていて相手が彼女のことを全く知らなかったって話がもう一つあるんです。高岡真紀は帝京出版の嶋《しま》っていう編集長も知っていると口を滑らせた。それでその嶋って人にも聞いてみたんですよ。彼も高岡真紀のことはまるで知らなかった。ただ、彼もまた来生恭子とは接点があったんですよ。それどころか実に印象深く覚えていた」

三村はしばし広瀬の顔を見つめた。

この男は「来生恭子」について、三村とのかかわりはもちろんのこと、それが実在の人物であるかすら確認しようとはしなかった。そして自分もまた、一言も言ってはいない。それなのに「彼もまた来生恭子とは接点があったんですよ」——今、この男の口から飛び出したその言葉は、三村と来生恭子のかかわりを既成の事実としてはっきりと認識した上に成り立っていた。

驚いたのはそれだけではなかった。初めて恭子が原稿を持ち込んだのは、当時、帝京出版文芸第二部の編集長であった、その嶋のところだったのだ。それは彼女が三村を訪れたのと同じ十年前のことであり、すなわち高岡真紀と名乗るあの女は、はるか昔の来生恭子の記憶まで持っているということになる。

何かが息を吹き返しつつある——。「あなたは来生恭子をご存じなんですか」

三村の不意の問いに、広瀬は彼の顔を穴の開くほど見つめた。初めの言葉が詰まり、その後に続く膨大な言葉に栓をしてしまったような顔だった。そしてやがて苦笑いすると頭を掻《か》いた。それこそぼりぼりと音がするほど掻いたのだ。

「なんとお答えすればいいのか……」そして広瀬は三村に向き直った。

「あなたは不意に電話を切りあげようとし始めた。覚えていますか。あれは僕が来生恭子という名を出した直後だった。高岡真紀の名前が出ている間は唐突な僕の電話にもほぼ好意的と思える対応だったというのに、緑色の猿、そして来生恭子という名前が出たとたんあなたの態度は変わった。妙に気になりましてね。それで来生恭子というのは単なるペンネームではなく、あの小説に付随する固有名詞のようなものではないかと思いついたんですよ」

広瀬は言った。――高岡真紀があれを書いたとはとうてい思えなかった。はっきり言いますが彼女はそんなにおつむのいい方じゃないんです。すなわち『緑色の猿』は来生恭子の『緑色の猿』であり、高岡真紀の『緑色の猿』はあり得ない。来生恭子と『緑色の猿』は対《つい》なんだ。あなたのあの時の瞬間の絶句は確かにそう告白していた。

それで僕は気がついた。来生恭子というのはただのペンネームではなく、実体をもった存在、実在の人物ではないかと。高岡真紀が旧知のように語った三村という人が知っていたのは、高岡真紀ではなく来生恭子という女性の方だったんじゃないかって。そう思うとなぜだろうと思い始めた。なぜ高岡真紀は彼女のことを知っているのか。なぜ彼女の原稿を持っているのか……。

「高岡真紀にも聞きましたが、彼女はただ『私が書いた』というばかりでね。一見嘘《うそ》をついているようにも見えないし、医者の立場として、嘘でしょうとはいえない。あくまで患者ですから。そうなるとますますその来生恭子って誰なんだろうと思い始めたんです。あなた、彼女がそれを送ってくる前からその小説を知っていたんでしょ」

三村は言葉を失った。そして小さく同意した。広瀬はその三村の反応に安堵《あんど》を得たように大きく頷いた。

「真夜中に視線に気づいて顔を上げると緑色の猿が部屋の片隅からじっとこちらを見ている。視覚の中では焼き物のような置物なのに、意識の中では生きた猿であり、いや確かに置物だと目を凝らしてみれば、ふさふさと毛の生えた生々しい猿なのだ」

　それは『緑色の猿』の一節だった。三村は、それが広瀬の口から出たことに驚いた。広瀬はそんな三村の驚きなど意に介する風もない。

「そこに書かれているのは怪奇小説ではない。いや、あれ自身が小説ではなく、幻想的な詩を思わせた。夜の闇への畏敬《いけい》。僕らも受験勉強をしていた時代、深夜の静寂にふと気配や生命感を感じることがあった。いつもそれに包まれているような気さえしていた。その気配が今、文字となってここに姿を現した。そんな気がしたんです。僕が今度のことに興味を持ったのは、元をただせばその小説の存在感だったのだと思います。そしてそれはその後ろに見え隠れする来生恭子という女性への興味へと変わった。

　そこで僕は真紀の言った新文芸社の三村という名前を思い出した。すなわちあなたです。なぜ真紀はすんなりとその名をあげたのだろう。それを言う彼女は旧知の友人のことを語るようで、そう、あれはまるでよく遊びに来る叔父か従兄弟《いとこ》を語るようだった。しかし新文芸社の編集長といえばいわば日本の文芸ジャーナリズムの中枢ですよ。真紀が彼女の人生の中でそんな人間と接点を持ち得るはずがない。精神の不安定な人間が突然陥ったおとぎ話の一つである可能性、ある種の妄想かと思いましたが、しかしそれはありえない。現に小説があるんですから」

一人で暮らしていると、夜中にふと人の気配を感じることがある。人がいるはずもなく、しかし確かに肌合いのようなものを感じる。それが暖かな時もあり、薄ら寒い時もある。居るものならしかたなく、仮の住まいならそれもしかたなかろうと、しばらく同居することにする――


彼は再び『緑色の猿』の一節を復唱した。それは三村に聞かせるためではなく、ひとときの感慨に耽《ふけ》るかのようだった。

「僕はあの冒頭を何度も読み返しましたよ。彼女はどこかで読んだ作品をほんの悪戯心《いたずらごころ》でそのまま写したのかもしれない。そんな風にも思いました。しかし彼女は小説を書き出したと言った時、僕にこう説明したんです。小説を書くということは意識と無意識の留め金を外し、漂う言葉を拾うこと。そして小説家っていうのは心の中に怪物を一匹飼っているってこと。その怪物を育てることにより作家になりえ、その怪物に喰《く》い尽くされて自殺する――。人間、その世界に首まで浸《つ》かってなきゃ吐けないセリフってものがあると思うんです。その時の彼女の言葉が引っ掛かっていた。僕は部屋の隅に猿の置物でもあるのかと問いました。彼女はそれに、不思議そうにいいえと答えるんです。どうしてその猿は緑色なのかと問いました。すると彼女の答えは、『緑色だったから』。見たのかと問えば、彼女はいいえと答える。このペンネームはどこから思いついたのかとの問いには、彼女は困ったようにどこからっていっても……って呟《つぶや》いたんです。そしてこうも言うんです。『作家は必ず自殺する。あれはたぶん地獄の入り口なんだ。あんなことする人の気がしれない』あれというのは、小説家を志すとか、執筆を意識するとかいう意味だと思いますがね。僕は随分過激な発言だと言いました。自殺していない作家の方が多いと思いますけどって。すると彼女はすまして、『あら、じゃ、その人は作家じゃないのよ』。

重ねて言いますが、彼女は当節の作家の名前は一つも知らないし、ミステリーも歴史小説も恋愛小説も『全部嫌い』。確かに、人間、その血を感ずればその血を恐れるということもある。しかし彼女に作家の素養なんてあるとは思えません。あなたに知らないと言われて、僕は高岡真紀が漏らした、嶋って編集長のところに問い合わせてみたんです。ただその時には、高岡真紀には触れず、来生恭子って女性を知らないかと聞きました。嶋さんが彼女に会ったのは十年前、それもその時たった一度会ったきりだった。それでも彼女のことをよく覚えていてね、いろいろと話してくれました」

広瀬はそこで言葉を切ると、その先を話すべきかどうか、三村が興味があるかどうかを思案しているように彼の顔を見た。そしてちょっと表情を変えると、気づかうように問うた。

「どうかしましたか？」

広瀬の見た三村の顔は、血の気を失ったように真っ青だったのだ。

「先生」と三村はあえぐように言った。

「——小説を書くということは意識と無意識の留め金を外し、漂う言葉を拾うこと。その女性がそういったんですか？」それは絞り出すような声だった。

「はい」

三村は俯《うつむ》いた。

「何かありましたか？」

広瀬の気づかうような優しい声で、三村は自分が取り乱していることに気付いた。彼は顔を上げた。

「いいえ。なんでもありません」

「ひどい顔色ですよ」

三村はああ、いえと口ごもった。

「いいんです。それよりその、嗚って人の話を聞かせてもらえませんか」

広瀬はしばらく彼の顔を見ていたが、やがて三村を気づかうようにゆっくりと語りだした。

「彼は来生恭子のことをよく覚えていましたよ。僕は『つかぬことをうかがいますが、来生恭子という女性をご存じないですか』って、そう彼に切りだしたんです。うまいやり方とは思えなかった。それでも僕はその時、来生恭子が実在の人間なのではないか、もしかしたら高岡真紀の言うのは実はその来生恭子の人間関係なのではないのか。そんな思いつきに妙に取りつかれていましてね。嗚って人は沈黙していましたっけ。それから突然、ああっていったんです。神戸とも何ともいう前から『ああ。来生恭子』って。もう十年も前のことですよ、それも一回会ったきりだ。彼はそう言った。彼女のことをよく覚えていましたよ」

三村は目の前の男をぼんやりとみつめた。――この男は一体何者なのだろうか。そして今、何が起ころうとしているのだろうか。


一度語り出すと広瀬の唇はよく滑った。

嶋の言によれば、彼女が、彼の勤める帝京出版を訪れたのは一九八九年の八月。猛暑にみまわれたその年は、東京中がアスファルトの上で茹で上げられるような夏だった。鳴った電話を取ると若い女の声だった。彼女は長く丁寧な前置きを置いて、いわく、ここに持ち込み課というのがあると伝え聞いて神戸からやってきたが、受付でそういう課はないと断られた。千枚の長編原稿のため、文学賞に応募するにも長過ぎて受け付けてくれるところがない。突然こんな電話をして、あなたにわたしの原稿を読む義務などないことはよくわかっているが、小説を書けば出版社以外、持っていくところなどない。一枚でも読んでいただければ、感謝して帰ります。

「嶋編集長は、書き出して何作目ですかと問うたそうです。すると彼女は一瞬ぐっと言葉を呑み込んで、初めての作品ですと言った。さらに、今どこにいるのかと問うと、お宅の会社の前の、蒲団屋《ふとんや》の前の公衆電話からかけているという。

当時でも持ち込み原稿というのはすごく少なくなっていたそうです。その上、受け付けない方針であったらしくてね、彼女が受付で言われた通り、度胸のあるのが持って来ても玄関払いされるのが関の山だ。しかし嶋さんたちが新入社員としてはいった頃には持ち込み原稿ってのはしょっちゅうあって、苦労もしたがそういう人達と直接会うってのも面白いところもあったと言ってました。まあ、会社の前まで押しかけてきているってんじゃどうしようもないと笑ったって。全く、思わず笑っていたそうです。――ふと懐かしい気がして、本来そんなことはしないんですが、まあ、いいでしょう、とにかくいらっしゃい。嶋といえば受付は通してくれます。第二応接室を受付で聞いて、そこで待っていてくださいって言って、それで彼女に会ったらしいんです。

十五分ほどして下りていくと、入ってくる人間を観察していたんでしょうね、雑然とした応接室の中に小さく座っていた彼女は、嶋編集長の様子を見極めて、ぴょんとバネのように立ち上がったそうです。嶋編集長は『細身の小柄な、人目を引くような美人でした』と言いました。当時まだ、こういえばなんだが、女性作家は不美人が定番で、人並みなら美人作家ともてはやされるという具合で、だからなんだかちょっと目を疑うような感じでしたって。

彼女は聞かれるままに住所と名前と年齢を答えたそうです。その時まで机の上には原稿は置かれていなかった。彼は、原稿はと催促して、彼女が机の下から大きな鞄《かばん》を持ち上げた時には何事かと驚いた。

彼女は大きな鞄を力任せに引き上げて机の上に置いた。なにかのブランドの鞄で、そのファスナーを開けると段ボール箱が入っていた。その段ボールの綴じ目にテープが張ってあって、その綴じ目を手荒に引き裂いて開くと、中にぎっしりと原稿用紙が詰まっている。『その迫力たるや、なんだかいきなり札束を前にしたような感じがあった』――彼はそう言いましたよ。そういう気迫でしょうね。彼女はそんな嶋さんを見もせずに、その原稿用紙の中から一束を取り出して、彼の前に置いた。それこそ本当にドサッと音がしたそうですよ。それから鞄の蓋《ふた》を閉めて、その鞄をまた机の下に置き、やっと彼に向き直った。正真正銘の千六十二枚。ご丁寧に原稿用紙にワープロで打ってあったんですが、それで膨らむんでしょうね、彼の記憶では、ゆうに二十センチはあったそうです」

広瀬はちょっと笑って見せた。それはちょうどウインクでもするようだった。

「彼は茫然《ぼうぜん》としてしまった。そんなに持ち歩いているんですかと問うと彼女は、七部刷りました。持ち歩いているのは四部です。その印刷屋を探すのに一苦労でした。東京は全然知らないし、番号案内で山手線沿線の印刷屋を聞いて、一日がかりでいちばん安いところを探しましたと言ったそうです。二日前に来て、昨日一日で印刷屋と交渉をして、今朝できたコピーを受け取ったと言った。これだけ刷ればコピー代だけで十万円は下らぬだろうと思うと、なんだかしらんが、その女性の気迫に押し倒されそうになった。いまでもこんな人がいたんだなと思うと、若い頃の自分の情熱と熱気を目の前に突き出されたようだった。それで、どこか受け取ってくれましたかと問うと、いいえ、新文芸社では持ち込み原稿は受け付けておりませんと玄関払いを受けましたとポツンと言ったんだそうです。お宅の会社ですよね」と広瀬は三村に同意を求めた。それからまた話しだす。

「俯いたその様子が心細げだったそうです。彼はよく覚えていると言いました。前日は猛暑の上にざんざん降りの雨だった。右も左もわからぬ東京で、一抱えの原稿をたずさえて印刷屋を回っていたんだと思うと妙に胸にこみ上げるものがあった。蒸し暑いさかりにきちんと長袖《ながそで》のジャケットを着ていたそうです。行商ほどの大きな鞄を抱えていた。それこそぎっちり原稿を詰め込んで。

——ここでも初めは断られたんです。でもここに持ち込み課っていうのがあると神戸で知人に聞いていたんで、それだけを頼りに来たもので。でもそんな課はなかったんですね。それで立ちすくんでしまったわたしを受付の人が可哀相《かわいそう》に思ったのか、中に直接電話をしてごらんなさいと言ってくれました。どこでもいいから、受け取ってくれるまで電話をしてごらんなさい。文芸部ですよって。それで——俯いたまま一気にそう言って、彼女はそこで言葉を切った。ふと思わされたそうです。それを見ているとこんな人の人生を抱えるのが我々の仕事だったんじゃないかって、ふと思わされたそうです。情を入れ込みすぎちゃいけないとふと我に返って、じゃあと原稿に目を通した。ほんのお愛想のつもりだったそうですよ、その時は。まさかまともなものを書いているだなんて、思いもしなかったらしい」

三村は思い出してぼんやりと呟《つぶや》いた。「——思いがけず出来がよかった」

「ええ、よくご存じですね。その作品、お読みになったんですね」

広瀬の言葉はどこか頭の上を過ぎていくようだった。

「嶋さんはそれがねェと感慨深げにいいましたよ。

ぱらぱらと捲《めく》って開いた部分を数行読むというのを四、五回繰り返したそうですが、彼の言葉を借りると、さあ、なんというのか。ちょうどハリウッドの娯楽映画をそのまま小説にしたような軽くておちゃらけた話なんだが、文章には確かに風格があったって。彼はこれは天成だと直観したそうです。その瞬間、五感に響くものがあった」

嶋編集長はその後、名刺を渡し、今年中に連絡をすると約束したと言った。それから、持ち込み原稿が本になる確率は万に一つもないということも言い添えた。来生恭子は彼が原稿を持ち上げると、全く予期せぬことを見ているような顔をしていたという。

「彼女は本当に、数行読んでもらって持って帰るつもりだったのかもしれませんね。その顔つきには、それを受け取るだなんて、なんて無謀なことをするんですかと引きとめられるような気さえしたそうです。それから深々と頭を下げた。本当に、彼が応接室を出るまでじっと頭を下げていたそうですよ」それが彼女と会った最初で最後だと、嶋編集長は言ったという。

広瀬は三村に問うた。「その小説がどうなったかご存じですか」

彼は黙っていた。そのあとのことも彼女から聞いていた。その遠い記憶が今、形を成して襲いかかるようで、言葉にならなかった。

広瀬は続けた。

「彼は約束通り、その年の年末、クリスマスの前日に電話をしたそうです。なかなかよかったと。それで六百枚に書き直すように言った。それから六百枚を扱う賞を三つ教えてやってね、その出版社と賞の締切りも。全部賞金が一千万円の大口ですよ。書き直せば最終選考くらいには残るでしょう。しかし受賞はできない。全くの第一作目ではまず受賞できません。しかしとにかく書き直して応募するように。そして、出したら葉書でその旨を連絡してくれと言い添えて。他の作品でもいい、どこかの賞に応募したら、葉書で知らせてくれとね」

あなたに才能があるかないかはわからない。ただ、やってみる価値はあると思う。顔を上げて書きなさい。それが最後のコンタクトだったと嶋は言ったという。

——来生恭子は本名ですよ。ペンネームなんてしゃれたものはあの人はもっていなかった。当時あの人にあったのは有り余る情熱と狂おしいほどの情念。人が、作家へと道を踏み外す時にあるすべてのものを彼女は備えていたと。

広瀬はちょっと言葉を切った。それは彼の息切れではなく、三村の様子を気づかっているようだった。広瀬は、それからまた話を継いだ。

「それで僕はその嶋って部長から、当時の来生恭子の住所を教えてもらったんです。嶋さんは一度でも原稿を預かった人間の住所は控えていたんですよ」

「行ってみたんですか」

「ええ。でももう他の人が住んでいました。来生恭子は三年前に失踪《しっそう》していたんです。もちろんあなたはご存じのはずだ。留守番電話にテープが切れるまで連絡をくれと言いつづけ、アパート契約時の保証人である妹さんにすぐアパートに行くようにと言ったのはあなただったんですから」

三村は茫然と広瀬を見ていた。広瀬は控えめに微笑《ほほえ》んだ。

「僕はね、来生恭子の妹さんのところまでいって、その膨大な原稿をみたんですよ。妹さんは彼女の荷物のために部屋を一つ充《あ》てていました。衣装がケースに四箱、蔵書が大きな段ボール箱に二箱、これは半分以上処分したあとだって言っていました。そして膨大な原稿の束。ざっと数えただけで三十作、四百字詰め枚数にして一万五千枚はあった。フロッピイが五十枚、作品には一九八〇年代からの創作年月日が書かれていたが、最後の方の作品には題も日付も入っていない。そこにあるのは、ただ紙を埋め尽くしている膨大な量の文章——言葉だった。

夏目《なつめ》漱石《そうせき》や森鷗外《もりおうがい》の時代じゃあるまいし、今このご時世にまだこんなことをしていた人がいたのかと思うと、僕はそこに立ち尽くしましたよ。その執念というか、怨念《おんねん》というか。開けども開けどもそこには言葉が打ちつけてある。果てしないほどの言葉の羅列。その一つ一つが意味を持ち、どれ一つとして同じではない。どれ一つとして同じではなく、どれ一つとして借り物でない言葉が一万五千枚の紙を埋め尽くしていたんです。僕らが酒を飲んで友人たちとうさを晴らしていた時、どこに新しいレストランができたとか、あそこの航空チケットは安いとか、そんなことに時間を費やしていた時、彼女は紙に向かってただ一人言葉を打ちつけていた。その膨大な時間と気力。彼女は書くために他の人生のすべてを放棄していたに違いない。それが僕がその一万五千枚に見る迫力でした。帝京出版の嶋さんはその時のことを札束を目の前に置かれたようなと表現したが、その畏怖《いふ》たるや、僕はその時、彼の受けた印象を理解しました。『小説を書くということは意識と無意識の留め金を外し、漂う言葉を拾うこと』――来生恭子なら、そのセリフをいうに相応《ふさわ》しかったと思った」

そして広瀬はふと三村の顔を見た。

「さっき、そのセリフを確認しましたね。なぜですか」

三村は俯き、それには答えようとはしなかった。彼はただ、広瀬に聞いた。

「あなたはその作品のすべてを読んだのですか」

広瀬は笑った。「そう簡単に読める量ではありません」

三村は面を上げ、広瀬を見た。「でも読むつもりでいる。そうでしょう」

「興味のあることは事実です」そして広瀬はひょいと三村の顔を見た。「その女性作家は今どこにいるのですか」

「わからない。しかしその高岡真紀という患者は彼女とどこかで接触しているはずだ」

一瞬視線は空をさまよい、その声は困惑とも深い悲しみともとれる何ものかを含んでいた。

三村は今、自分のその言葉の中に何かを見いだそうと見据える広瀬の視線を感じる。親切げでありながら、どこか冷酷な視線――ある種の好奇。しかし三村はそれを責める気はしなかった。彼には好奇以外の何ものでもあろうはずがないのだ。それに不満を持つべくもない。

三村は広瀬へと視線をあげた。

「その女性に会わせてもらえませんか」

「高岡真紀さんにですか？」

「ええ。もう一度会って話を聞きたい」

広瀬はぼんやりと三村の顔をみていた。不思議な気がしたのは、その表情が、三村の申し出が唐突であり、それに困惑しているわけではないように見受けられたことだった。三村の見る広瀬という男は、一旦滑りだすと饒舌《じょうぜつ》にものを語るが、出だしでは言葉というものを呼び寄せることのできないたちらしかった。いつも不意を突かれたような顔をして困ったように相手を見る。ちょうど今のように。広瀬が何に困惑しているのか、三村は彼の言葉の栓が抜けるのをしばらく待たねばならなかった。やがて広瀬は困ったように、こう答えた。

「実は昨日から電話が通じないんです」

広瀬が言うには、昨日から何度か電話をしてみたというのだ。今朝も二回電話をしたが、呼び出し音どころか無音であった。相手は神経症の患者のことであり、広瀬は気になっているのだと言った。

「高岡さんのマンションを訪ねてみますか？」

七時に午後の診療時間が終わっても、それからまだ入院患者の様子を見たりといろいろと仕事が残っていて、医者というのは時間の融通がつかないんですよと、広瀬は申し訳なさそうに言った。

「明日にはお帰りになるんでしょうね。僕としては明日の方が大変に都合がいいんですが。休みなんですよ」

三村は、明日は土曜であるから差し支えないと告げた。実を言えば編集長の仕事に土曜も日曜もない。休日は休むというのは建前であって、実際には人に会ったり原稿を読んだりと、ほとんどの時間が仕事の延長上にある。だから土曜であろうが日曜であろうが、私用に使えばそれだけ仕事に支障はでる。しかし、三村は思ったのだ。作家一人の機嫌をそこねたからどうだというのだろう。

担当者が気に入らないから書けないというのなら書かなければいい。座談会の出席者が気に入らないというのなら、好きにすればいい。ろくなものが書けない作家に限って難癖をつける。なけなしの力を誇示しようとする。そもそも文芸誌においてグラビア写真の出来の善し悪しがなにほどのものなのかと。なんで二十七、八の作家に人生の機微が書けるものか。

日本文学は老成しきったと人はいうが、三村にはただ、幼稚化したとしか思えない。彼らは何も学習しようとはせず、ただ自己主張するばかりなのだ。そして文学の系譜が切れることを恐れる文芸ジャーナリズムは、ただ過剰評価をもって彼らを擁護するしかないのだ。推薦文を頼まれたある老作家の困惑が耳に蘇《よみがえ》る。――『三村くん。この小説、どこを褒めておけばいいんだろうねえ』

人間の価値は平等ではない。類《たぐい》まれな資質をもっているもののみが作り得る世界は、確固として存在する。

来生恭子の名は三村にかつての編集者としての夢と情熱のかけらを思い出させていた。作家として彼女をデビューさせる夢、埋もれている金脈を地上に噴き出させる瞬間の快感――彼は長い間その瞬間の充実感に人生を賭《か》けてきた。自らの仕事に誇りを持つことができた日々。今、彼のどこかがあのころの血潮の昂《たかま》りに触れようとしていた。

広瀬はホテルの手配もしてくれた。広瀬が車を止めたそのホテルを見た時、三村は再び戦慄を覚えた。そこはかつて恭子と泊まったホテルだったのだ。

広瀬は相変わらず機嫌のいい顔をしている。三村はその建物を見上げ、その狼狽を気取られまいと苦笑してみせた。

「あなたは、ずいぶん面倒みのいい先生なんでしょうね」

広瀬もそれを受けて笑った。「やっぱり僕ってお節介ですか」

僕の父も祖父も医者でねぇ、田舎の漁師町の開業医でした——広瀬は笑って、そう語りだした。

「僕の親父《おやじ》がそうだったように、僕も親父の職場を遊び場にして育ったんです。目の前は水平線までまっすぐに見渡せる海でねぇ。夕日がきれいなところでした。親父の仕事には診療時間はあってないようなものでした。皆が地縁の顔見知りで、愚痴を聞いてやるのも仕事のうち、全快祝いにと持ってきてくれるのはいつだってとれたての活《い》きのいい魚だった。真っ黒に日焼けした漁師の女房がぶら下げてきたものです。まったく、生い立ちというのはどうしようもないものです。尊敬する気も真似《まね》する気もないが、僕は今になって親の背を見て育ち過ぎたと思う。高岡真紀の時間外の診療にしたってそうです。ああいう神経症の患者にストップウォッチを持って診療時間の二十分以内で話を済ませてくださいだなんて、僕には無意味だとしか思えなかったんです」

三村は笑った。「確かに一回に一時間半というのは東京じゃ聞いたことがありません」

ええ確かにと、広瀬は苦笑した。

「でも、知っていましたか？　総合病院の場合、外来患者の五パーセントから十パーセントが神経症を含む広義の心因性疾患の領域にある患者である、すなわち心と直結して身体不全が出ていると言われているんです。医は仁術と気取る気はないが、僕自身、ベルトコンベヤーに載ってくる製品を検査するように診察するのはどうも性に合わない。とはいえ確かに診察時間があり診察室があって、その中で皆が効率よく規則正しく動いていくことは正しいことなのであって、性に合う合わぬの問題でもない。第一、勤務医である限り『病院の方針』というやつには抗《あらが》う術《すべ》もありません。そこへもってきて病院の方は大体カウンセリングなどは時間ばかり喰《く》って一文の得にもならずっていう姿勢ですからね。まあ、看護師連中も僕の職務への熱意に免じて、高岡真紀への時間外の診療については目をつぶっていてくれた。若い女性患者と時間外に長時間一緒にいることについては批判的な声もあったことは認めますがね」

三村はそれをききながらちょっと考えた。「高岡真紀という患者にかかわるのはあなたには得策じゃないということですか？」

広瀬は我に返ったように微笑んだ。「いや、そんなつもりでお話ししたんじゃありません。口が滑ったということで勘弁してください」

広瀬は明日の朝十時に迎えに来ますと言い残して帰っていった。

三村はホテルのベッドの端に腰掛けた。こうしていると自分が一人で部屋に座っていることがひどく切なく思えた。もうバスルームから一人でご機嫌に泡を立てて遊んでいる声が聞こえることはない。テレビのCNN放送を原語で聞いていて、ニュース、日本語にしてくださいなと叱《しか》られることもない。

――ねえ、どっちがあたしのバスローブ？

彼女はここでも自分に原稿を見せ、彼が感想を喋るのにも大した興味も示さず、まるでそこに一人きりですわっているかのように、ほんのりと微笑んで町を見下ろしていたものだった。

小説を書くということは意識と無意識の留め金を外し、漂う言葉を拾うこと。

広瀬の言った通り、その世界に首までどっぷり浸かっていないと吐けないセリフがある。そしてその世界に身も心も捧げていないと人の心に残すことのできない生きざまがある。かつて三村は、殺人の動機について語ったことがある。もしある大作家が盗作によってその地位を築いたとすれば、彼の作品を愛し、彼を慕って自らも作家となった人間にとって、彼を殺すに足りる動機になるだろうと。彼は芸術家というものはそういうものだと思っていた。なにより大切なのは美意識であり、そのためなら何物をも犠牲にする人種であろうと。

彼女は笑った。

馬鹿馬鹿しい。作家が作家に憧《あこが》れたりするものですか。誰が何を書こうと、何をしようと、たとえ盗作の果てに名声を得ようと、知ったこっちゃない。作家にあるのは自分だけ。自分が何をもとめ、何を形に表すかということだけ。作家なんてものはね、誰にも何にも憧れたりなんかしないんですよ。ただ自分を、自分というものの存在と存在するということの意味を、命を賭けて自分の中に見つめつづけるだけ――。

三村はベッドの端に腰掛けたまま、気がつくと息を止めていた。

恭子は、思考に入り込むと自分に手があり指があり爪《つめ》があるってことさえ忘れてしまうと言った。いまだ人の形をして存在しているってことが奇異に思えると。

三村は膝《ひざ》の上でそっと指を広げて見た。見慣れた五本の指がそこにある。

彼の脳裏に再び言葉が蘇った。彼女が最後に残した言葉――。三村が最後に恭子の部屋に入った時、そこには未完の原稿が残っていた。

　真夜中にあなたを見る目。

あなたは言語というものが存在すると思っているでしょ。

でも本当はそんなものはないのよ。

あれは幻想――あれは幻覚。

光を遮ったカーテンのこちら側で、その言葉は誰か人を待つように机の上に載っていたのだ。あれは果たして本当に原稿の一部だったのだろうか。

携帯電話に伝言が入っていた。

本郷素子からだった。おそらくは本題に入るための枕詞のようなものだろう、まず『花の人』の重版に対しての感謝が述べられ、それからちょっと間を置いて、彼女の沈んだ声が聞こえていた。

また無言電話が入っているんです。もう一カ月近くになる。ねぇ三村さん、連絡して。

六月十八日、午後十時三十二分——。はるか眼下を、道行く車がライトを点《つ》け始めていた。かつて恭子が神戸の夜景を見下ろしたその位置に立ち、まさに今、街全体が光を放とうとする夕暮れのほんのりした闇《やみ》を見下ろしながら、三村は携帯電話のデジタル画面の中から本郷素子の電話番号を消した。

4

六月十八日午前十時、木部美智子は神戸に向かう新幹線の中にいた。

畑と水田、集落と柿《かき》の木。この三年の内に木部美智子は東京から神戸に至るその風景をすっかり覚えてしまっていた。カタカタと新幹線は細かく揺れつづけ、ときおりトンネルで暗くなり、トンネルを抜けるとまた風景が車窓を流れていく。この五百キロに及ぶ道々にある家一つ一つに人間が住んでいる。昔はその一軒一軒にあるだろう生活に思いを馳《は》せて感慨を深くしたものだが、気がつくとそこに流れるのは風景というにもあたらない、ただ雑然とした眺めにすぎなかった。日々人の営みの中にこそ本当のドラマがあるなどと虚《むな》しい空言のような気がして、美智子は今車窓に映った古い柿の木に、その木の根元に繰り広げられたただろう百年の春夏秋冬を思おうとした。しかし秋祭りの風景も、綿入れを着て寒風の中を無心に土に絵を描いて遊ぶ子供の姿もそこに見いだすことなく、歪《ゆが》んだ古木は車窓から流れていった。後はただ、カタカタと細かい響きを繰り返す怠惰な時間があるだけだ。狭い通路を車内販売のカートが来たのでコーヒーを買った。そして再び新聞に目を落とした。

『神戸の連続幼児誘拐事件、行方不明の野原悠太《のはらゆうた》くん誘拐について否認のまま容疑者送検』

事件から三年経《た》って、見出しはすっかり小さくなっていた。いかに世間を騒がせた事件でも古くなれば隅へと追いやられる。最初、この事件は軽微に扱われていた。誘拐された二人の幼児はそれぞれ三、四日で無傷で戻って来たからだ。二つや三つの幼児は戻ってきても事情を説明できない。不明の間、どこでどうしていたやらわからず、結局事故か事件かの判断さえつかず、それが大きく取り上げられ始めたのは三人目の幼児が消えた時だった。一件目の子供の母親は、行方不明の間に子供が風呂《ふろ》に入っているのは確かだと言った。皮膚炎の治療に塗っていた薬が綺麗《きれい》に洗い流されて、かわりにそこに大きな救急絆《ばん》が張ってあったというのだ。二件目の母親もまた、子供が一人でいたということは考えられず、誰かに面倒をみられていたのは確かだと断言した。その子供は二歳に満たず、一人ではまだ大便の始末ができない。しかし子供のパンツに汚れたあとはなかった。以上により、二人の母親はそれぞれに、子供がなにものかに故意に隔離されていたのだと主張した。三件目の事件で初めてその三つが繫《つな》がって、連続誘拐事件と認識された。幼児マニアとか変質者だとか、幼児ポルノにかかわっているとか様々な憶測が流れて、とにかく突然それが事件として浮かび上がったのだ。

三件目の母親は同一犯説が浮上してくると、捜査に協力的ではなくなった。同じ犯人なら、騒ぎさえしなければ必ず返してくれると信じた。警察は、二件までが無傷で帰ってきたから今度も同様とは限らない、犯行はエスカレートするものだと説得したが、本格的な捜査に入る前、行方不明から三日と十七時間後に、自宅の玄関のドアベルを自分で押そうとしてつま先立ちして苦戦している幼児が隣家の主婦に発見された。子供は不満げに母親を呼んでいたという。子供は無傷な上に元気だった。脅迫も金銭の要求もなく暴行を与えられたあともなく、血液中から薬物の検出もない。両親はむしろそれを不気味がり、どこからわが子を眺めているともしれぬその姿の見えない犯人から逃げるように引っ越していった。

三人のたどたどしい言葉から聞きだされた共通の単語は「おっちゃん」もしくは「おったん」だった。警察は子供のいない孤独な女性の犯行とも考えていたが、「おばちゃん」という言葉は聞かれない。そして三月十二日、野原悠太が消えた。記者とパトカーと警察官が地区に溢《あふ》れたのは、その、四件目の事件が起きた後だった。四人目の男児、当時三歳十カ月であった野原悠太は前例とは異なり一週間たっても二週間たっても帰ってこなかった。そして三年たったいまも、杳《よう》として行方は知れない。

木部美智子は大きな鞄《かばん》の中からファイルを取り出した。レポートを入れ過ぎてすっかり形の崩れたファイルからは、手製のインデックスがいくつも飛び出していた。美智子は「野原悠太」と書かれた見出しを摘《つま》むと、丁寧に開いた。すり切れて、千切《ちぎ》れそうになっているのだ。開いたページには自筆で「野原悠太行方不明事件」と銘打たれていた。

一九九六年三月十二日、神戸で三つになる男の子が突然姿を消した。

目撃者はいない。母親は彼と一歳二カ月になる妹を連れて公園に遊びに来ていた。いつも行く公園で、母親もそこで顔見知りの母親達と話をしていた。いなくなっていることに気付いたのは午後四時、まだ肌寒い三月半ばだったので、すでに夕方の気配があった。

母親は二十分も目を離していないはずだと言ったが、それは聞くたびに変わっていき、いつも目の端で子供の姿を追いかけるのが習慣になっていたため、正確にいつが彼の最後の姿を確認した時だったのかは結局はっきりしない。ただいくら話に興じていたとはいえ、三歳の子供を三十分以上全く意識せずに放置するということは考えにくく、三時半から四時の間に子供はいなくなったと思われた。

当時母親は二十九歳、父親は三十一歳、職業はサラリーマン。中古マンションを購入して三カ月目であり、母親は新しい地域の人間関係の構築に心を砕いていた。

息子がいなくなったと気が付いて二時間後、マンションの自治会長に知らせがいき、五時間後の午後九時には警察と消防団が男児の捜索に動いていた。翌十三日には町の人々も加わり幼児の姿を探した。

その地は新興住宅街に属していた。山が切り開かれ、ちょうど中央にバリカンを入れたように住宅地ができていた。両側が山というより、山の中に平地が出現すると言ったほうが的確だった。その真新しい平地のなかに真新しい住宅と公園と郵便局、銀行、ショッピングストアとまっさらな学校ができて町を成す。そして山の中に突然出現したその集落を新しい道路があちこちへと結ぶのだ。だから町の外れがそのまま山裾《やますそ》になる。人々は山をも捜索した。警察は誘拐の可能性も考えた。変質者のリストも作られた。立て札が立ち、張り紙が張られて情報収集が行われた。しかし誰からも身代金要求の電話はかからなかったし、不審を抱かせる変質者も見当たらなかった。目撃者となるとほとんどいなかった。そしていつしか、黄色い半ズボンに白い長袖《ながそで》のトレーナーを着ていたその男児の話は過去のこととして語られるようになっていた。

母親は幼児の写真を公開していた。卵形の顔、目はちょっと離れ気味で細かった。唇は薄く、やせ型、神経質な感じを受ける。目立つタイプではなく、少なくとも変質者が好むタイプではない。家庭環境も特に変わったことはなく、母親の実家はマンションから車で十五分の所にあり、父親は日曜になると子供の相手をするよりパチンコを優先させる、ありふれた人物だった。

男児が小柄であることから母親は彼をスイミングスクールに通わせていた。スイミングスクールのコーチによれば、とりたてて特徴のない子だったという。母親は男児を欠かさずスクールに通わせたが、コーチに何の印象も残すことはなかった。一人のコーチが辛《かろ》うじて、「泣きだしたらおさまらない子」と言っただけだった。発育状況、知能に特に問題は見られない。友人の中に入って遊ぶことが得意とは言えなかったが、三歳児としては許容範囲内であり、友だちに嫌われているということも好かれているということもない。

取材で感じたことは、両親にとっては、自分たちの若さと、第二子がいたということがなにより心強く彼らを支えていたということだった。親にとってもどこか印象の薄い子供であったのかもしれない。

野原悠太は行方不明当時、野原悠太と書かれた三輪車はやがてマンションの一角から姿を消した。それは当時、子供の間で人気のあったロボットの形をしたもので、その消しゴムも持ち主の手には返らなかった。持ち主の幼児は、母親がいくら諌《いさ》めても、「ピンクのロボ」と言っては周囲に不平を訴えた――。

木部美智子は自分のノートから顔をあげた。

当時母親は、連続して起こっていた幼児行方不明事件と自分の子供に降りかかった異変を結びつけようとはしなかった。翌日になってもまだ、溝かどこかに落ちてしまったのだろうとか、迷子になっているのだろうと近親者に漏らしていた。引っ越して三カ月、自身がまだ地域になれていない時だけにある種のパニックに陥ったのかもしれない。母親は自分の子供が誘拐されたという認識をなかなか受け入れようとはしなかった。

母親が一番に可能性を警察に訴えたのは、交通事故に巻き込まれたというものだった。自分の子供は車に当てられて草むらの中に転がっているのだ――美智子が取材に行った時も、母親は激しい苛立《いらだ》ちの中にいて、美智子には野犬にかまれたのかも知れないと話した。だからまだあの山の中にいると、山の麓《ふもと》を指さしたのだ。

半年後に行った時には、もう生きているとは思っていないようであり、一年半後に行った時には迷惑そうな素振りさえ見せた。美智子はそのとき仕事仲間に、家庭内殺人ということはないだろうかと漏らし、しばらくしてその考えを悔いた。親にも情の濃い薄いはあり、子供と親との相性もある。第一あからさまに悲しい顔をして見せるだけが悲しみの表現ではないだろうに。

事件の容疑者、高田《たかだ》治信《はるのぶ》は、男児が行方不明になって三カ月後に逮捕されている。隣家の男性が見知らぬ幼児を家に連れ帰っていたというある主婦からの通報で、あっけなく捕まった。容疑者は四十六歳、独身。長屋形式の住宅で、三十五年前から母親と二人でそこに居住し、十五年前に母親が死亡してからは独り暮らしであったという。失職してから時々近所の小さな子供をつれて帰るようになり、初めは二、三時間遊ぶ程度であったが、そのうち見たことのない子供が混じるようになり、「子供が数日いるような気配を感じるようになった」という。

容疑者は問われて、連れ帰った子供たちのことを知り合いの子供だと言っていた。通報者である隣家の主婦もまた五十年来そこに居住し、容疑者を子供の頃から知っていたので、不審に思いながらも取り立てて考えることはなかったのだと言った。

「泣き声が聞こえたこともなかったし、ええ、風呂はいつもの行きつけの銭湯に連れて行っていましたよ。子供用のシャンプーハットを買ってね」

高田治信は野原悠太については容疑を否認している。そして否認のまま送検。

窓の外を五重塔が流れていく。いつのまにか京都についていた。再び動きだした車両の中で、乗客が席を探して切符の番号と席の番号を神経質に見比べている。新大阪、そして新神戸。――高田治信は子供をどうしたのだろうか。

確かに犯罪というのは一般的にエスカレートするものだ。野原悠太は他の子供に比べて年齢が高かった。そして神経質で人見知りするたちだった。彼は泣いたのかもしれない。そして高田治信はパニックに陥ったのかもしれない。高田治信は知的障害者ではなかったが、低学習児であったと担任の教師は発言している。そして彼の家から押収されたたくさんのおもちゃやぬいぐるみを見る時、彼には大した悪意もなく、むしろ花を摘むような心安さで子供を連れ帰っていたのではないかと思えた。定職につけず、長年の土木作業の仕事も体調不良で続けることができなくなった高田治信は公園で子供を眺めることに憩いを見いだしていた。初めて「おいちゃん」と言葉をかけられた時、しどろもどろになって逃げ出した。

　結婚歴はない。女性交渉を持ったこともなかったと言われている。彼自身は男色ではないが、十七、八歳の頃強引に男性経験を持たされたという過去も聞こえてきている。土木現場の同僚の中には心ない者もいて、従順な容疑者に人のいやがる仕事を押しつけたり、自分のミスをあたかも彼の不手際のごとくに言い抜けるものがいた。

　容疑者と子供のかかわりは、まだ土木作業に従事していた頃、トラックの上で遊んでいた幼児を同僚の年老いた作業員が抱き下ろしている場面を見た時から始まったと言われている。「あかんやないか。ええかげんにしいや。あぶないやろ。ほれ、おりんかい」作業員が困ったように優しげに言い、トラックの荷台に乗っていた三人の子供たちは彼に抱き下ろされた。子供たちはみな三つ四つで、荷台に残っていた土で衣服を汚していた。抱き下ろした作業員は「あぁあ、えらいこっちゃ。帰ったら叱られるでぇ。おっちゃんしらんからなぁ」と言い言い、泥を払い落としてやった。高田容疑者はその時、彼の後ろでその光景を見るだけだった。

　容疑者はその時まで、子供というものをこれほど間近に見たことはなかったと言ったという。その言には問題があり、彼の居住区には路地に遊ぶ子供は多くいたはずだった。しかし彼の弁護人である葛西弁護士は、子供を子供として認識したのは初めてだったという意味であり、虚言ではないと反論した。

　彼の長い孤独を思えば、その時おとなしく泥を払われている子供の姿に格別の愛らしさを感じたともいえ、また、年老いた作業員と幼児達のやりとりに亡くなった母親と自分の姿を瞬間に重ねてしまったのかもしれず、以前に子供を見たことがあるとかないとか、そういう一元的な次元で理解すべきことではない。ゆえにその言を以《もっ》て、容疑者が自分に都合のいいように証言を操作していると考えるのは間違いである――葛西弁護士は断固としてそう言い放ったが、さりとて最後の事件に関して容疑者の利益になることが発見できたわけでもなかった。

　木部美智子がこの事件にしつこく食い下がって葛西弁護士に取材を申し込んだ時、彼は言った。

「とにかくなんにもないんですよ。アリバイも目撃者も。すなわち針はプラスにもマイナスにも振れない。どんな形であれ悠太くん本人が発見されればもう少し進展もあるんでしょうがね。案外あれは本当に事故だったんじゃないかと思いますよ。母親の言い分じゃないが用水路に落ちたとか、野犬に襲われたとか」

「あのあたりにそんな野犬が出るんですか」

「それも聞いたことがない」葛西弁護士は、とにかくあの坊やに関しては全く目撃証言がなくってね、とぼやいた。

目撃証言——その言葉に美智子のどこかが反応する。

美智子は今度の事件に関して頭から離れぬことが二つあった。一つはあの母親の態度であり、もう一つは彼女が当時、町で取材したある主婦の一言だった。しかし両方とも、誰かに話せるほどのものでもない。母親の件に関しては、彼女自身思い過ごしだと思うことがよくある。母親は若かったし、下に子供ができた時、最近の若い母親は上の子供に対する興味が急激に失《う》せる傾向もあるのだと言われている。幼児が多く誘拐されているさなかに子供から目を離していたということや、子供を失った悲しみを深く引きずっている気配を感じないということで、その母親にある種の疑惑を感じるというのはご都合主義である気もする。

もう一つの要素というのはもっと弱かった。しかしその証言にはなにかしら吸引力があるのだ。それは事件後、三カ月もして得られたものだった。それも証言というより、一人の主婦の呟きのようなものだった。

小さな子供の前に優しげに屈《かが》んでいた一人の女性がいたというのだ。とても綺麗《きれい》な指をした女性が。

葛西弁護士から、急用ができて二時には事務所にいないので五時ごろにしてもらえないかと緊急の電話が入ったのは新幹線に乗った後だった。美智子は前日にかつての同僚、高岡真紀から電話を受けていた。もう五年も音信不通であったので、美智子はその電話でしばらく話し込んだ。高岡真紀は彼女に、こんど会って話ができないかと申し込んだ。

――聞きたいことがあるのよ。今神戸にいるから来週あたりに。

美智子が事情を聞くと高岡真紀は「ちょっと作家のスキャンダル」と、曖昧《あいまい》で思わせぶりな言い方をしたが、美智子は彼女のそんな様子など気に留めなかった。三十七にもなると女同士、何やかやと話がしたくなるものだ。もし情報を求めているというのなら、知っていることなら話してやろうと思っていた。高岡真紀との約束は葛西からの時間変更により四時間ほど繰り上がった。二時に、三宮《さんのみや》の駅前のホテルのロビーで。

新神戸駅に着くとアナウンスが流れて、時計を見ると一時を少し回っていた。彼女に最後にあってからもう五年になる。いまだにあのあでやかさを保っているのだろうか。新幹線の中では数人の乗客が動きだし、木部美智子も膨れて崩れすり切れたファイルを鞄に戻すと立ち上がった。

5

広瀬は朝の十時きっかりに迎えに来た。カルテに記載されている住所からすれば、ここから真紀のマンションまで車で三十分はあるという。

「嶋さんの話では、来生恭子は一番初めに新文芸社に行って門前払いを食らったと言ったそうですが、そうではなかったんですか？」

走り始めてすぐに、広瀬は三村にそう問うた。なんだか嬉々《きき》としているような印象さえ受ける。そう、人の噂話《うわさばなし》は楽しいものだ。三村は昨日よく眠れなかった。なんだかわびしげな雨が降っている。三村は広瀬に調子を合わせて元気を装った。

「そうだったようです。そのあと再度会社に電話をかけてきましてね、神戸に帰る前日だったそうです。そこでわたしと知り合った」

彼女はあの時一週間の休暇を取って出てきていた。初めの一日でコピーを頼み、二日目から出版社回りを始めた。そこで大手三社に原稿を置いてくることに成功したのだ。彼女いわく、新文芸社には帰る前日に「再度の挑戦を試みた」ということだった。それにはある種の怨念《おんねん》のようなものがあった。

嶋が言ったように行商人ほどの荷物を抱えた彼女は歩きやすい靴を履いて新文芸社のビルの前までやってくると、ビルを見上げて踵《かかと》の高いきちんとした靴に履き替えた。受付の女性がそれを珍しいものでも見るように見つめていた。その女性の向かいにエレベーターがあってそこからたくさんの人達が乗り降りしている。彼女は自分もあれに乗るんだと思いながら、履いてきた靴を鞄に入れなおして身なりを整えた。そして彼女は、その様子を見ていた受付の女性に、その精一杯の正しい身なりで、原稿を持ってきたのですがと丁寧に切り出した。女性はわずかに申し訳なさそうに、しかし業務用の笑みを決して忘れずに言った。「どなたかとお約束はございますか」——

どこでも出版社の受付では受付嬢はそう言うように指示されている。しかし彼女はそれを知らなかった。そう言われて初めて、予約なしで訪れるというやり方が通用しないことを知った。いや、知らなかったというより、知っていたとしてもどうしようもない。知り合いもコネもない彼女はそれについて考えようとはしなかった。ただ当たってみるしかなかったのだ。それにしても受付嬢の態度はあまりに冷たいものだった。彼女は同じ言葉を二度繰り返しただけだった。失礼ですが、どなたかとお約束はございますか——そこには気の毒にという同情と、田舎者がという密《ひそ》かな侮蔑《ぶべつ》が入り交じっていた。おそらくは靴を履き替える彼女を見た時から、受付嬢にはその二つが折り合っていたのだ。

同情と侮蔑。

彼女はいいえと答え、ずっしりと重い鞄を肩にかけ直すと胸を張ってビルを出た。受付の女性の好奇の視線を振り切って。わざわざ靴まで履き替えたその様子を珍しげに見ていた女の視線を必死で背中で振り切って。

ビルを出て真っ直ぐに路地に入り込み、一本目の電柱の根元に鞄を置いた時、その虚勢も崩れた。

彼女は途方に暮れた。その時初めて自分がしていることの無謀さをしみじみと知った。

彼女が東京に出て来た時のことを三村に語ったのは、ただ一度きりだった。それもずいぶんあとになり、何かの拍子に偶然聞き出せたことであり、そして彼女はその後、二度とその話に触れようとはしなかった。彼女は横目に見ながら通りすぎるしかなかったエレベーターが頭からはなれず、受付嬢の視線が焼きついて、その拒絶が焼けるように惨めで、知らず涙が出てきたと呟《つぶや》いた。

しかし恭子は屈伏しなかった。彼女はそういうことに所詮《しょせん》屈伏できない女だったのだ。現実を目の当たりにして涙する自分をどうあっても認められなかった。彼女は三村に言った――自分は何を考えていたのだろうか、とんとん拍子に行くとでも思っていたのか。こんなところで泣くくらいなら、初めから出て来なければよかったんだ――。彼女はその時空を見上げた。

「大変に暑い夏でね、青い空に太陽が焼けつくように眩《まぶ》しく見えて、そうしていると涙が流れる前に焼けて乾いてくれそうな気がしたの。乾け、乾いて消えてしまえと念じながら、あたしは自分を拒絶したこの街をねじ伏せてやるという思いに憑《つ》かれてしまった」

恭子は自分がそばに寄ることもできなかった、あのエレベーターにいつか必ず乗ってやると心に誓った。意地でもそう誓わなければ、彼女はそこから一歩も歩みだすことができなかったのだ。

それから恭子は秋葉原《あきはばら》にあるシティホテルの喫茶室に二日間通いつめた。ホテルのそばにある書店を回って小説本の背にある出版社名を片っ端からメモして喫茶室にもどり、ホテルの電話帳で一社一社電話番号を調べていった。そして十社ほどまとまるとホテルの中の電話ボックスから電話をしていく。「わたし、神戸からきたんですけど、千枚ほどの小説の原稿なんですけど、読んでいただけませんか」

外に出ては本の背の出版社の名前を写し、電話番号を調べ、電話をしていく。

わたし、神戸からきたんですけど、千枚ほどの小説の原稿なんですけど、読んでいただけませんか。

二日間で彼女が理解したことは、新人の、それも千枚に及ぶ原稿を扱えるのは、大手五社しかないということだった。電話に出た各社の編集者たちは皆親切だった。そして恭子の事情を聞いて、口々にそう教えたのだ。私たちのところでは、あなたのような作品を扱うルートがないんです。大きい所なら新しい作家を育てる余裕もある。賞にお出しなさい。たとえ賞をとらなくても、面白ければ必ず担当者から連絡がきます。がんばってやりなさい――。

恭子にとって致命的だったのは、その作品の長さだった。当時六百枚が受付の限度だったのだ。彼女は自分の原稿をどの賞にも出すことができないのだ。そして東京の町で彼女はことごとく挫折《ざせつ》した。会いましょうと言われて雨の中を小さな出版社の前まで行って、話の行き違いから守衛に玄関払いされたこともあった。肩に食い込む原稿のかたまりをぶら下げて、見知らぬ町の小さな交差点で雨に濡《ぬ》れた靴先を見つめて、それでも彼女は顔を上げたのだ。

——不安と挫折感は、あの日電信柱の根元に置いてきた。

大手出版社は正面から行けば玄関さえ通れない。猶予はもう、三日しかなかった。それでも彼女は、自分のその作品が本になってベストセラーになることを疑わなかった。

彼女は再び、大手出版社の壁に挑戦しはじめた。それは東京という街への挑戦だった。

嘘もつく。泣き落としもする。この作品の中のこの子たちを世間に出すためには、どんなことだってする。必ずあたしはこの街に滑り込んでやる——。

三村は広瀬に語っていた。そして彼女の言葉を脳裏に蘇《よみがえ》らせていた。彼女のあの日の情熱を、その気迫を。

「二日目に帝京出版に原稿を預けたとして、彼女はあとの三社にはどうやって原稿を渡したんですか。その、たったの三日で」

広瀬は真紀の家まで三十分と言ったが、到底三十分には思えなかった。一体どれほど走っているのか三村にはわからなくなっていた。それでも今、三村は彼に語りたかった。彼の知る恭子の姿を。さっきまで降っていた小雨がやんで、ワイパーのせわしない動きはいつの間にか止まっていた。

「作戦勝ちですよ。問題は電話を受ける女子事務員の存在だった。まず彼女たちが電話を受ける。そして教えられた通りに断る。事務の女性がそういう手順を踏むのはそう指示されているからだ。すなわち彼女たちには判断の自由がない。しかし来生恭子は不思議な人でね、彼女の言葉でいう『社会の正義』というものを信じる人だったのですよ。どんな立派な出版社だって書き手なしにはあり得ない。作家あっての出版社だ。すなわち本物のプロなら、どんな卵であろうとも、ものを書く人間に対して尊敬の念を持っているはずだ。誇りのある編集者なら、それがたとえ卵でも、正面からやってくる作家に対して形だけでも敬意を払うはずだ。それが彼女の信じる『社会の正義』なのです。誇りある人は自分の職務を知っている
――そして彼女はその自分の信念に賭《か》けた。

彼女は事務員の帰る六時以降を狙《ねら》って電話をかけたのです。どこの会社でも同じですが、遅くまで残っているのは働き盛りの中堅どころでね、彼女はそこを狙った。そして突破した。そうやって矢継ぎ早に残りの三社を落としたのです。

わたしの所にその電話がかかったのは彼女の帰る前日、夜の七時をまわった時間でした。電話を取ったのは若い編集者でした。彼はそこで決まり通り断ろうとした気配があったが、それがどうにも口にだせなかったようで、それで代わって私が電話を取ったのです。彼女は事情を説明して、はじめにうちの社で断られたことも、別の三社に原稿を受け取ってもらったことも隠さずに言いました。そしてお宅に読む義務はないことは重々承知でお願いしたい、一行でいいから読んでくれ。それがはじまりでした。あの時のあの気迫を押し返せる人間なんていなかったでしょう。彼女はそうやって四社で原稿を受け取らせることに成功したので

す。

　彼女は電話をする前に願を掛けたと言った。それまで願など掛けたこともないのに、なんの変哲もない自分の指輪を見つめてね、祈ったそうです。どうぞわたしに追い風がふきますように、今この瞬間、心優しい人が電話の前を通りますようにと」

　広瀬は暫《しばら》く黙っていた。心に恭子の姿を見ようとしているようだった。そしてふいに笑った。

「不思議ですね、その堰《せき》を切ったような語り口は嶋って人と同じだ。東京の街をねじ伏せる――嶋さんと会った時、彼女はすでにその気迫を持っていたんでしょうね。そしてそれがそのままあなたたちの脳裏に焼きついた。あなたの中にいまもあるその存在感は期せずして嶋さんが言い当てていました。若かりし頃の自分の情熱と熱気を目の前に突き出されたようだったと言ったあの彼の言葉だ。人が夢見るだけで決して実践できないだろうと思うことに突っ込んでいく情熱」

　そして広瀬は独り言のように呟いた。

「そしてあなたたちは男女関係へともつれ込んだ――」

　三村は広瀬の顔を見た。再び雨が降り出していた。ワイパーが単調な動きを繰り返す。広瀬はまっすぐに道をみていた。

「僕は嶋さんから聞いた、十年前の来生恭子の電話番号を押した。でもそこはすでに赤の他人のものだった。僕は彼女のアパートに行ってみたんです。嶋という編集者の口調には僕をそんな風に駆り立てるものがあった。その女性は、夢を賭けて東京の街に挑んだ女性は、どうなったんだろうって。

コンクリートの塊を打ち抜いたような頑強な建物だった。それを見上げて僕は記載された四階の部屋へと向かった。ところがそこには別の人が住んでいたんです。僕は管理人室へ行きました」

――「以前住んでいた来生さんて方の消息はわかりませんか」

はあ……と、その年老いた女性は頼りない返事をすると、なにやらごそごそと机の中をかき回し始める。「急におらんようになりはったもんでねぇ」

来生恭子という女性は新聞も取っていなかったので、いったいいつからその部屋に帰っていないのか、結局わからなかった。ただあとから電気代とか水道代などの請求書から推測すれば、二カ月近く部屋に帰っていなかったことになるとその年老いた婦人は言った。

「家賃は銀行から直接引き落としですからねぇ」

「じゃあ、なんでわかったんですか」

「はあ。なんや連絡が取れんようになって長いから、ちょっと部屋の様子をみてくれたら言われたという話で……」

老婦人はその一件を直接知る人ではないらしく、何も知らなかった。たとえば、部屋をあけた時、中の様子がどうであったかなどということについて。しかしどうやら、中に腐敗した女性の死体が残っていたということではないらしい。そんな話があったなら、彼女もぼそぼそとその話に触れるだろう。彼女はずっと机の中を探していた。そしてやっと「ああ、あった」と声をあげた。その人の妹さんの住所やったらわかりますけど——。

「それで僕は来生恭子の妹の家へ行ったんです」

広瀬はひょいと三村を見た。「僕は今、あなたと話をしたくて遠回りしているんですよ」

「ええ。気づいていましたよ。道に迷ったのかと思ったけど」

広瀬は笑って言った。「ええ。初めはそうでした」そしてその快活な笑みを崩さぬまま、語った。

「なぜそこまでするのか、自分でもよくわからなかった。病院勤務は面白くはない。しかしもともと人生とは退屈なものだ。僕はそれでいいと思っていた。今四十を過ぎて世の中にロマンとか、見えない真実のようなものを見いだしたくなったというほどロマンチックでもない。僕の頭の中にね、あの来生恭子という女性が敢然とそこに立っているような気がしたんですよ。厚さ二十センチに及ぶ原稿を書ききる力とはどんなものだったのだろうってね。

来生恭子の妹は彼女のアパートから一時間半ほど離れた所に住んでいました。僕が訪ねていくと、いぶかしみながらも、恭子さんのことでと言うとすんなり入れて、お茶とお菓子を出してくれましたよ。僕は来生恭子の古い友人だと名乗ったんです。久しぶりに訪ねたら藻《も》抜《ぬ》けのからで、管理人さんに頼んでここを教えてもらったんですって、説明してね」

広瀬はハンドルを握ったまま、三村のほうをチラとみた。「アパートを見にいくように言ったのはあなたただそうですね」

三村はふと、長い夢をみているのではないかと思った。その中で自分が見知らぬ男と話をしている。ちょうど催眠療法でも受けているように、そこに精神分析医が入り込み、自分が創《つく》り出した架空の人物と交差しながら、心にしまいきれないものを見ている。この広瀬と名乗る医師がかけてきたあの電話から始まる、浅い眠りの中で見る夢――三村はベッドの上に横たわっている自分を夢想した。交通事故か何かに遭って、長い昏睡《こんすい》状態にいる自分。そしてこれはその長い昏睡が見せる幻想。

「妹さんはこう言いましたよ。最後に連絡が取れたのは一九九六年の五月で、そのあとぱったりと連絡がとれなくなった。ある日、姉と行き来のあった東京の出版社の方から電話があって、姉と連絡がとれないのだが消息を知らないかと言われた。彼女がお姉さんから何も聞いていないと言うと、彼は今からすぐに来生恭子のアパートまで行って管理人に部屋を開けてもらうようにと言った。それが七月だった。それでずっと帰っていないことがわかったんだそうです。部屋の中は、カレンダーが五月のままで、タンスの中には春服が入っていた」

三村は広瀬の言葉をききながら、わずかに微笑《ほほえ》んだ。

恭子はこうやって小説を作っていたのかもしれない。片足を夢の中に置き、片足を現実の中に置き、無意識に自らの精神分析を続けて、いくつものプロセスを飛び越えて画像を紡ぐ。三村は笑った。これはすごいことだと思って笑った。もしこれが妄想ならば、今、自分の頭は一体幾人の人間を創造したことになるのだろう。呼びもしないのに人が出てきて喋《しゃべ》り、動く。まるでビデオでもみるようにそれを眺める。人間わざじゃないなと思うと妙におかしい。

考えてみればすべて自分が知っていることばかりではないか。その妹、真由美《まゆみ》のセリフも、タンスの中には春服が入っていたという事実も。

恭子は面白いことを言っていた。自分の小説の登場人物には基本的に顔がないというのだ。まずのっぺらぼうの状態で動いて喋る。見つめると、——それはたぶん必要を感じるという意味だと思うのだが——顔が浮かび上がってくる。そこにはどんな顔を入れることも可能であり、自分のイメージに合うまで何度でもすげ替えることができる。そして安定すると、その顔で動き始めるというのだ。それは映画を作る時のスクリーンテストと同じ感覚だと思われた。監督が自分の描いたイメージをそこに見いだすまで、役者を替える。

ただ、主人公だけは別だと恭子は言った。主人公にも顔はない。ただ、彼らには目や鼻や口や、表情がある。だから取り替えはできない。主人公だけは、はじめから「ある特定の顔」を自分に要求してそこにいるというのだ。主人公だけはその顔を似顔絵に描くことはできない。イメージであって現実には顔を持たない。絵に描くと別のものに見える。「ある特定の顔」というのは、顔でありながら顔でないというのだ。

そしてこうも言った。——口許《くちもと》をかえると声が変わるのよ。

今、隣にいる広瀬にははっきりとした顔がある。これは紛れもない現実なんだと思うと、三村はぼんやりと笑った。

広瀬は彼のそんな様子に気付く風もない。彼は語った。

「来生恭子は小説を書きはじめてからこちら、妹さんと連絡を取り合うことも少なくなり、部屋にいても留守番電話をいれたままにして、電話に出ないことも多かった。だから電話をしても留守番電話でしか対応がないことにさして気がかりはなかったのだそうです。便りのないのは良い便りという言葉は当てはまらなかったってわけだ。他人様《ひとさま》に言われるまで気付かなかったなんてね。薄情な妹ですよねなんて言ってね、妹さんはまだかなり参っていましたよ。

　僕はあの電話の様子から、来生恭子と行き来のあった編集者とはあなたのことだと思っていた。それで、その編集者って新文芸社の三村って人ですねって。妹さんはええと答えましたよ。僕はやっぱりあの時あなたが大急ぎで電話を切ったのは、来生恭子の名前が出たからだと確信した。やっぱり三村という男は来生恭子を知っていたのだとね。

　しかしそうなれば、嶋という人にしても、あなたにしても、高岡真紀はこの来生恭子の人間関係を引き継いでいることになる。不思議じゃありませんか。それで問うてみた。恭子さんの知人か友人に高岡真紀って女性、聞いたことありませんかって。

　彼女はしばし考えて、いいえ、よくわかりませんと答えた。来生恭子の妹は、姉は小説を書きはじめてから周囲と疎遠になったのだと言いました。理由をつけては法事にも現れないし親戚《しんせき》の結婚式にさえ出席しなかったって。姉はそんな中で神経症にかかっていた。しかしそれについてさえ、わたしたちになにかを語るということはなかった。いまもって、小説を書き出してから姉が何を考えどう暮らしていたかはわからない。彼女はそう呟いたんです。

　部屋を開けて、失踪が発覚したのは九六年の七月、今から三年前です。その三年間、通帳から預金が下ろされた形跡はないのだそうです。管理人に部屋を開けてもらった時、部屋の中は綺麗《きれい》に整頓《せいとん》してあった。造花が飾ってあって黄色いカーテンが下がっていて、部屋全体にうっすらとほこりが溜《た》まっていた。冷蔵庫の中のものは腐っていて、生ゴミは悪臭を放っていた。かごの中に洗っていない洗濯物があったそうです。その時聞いたんですよ。留守番電話の中にはあなたから何度もメッセージが入っていたって。テープが終わるまで、ほとんどがあなたのメッセージだったって」

三村は思い出す。昼となく夜となく番号を押しつづけたあの時のことを。

「僕はその時ね、不意にその妹さんの一言に気付いたんです。来生恭子が神経症だったってこと。高岡真紀は突然左足を引きずり出した。内科的には原因は見当たらなかったんです。運動機能にも障害は発見できなかった。『お姉さん、足を引きずっていませんでしたか？』と聞くと、彼女、なんて言ったと思います？　ええ、左足をってね」

広瀬は三村を見やった。「不気味だとは思いませんか」

三村は半歩後ろを歩く高岡真紀が引きずる左足の気配に現実感を失ったあの時の感覚を、瞬間わが身のそばに引き込んでいた。

「僕も嘘《うそ》がつき通せない人間でね、そこまで聞いた時、事情を説明したんです。自分が医者であること、自分の患者が突然、来生恭子というペンネームで小説を書き出したこと、そしてその患者がなぜかあなたのお姉さんである来生恭子の身辺に詳しいこと。そして彼女もまた、左足を引きずり出したこと。来生恭子の妹は黙って聞いていました。そして僕に来生恭子の部屋に残っていたものを見せてくれたんです。あの膨大な作品をね」

広瀬は一息置くと、ポツリと呟いた。「神経症の女。彼女はこの膨大な言葉の中にしか自分の場所を見いだせなかった。そしてある日突然姿を消した――」

そしてまた語り出した。「雑多な書類の入った箱の中に角のくたびれたあなたの名刺が一枚入っていました。肩書が副編集長となっているその名刺は色あせていて、裏には最寄り駅から会社までの道筋を示す地図が鉛筆で書きつけられていた。

原稿に紛れて葉書や書簡が束になって混じっていましてね、インクの色が変わっているものもあった。宛《あ》て名のところにはすべて同じ筆跡で来生恭子様とあり、差出人のところには出版社の名と住所入りの判が押してあり、その横に三村幸造と、表書きと同じ筆跡で記されていた。全部で三十枚ほどもあったでしょうか」

広瀬はそのさまざまな紙類の中に『緑色の猿』と銘打った一束の原稿を見つけたと言った。

「それは間違いなく、高岡真紀が僕にみせた原稿でした。中をめくってみましたが、記憶の限り一致していた。そして僕はその小説に、真紀から借りた原稿にはないもの――作成日付を発見したんです」

一九九二年十一月。

その小説は七年前に書かれていたことになる。

――今なんて言いました？　いえ、その小説の題です。

あの時、三村が反応したのは、この一九九二年の作品だったのだ。

広瀬は問うた。「ここの原稿、誰かにみせたことはありますか」

後ろで彼の様子を眺めていた彼女の妹は、うすぼんやりと答えたという。「いいえ、誰にも」――

広瀬の話を聞きながら、三村は、原稿を誰にも見せないようにと恭子に言っていたことを思い出していた。いつかは世に出るはずの作品だった。だからその時まで人の目に触れることなく大切に保管しておきたいと思ったのだ。しかしいまとなれば、誰にも見せることのない原稿を抱え込むという閉塞感《へいそくかん》がもたらす彼女の孤独について、あまりに無関心だったと思う。

「来生恭子の妹はその原稿の山に向き合うことに、もう疲れた風でした。この三年、おそらく何度となくそこにたたずみ、考えても追いつかぬことを考えていたんでしょうね。僕はその時、あなたから来た書簡とは別に手書きの紙のかたまりを見つけました。一見して誰かに宛てて書いた書簡の下書きだと思った。その日、妹さんの家から小説と手紙の束を持って帰ったんです。小説は許可を取ったんですがね、書簡の束の方は妹さんが紙袋を取りに奥へ入ったすきにこっそりとポケットに突っ込みました。あなたが僕を訪ねてみえる九日前のことです」

広瀬は自分が訪れる前にすでに自分と来生恭子の関係に気付いていた。だから唐突に高岡真紀の家を訪れたいと言った時も、さして驚かなかったのだ。

しかしその彼も、あの書簡のやり取りに何も発見することもできないだろうと三村は思った。彼女はプライベートなことを書面に残すような人間ではなかった。たとえ日記にだって彼女は肝心なことは何も書かなかっただろう。

広瀬は言う。

「持ちかえった彼女の小説を読みました。小説の出来不出来はわかるはずもないけれど、ただ、綿々と綴《つづ》られる話を読んでいると、何がこれほどに彼女をつき動かしていたのかと思った。確かに何かに熱中した時、人間は思わぬ集中力を発揮するものです。しかし彼女の原稿に見えるものは、僕らが日常的に『何かに熱中する』という時に思い浮かべる範囲をはるかに越えていた。彼女はこれを書く時、幸せを、もしくは満足を感じていただろうかと、ふとそんな気にさえなった。

人間には意地も負けん気もあるでしょうが、同じだけ迷いも挫折感もある。苦しい時に楽なところへと流れ込むのは自己を守る本能のようなものです。彼女が自分の感情に素直だったなら、苦しい時には苦しいことを認め、つらい時にはつらいなぁと立ち止まってしまう人間ならば、これだけの達成力を持ち得ただろうかと、僕はそんなことを考えていた。それから書簡の束を開いたんです」

いまだどこを走っているのか、広瀬にはまだ真紀の家を探す素振りはなかった。

「手書きの書面は思った通り、彼女があなたに出した手紙の下書きでした。あなたが彼女に宛てたものはほとんどが用件を短く連ねた葉書だった。対して彼女があなたに書いた手紙の下書きは、一つの便りに実に便箋《びんせん》にびっしりと五、六枚は書き連ねてある。

来生恭子は手紙を書く時、下書きをして、それを清書していたようです。消したり加えたり、もしくは表現が単調にならないように文末がなんども訂正されていた。段落の順序を変え、漢字で書かれるべき言葉が平仮名で書かれていたりすると、鉛筆で丸を入れて矢印で欄外に漢字を書き込んだりしていました。表現に神経質で、特に語順に何度も試行錯誤のあとが見られ、言葉が重複することを避けていました。そして全体が微妙に韻を踏んでいる。なんだか小説の草稿をみているようで、彼女には手紙でさえ本能的に一つの作品だったんでしょうね。しかしそこには確かに、小説には見ることのできない彼女個人があるんです。小説において作者は創造者であり、すなわち全知全能の神なんでしょうが、僕の見る限り少なくともあの手紙の中に見える彼女は一人の人間だった。

それは礼状もしくは近況報告の類《たぐい》であるようでした。彼女、あなたに新しい作品を送る時に挨拶《あいさつ》代わりに手紙を添えていたでしょ」

三村はそうだと答えた。彼女はどんな郵送物にも一言添える心遣いのある人だった。しかしそれは何を物語るものでもない。ただの上品な挨拶にすぎない。ではなぜ、この男は、自分と彼女の関係をあれほど確かに断定したのか。彼は三村の心を見透かしたように言った。

「ええ。確かに彼女の手紙に、昨日の夜は……なんて話は一言も出ていませんでしたよ。手紙の中で彼女はあなたに対して非常に好意的であり、深い信頼を持っているようでした。しかしそれはひどくコントロールされたもののようでもあった。彼女は文面に表す情報、もしくは相手が行間から読み取れるニュアンスを非常に少なく限定しているように思えました。それもかなり意識的にね。自分自身の作家としての才能に対する不安は随所にあるが、その延長線上にあるべき苛立《いらだ》ちや失望、ひいては書きつづけることへの不安などというものは一切出てこない。まるで抹殺しているように。僕はなんども読みなおしましたよ。興味があったから。そして一方ではその他人行儀さがまどろっこしかったから。三流週刊誌の視点だったと告白します。でも、なんにもなかった。

彼女が紙面に書く創作への苦悩は、時候の挨拶をさえ連想させた。それを書くこと自身が一つのテクニックであるかのような。焦燥や不安が非常に美しく飾られて文章の中に配置してあるとでもいうのでしょうか。そういうものはちょうど読み手の気を引く薬味程度の使い方であり、手紙の形を整えるための小道具という感さえあります。あなたに対するある種の媚《こ》びかもしれない。読めども読めども彼女の本心がどこにあるのか、まるで見えてこないんです。

すべてを通じて浮かび上がってくるのはただ、不動の情熱と人間の皮膚の下を通る大動脈のような、絶えることなく流れる絶対的な確信。彼女はその情念と確信を読み手の意識からそらすために、意識的に無機質な言葉を散らしたように思える。

彼女に書きつづけることに対する不安はなかったのだろうか。三十歳から失踪する三十七歳までを彼女は書くことに費やした。彼女がこの手紙の相手である三村という男を、作家への唯一の道しるべにしていたことは確かだ。そしてその男もまた、彼女の手紙の中の言葉から想像する限り、熱意をもって彼女に対応していたものと思われる。文面から読み取れば、その男はすべての作品に手を入れて彼女に送り返している。そうやって七年もの歳月を共に歩んで来たというのに、少なくとも書面上、彼女はその男に対して個人的な接点を一切否定し、不自然なほど節度と距離を保っているんです。僕はため息が出ましたよ。いい年をした男と女が七年もこんな折り目正しい手紙のやりとりでつきあってきたというんだろうかって。

　その時でした。僕は一枚の紙を見つけた。夜中の一時をまわり、ビールでも取ってこようと立ちあがったその時、みつけたんです」

　広瀬は運転しながら、内ポケットから一枚の紙を取り出した。

「便箋の裏にくっついていた。多分なにかの間違いでそこに紛れ込んだのでしょう、透けるような薄い紙で二つにたたんであります」

キチンアンドバー　オランピア
　ゲスト　2
モーニングセット　3200×2　6400
サービスチャージ　320×2　640
タックス　352
　7392
1994　2　5　8　11：35

ホテル　インペリアル・キャッスル

「ホテルの食事の領収書でした」

――ホテル　インペリアル・キャッスル。

彼女は何の気兼ねも感謝もなくすべての支払いを三村に持たせた。ただ、帰る日の朝の食事だけはいつも払ったのだ。三村は知らず目を瞑っていた。広瀬は気づかぬのか、続けた。

「ゲスト2とあるでしょ。十一時三十五分という時刻、それにモーニングセットといえば、宿泊した翌朝かもしれないと想像しますよね。すなわち来生恭子はホテルのチェックアウト後の時間にホテル内のレストランで二人でモーニングセットを食べているってことなんです。インペリアル・キャッスルなら僕も知っている。女性と何度か行ったことがあるんです。海を見下ろす位置に建つ、一泊四万は下らない高級ホテルだ。僕は座りなおすとその領収書がはりついていた前後の手紙をもう一度読み直しましたよ。それこそ目を皿のようにしてね。下書きなので読みづらかったが、僕はとうとうその数枚あとに『八月二十四日に伺いますのでよろしくお願いいたします』という一文を見つけた。

そういえばと、僕はこの雑記の中にホテルのメモ用紙らしきものに書いたものがあったことを思い出したんです。あわてて探せば、そのメモの下にインペリアル・キャッスルと印刷されていた。

時間は夜中の一時を回っている。こんな時間に電話なんて失礼だってことは十分にわかっていました。それでも僕は我慢ができなくて、恭子さんの妹さんの家に電話をしたんです。

——来生恭子の電話に残っていた録音テープには、ずっと三村さんから連絡が入っていたと言っていた。そのメッセージは一番初めはいつで、そのあとどのような間隔で入っていたのか。

彼女の妹は一度電話を切って、調べてから折り返しかけてきてくれました。知っていましたか、留守番電話には受信した日付と時間が同時に記録されてメッセージの最後に流れるんです。それによるとあなたの電話は初めは五月の十七日、それから三日ほどして一回、それから三日ほどして一回、あとは一週間ほどほとんど毎日で、日に二回、三回入っている時もあった。そのあともテープがきれるまで、ほとんど毎日」

そして広瀬は覚えがあるでしょというようにちょっと笑ってみせた。

「だからテープはほんの一カ月ほどで一杯になっていた。テープには最後は七月の九日、午後十一時二十三分と録音されていた。時間は主に深夜。深夜の十二時以降。朝の三時、四時もありました。早朝も。僕にも覚えがあります。捕まらない相手をどうしても捕まえようとするなら、深夜の三時四時、朝の六時ごろは確かに有効なんですよね。その時間に相手が出なければ相手は家に帰っていないことになる。あなたはそれをなんどもやってみたんだ。しかしね、それは非常に近しい間柄の人間に限られるんです。折り目正しい手紙のやりとりをする相手には、そんな時間に電話なんてしない。

ただ連絡をくださいと繰り返すだけ、そしてあとはほとんど無言のメッセージ。そしてあなたは部屋をすぐに開けてくれと来生恭子の妹さんに言った——いますぐにアパートへ行って、部屋を開けてもらってくれって」

広瀬は一息置いた。彼は走り疲れたのか、車を道の端に止めていた。今、車内に響くのは広瀬の言葉だけだった。

「いますぐにアパートへ行って、部屋を開けてもらってくれ——それは三村という男の悲鳴ではなかったろうか。そして彼は彼女の妹にそう悲鳴をあげる前に、みずから来生恭子のアパートの前に足を運んでいたのではないだろうか。もしかしたら自ら管理人に部屋を開けるように掛け合って断られたのかもしれない。だから彼女の妹にそう頼んだ。ほぼ、懇願したんだ」

三村は思い出す。あの時、管理人は老婦人でなく背の低い初老の男性だった。彼はそんなことはできないと言ったのだ。確たる証拠もないのに、勝手に住人の部屋など開けられますか、と。

三村は事実を見たかった。彼女がもうそこにいないという事実を、妄想の中にでなく、この目で確かめたかった。ホテル　インペリアル・キャッスル——三村は広瀬の手に握られたその薄っぺらい紙を見つめた。そんなものが紛れていたとは思わなかった。

「僕はもう一つ妹さんに問うた。恭子さんの持ち物の中にホテルの備品のようなものはありませんでしたか。ボールペンとか、タオルとか、シャンプーとか。妹さんは言いましたよ。さあ——でもマッチなら、同じ模様のものがあっちこっちにごろごろしていました。

それが今もあるかと問うと、彼女はちょっとまってくださいと言って電話口から後ろに声をかけた。よく覚えていますよ。あの懸命な妹さんの声色を。

マッチ——姉さんの部屋にあったマッチ取ってきてと言っているのが聞こえて、背後であわてて動く気配がした。たぶん彼女のご主人だったのでしょう。深夜の電話に、起きて隣で聞いていたんでしょうね。彼女はすぐに受話器を摑みなおしました。『ええと——茶色い平たいマッチで、名前が書いてあります、ええと——』後ろで男の声がインペリアル、ホテルインペリアル・キャッスルと繰り返し言うのが、妹さんが言うより早く聞こえていた。

——ええ、ホテル　インペリアル・キャッスルです。

後ろの主人らしき男は懸命に妻に言いつづけていた。『マッチだけやない、ボールペンも同じや。シャワーキャップも、歯ブラシも、台所に残ってたティーバッグになった緑茶やほうじ茶の袋にもそう印刷してあった』——。知っていますか、いや、知っていますよね。女はすぐにホテルの備品を持って帰りたがる。隙《すき》あらば電気ポットまでもって帰りかねない。ご多分に漏れず来生恭子も持って帰ったんですね。シャンプーとか、ボールペンとか、歯ブラシ、タオル。たぶん灰皿も持って帰ったに違いない。あれはアクセサリーをいれるのに恰好なのと言った女がいた。あなたは来生恭子の留守番電話にテープがなくなるまでメッセージを入れつづけた。嶋って編集者の話では彼女はなかなかの美人であったというじゃありませんか」

広瀬は黙った。しばらくして三村は促した。

「続きがあるんでしょう。あなたの推理の続きが。わたしと彼女の関係について。なぜなら彼女のような強い意志をもった女が、そう簡単に編集者とねんごろになるわけがない。ホテルの朝食の領収書だけじゃ断定するのに不十分だ。あなたはそう思ったんじゃありませんか」

広瀬は笑った。「ええ。思いました。思いましたとも。話してあげますよ、話してほしけりゃね。ただ、もううんざりしているかと思った」

「いいえ。ただ驚いているだけですよ。そのあなたの執念にね」

広瀬はちょっとどぎまぎした。「そんなんじゃありませんよ、言ったでしょ、手紙の束を見つけた、その当初は幼稚で下劣な好奇心だった」

広瀬はまあ、いいでしょうと続けた。僕も実は誰かに話したかったんですよ、この推理の経緯をね。そのあとに続く、ちょっと奇異な体験も、できれば聞いてほしいしね——彼はそう言うと、丁寧に前後を確認して、再び車をゆっくりと発進させた。

「彼女は手紙の中で、東京に行く日付について打ち合わせをしている。初めは三カ月に一度だったものが、二カ月に一度になり、やがてプツリと切れる。そして手紙そのものも書かれなくなっていた。それで僕は気がついた。それから改めて確認しました。

彼女が失踪する二年前である一九九四年以降、会うための打ち合わせは文面には書かれていない。書簡では折り目正しさを守り、プライベートな用件は電話で済ましていた。そしてやがて手紙は書かれる意味を失っていった。だとすると辻褄《つじつま》があうんです。なぜあなたがそれほどあわてたのかということがね。三村という男、すなわちあなたは彼女と頻繁に連絡を取っていた。だから妹でさえ気づかぬ異変にあなたはいち早く気がついた。

　あなたは今、彼女のような強い意志をもった女が、そう簡単に編集者とねんごろになるわけがないと言いましたが、それは全く逆の取り方だってできる。彼女のような強い意志をもった女なら、書きつづけるためなら、相手が求めた時、男女関係などとるに足らぬ問題だと考えたのではないかとね。そう考えるとそれは手紙の文面で個人的な接点を否定しているように見える、その姿勢と同じなんですよ。やわらかな表現の下に渦巻く目的意識。そう思った時、僕はこの手紙の束を見つめて、背中にぞっとするものを感じましたよ。この手紙の中にいるその女は、三村という男に恋慕の情を抱いていたのだろうか。それとも三村の、自分に対する感情を利用していたのだろうか。そして三村は彼女のそんな感情をどこまで知って肉体関係を持続させていたのだろうか。二人の間に思慕は存在したのだろうか。ってね」

　広瀬は続けた。

「僕はね、ふと、この三村って男がその女、来生恭子を殺したんだろうかと思いましたよ。彼女には才能がなかった。ただあるのは情熱だけ。彼はそれを知っていながら彼女への最後通告を引き延ばしつづけ、肉体関係を維持し続け、ある日彼女の存在が脅威となった。あたしの小説をなんで出版してくれないのなんてゴネられてね。いや――」と広瀬は暫く感慨にふけった。

「あなたが彼女に引導を渡すタイミングを失って、彼女の書くことへの情熱が、作家になろうという夢が、騙《だま》し続けているあなたにはほとんど脅迫的にさえ思え始めた」

広瀬はその時、はっきりと三村の顔を見た。三村はそこに、ある種の悪意を感じた。

「彼女、一九八九年からずっと書いていますね。三十から三十七歳まで。三村という男は、一人の女性が女として輝く最後の時間を独占し続けた。彼は真実を彼女に告げただろうか。君には才能がないんだと。それとも言えなかっただろうか。言えないから殺したのか、言ったから殺さざるをえなくなったのか。僕はその手紙を見ながら、そんなことを考えていたんですよ」

そして広瀬は問うた。

「結局、来生恭子というその女性には見込みはあったんですか？」

三村は黙っていた。広瀬は彼のその様子になど気づかぬように畳みかけた。

「見込みもないのに、男のエゴのためにそれを言わなかった？」

——見込みもないのに？　とんでもない。大地の底から湧き上がるような彼女の作品——

彼女は同じ作家の卵と知り合うことにも無関心だった。同人誌にも全く興味を示さなかった。あんなのは能力のないもの同士が褒めたりけなしたりして、傷をなめ合っているのと同じよ。

ものを書くというのはね、体の中に怪物を一匹飼っているのと同じなの。それは宿ったものの内部を餌《えさ》にして成長し、いったん成長しはじめたら喰《く》い尽くすまで満足しない。勝手な思考を許さず、時には人に会うことにも激しい嫌悪をむき出しにして取りついたものを独占し、常に自分を忘れるなとわめき、ねめつけ、踊ってみせる。わたしは彼とキーボードを結ぶパイプとしてのみ存在するようになり、彼は増長し、わたしは消耗し、神経は軋《きし》んで悲鳴をあげ、それでも彼には自分の存在こそがすべてであり、おそらくわたしが死んだら次の宿主を探すつもりなのだろうと思う。作家たちが何故自殺していくのか。——人間としてその怪物を持ちきれなくなったとき、自らの存在を放棄することにより安息を得ようとするのよ。そこに今、足を踏み入れようとしている。底のない沼と知りながら、抗《あらが》うことはできない。

わたしの中にある宇宙は銀河系よりまだ広い。その生命体は銀河の中のすべての生命活動よりもまだ活発なの。ただ、言語が違う。発生の根源、存在の手段、視覚でない映像と音声でない自己表現——彼らはわたしの中でしか存在し得ない。彼らはわたしの指先が自分たちをこの地球時間、日本語に合わせて現世に送り出してくれるものと信じている。この恐怖は、彼らの動悸《どうき》と歓喜の声への恐怖なのだろうと思う。

彼らの夢と希望はわたしの中で芳香を放って昼となく夜となく歌い跳ね回る。キーボードの上に指をおけば、その瞬間にあらゆる世界が小躍りしながら降りてくる。わたしの化け物はどちらに向いて増大し続けるのだろうか。どれだけ正気の余地を残しておいてくれるつもりだろうか。コントロール不能、コントロール不能——わたしの中で赤ランプが点滅する。

わたしの中で赤ランプが点滅する。

三村は今、恭子が哀れだった。どんなに言葉を尽くしても彼女を語ることはできない。あの情熱と情念を。

「――力はあった」三村は辛《かろ》うじてそう呟いた。

しかし広瀬はちょっと考えると、ポツリと言った。

「そうですよね。妹さんの所から借りてきたのをいくつか僕も読みましたが、どれも結構いけていましたよ。もう少し辛抱すれば世に出たでしょうに」

広瀬はあっさりと認めた。そしてあたかもそんな話はしなかったような顔をして、また一方的に話し続ける。「では能力と情熱があって、あなたのようなサポーターがいて、何故彼女は失踪したのか――ええ、ある程度の未来も見えている状況でです」

わたしの中で赤ランプが点滅する――彼女の言葉が乾いてカサカサと音をたてた。

三村は思い出す。創作活動にほとんど中毒になっていた彼女の鬼気せまる姿を。夜は眠れず、昼は起きられず、一日中、真夜中にたたき起こされたような茫洋《ぼうよう》とした様で過ごし、ただ、キーボードに向かう時だけ、小説を語る時だけその瞳《ひとみ》が輝いた。

コントロール不能。わたしの中で赤ランプが点滅する――

「彼女は内側から崩壊したんだ。もっと早く精神科に見せるべきだった」

広瀬は「なるほど」と呟いた。

「それは実に説得力のある言葉ですよ。現実の壁の高さにたじろぐ時、それを瞬間的に自分の弱さだとすり替えてその弱さを憎む女は、素直に泣く女より蓄積される疲労は大きい。考えてみれば能力と情熱と優秀なサポーターがいるということは、どこにも失敗の逃げ道を見いだせないということだ。しかしあの膨大な量の紙を自分の思い一つで埋め尽くしていった彼女の消耗は簡単に想像がつきます。七年の歳月の果てにその精神力と体力が底をつきはじめた時、彼女にはその現実を受け入れることができなくなっていた。

来生恭子という女は、その怒りを今度はどこに向けたか。内面の崩れはじめた女はどこに向かうんでしょうか。近親憎悪という言葉がありますが、近しいものの間に生まれる感情は、それが憎しみとなった時、異常にボルテージを上げる。そしてその女が認識力を欠きはじめていたとしたら。思うんですが、来生恭子が失踪したのはあなたに対するつらあてではなかったんでしょうか」

広瀬は一息置いた。「精神科に見せるなりなんなり、あなたにはそれくらいの義務はあったかもしれませんね」

三村は考えるのだ。自分がこの男ほどに冷静であったなら、彼女をあのようなところに追い込まなくてすんだのではなかったか。もう少し手前で、事態を回避する手だてを持ちえたのではないだろうか。来生恭子の名誉を守り、彼女を相応《ふさわ》しいところへ送りだすこと――。

広瀬の言った、男のエゴという言葉が浮かんで、沈んだ。

「あなた、もしかして本当に来生恭子を殺したんですか？　だから僕の電話を受けて、事件を掘り返そうとしている僕の動向を探りに来た」

それは全く不意に発せられた。彼がそれを言ってみる機会を狙っていたのか、突然思いついたのか、真意は見えない。広瀬は続けた。

「あなたは僕の電話を一旦《いったん》は拒絶し、そして不安にかられた。あなたは来生恭子がこの世に存在しないことを知っている。自分が抹殺した存在。だからその名に過敏に反応した」

そこまで言って広瀬は一人でため息をついた。

「いけません、何を言っているんだか。突然見知らぬ女が妙なものを持ち込めば、誰だって混乱しますよね。警戒心も湧くというものだ。申し訳ない、今の発言は聞き流してください」

広瀬はただ前方をまっすぐに見つめていた。

「男女が倫理を越えて接近してしまうということを、僕は一方的に責める気はないんですよ。結局は人と人、人間同士の接触なんだから、一旦共振を始めると振り子ってのは止まらなくなるものだ。まあ」と言って広瀬はゆっくりと間を置いた。そして「わからないわけでもない」とつけたした。

「社会規範を踏み越えるってのも一つの男の胆力かもしれない。それがやまれぬ愛情の末ならね」

それは何かを、遠い自身の記憶をたぐり寄せているようにも思える。広瀬は見栄《みば》えの悪い男ではなかった。背は高く、ひょろりと見えるのは足が長いせいであり、肩幅は広かった。鼻筋の通った横顔はちょっとローマの彫刻を思わせる。時折人を見つめると、その目は女のようにつぶらで大きかった。その上、色が白いので、その目元に奇妙に色気がある。役者にすれば年配女性が喜びそうな男であった。だが、彼がそれを意識している様子はない。むしろ意識的に野暮ったさの中にそれらを埋没させているようでもある。彼は結婚指輪をしていなかった。彼から家庭の匂《にお》いはしない。しかし女相手のご乱行という臭いもない。腕時計は高級なものではなかった。靴も実用的だ。車も決して最新型の高級車ではない。まるで何ものにも興味がないというように。

そう考えると、広瀬には確かに、どこかに自分の人生を置いて来たような殺風景さがある。そしてときどき思わぬところで知性が顔を覗かせる。砂に埋もれた貝殻が風のあおりで顔を出した時、一瞬の光を捕らえて照り返してしまうように。

「恋愛小説は書かなかったんですか？　女性作家って最後には恋愛ものを書きたがるんじゃないんですか」

三村がそれに対して、苦手だったようだと一言答えると、広瀬はふむと頷《うなず》いた。それからしばらく思案するようだったが、やがて、しかしね、と神妙な声を出した。

「どう考えてもあの高岡真紀さんがその女性と接触したとは思えないんです」

三村は言った。「その猿の小説は彼女から受け取ったとしか考えられない」

「猿ですか」と広瀬は呟いた。そしてポツリと問うた。

「うかがいたいんですが、あの、『緑色の猿』というのは実話ですか」

三村はそれに対してはっきりと否定した。

「あれは彼女の創造物です。彼女はそのあとあれをテーマにして八百枚ほどの長編を書いている。その執着が怖くなって、わたしは彼女に見たことがあるのかと問うたことがあるんです。彼女は一笑に付しましたよ。いいえ、わたし、頭はおかしくありませんよと言った」

広瀬はちょっと考えて、改めて問うた。

「その長編はどんな話でした」

「恐怖小説のつもりだったんでしょう。主人公の女がわが身の不幸を呪《のろ》って、幸せそうに暮らす人々の心の奥にある憎しみや嫉妬《しっと》を炙《あぶ》りだすんです。夜中の二時半に猿が現れ、それに見入られると、例えばいままで愛していると信じていた自分の妻のことを、自分が本当はどう思っていたかを否応なく見せつけられる。安定しているように見える生活でも、現実にはかなりの心理的矛盾の上に成り立っているものです。安定を保つために、人間は物事をすり替えて認識しておこうとする。満足しているほうが楽なら、満足しているような振りをして、自分自身にさえそう思い込ませる。そうやって多くの人は生きています。偽善とか、諦《あきら》めとか、その家庭を保つために犠牲にしてきた何か。——目を背《そむ》けていた事実、忘れていたことにしていた過去なんてものが、それぞれの人間の前にひどく醜悪な形で現れるんです。そして彼らは気がつくと相手を惨殺している。

人は皆、長い人生でそういうなにかを持っているものです。人からみればなんでもないのに、本人の中では異様に膨らんでいることを。

小学二年の時、音楽の時間に教室でおしっこを漏らした男の子がいる。その子は学業も落ちこぼれで、成人して兄の会社の警備員ということで働いていた。彼はその生活に満足していた。それがもう四十にも近くなったある日、猿が現れて彼に見せるんですよ、もう三十年も前のその画像をね。ところがそれだけでは終わらない。その続きに人の心の中を見せるんです。誰もあの時のことを忘れてはいない。あいつはおしっこを漏らしたやつだと、皆、腹の中で馬鹿にしているとね。

残酷なのはね、それが嘘だってことなんです。まわりの人間が本当にその男を馬鹿にしているんじゃない。小学生の時におしっこを漏らしたということを覚えてはいるが、その記憶に悪意があるわけじゃない。

もっと残酷なのは、彼自身もそれを理屈の上では理解しているってことなんです。まわりは自分をさげすんではいない。大人になった自分を認めている。しかしそれはあくまで理屈の上で、彼の本質は劣等感のかたまりだった。彼自身が馬鹿にされることを怖がっている。

『猿』はそれをよく知っているんですよ。

彼女の猿は心の鏡だ。恐れれば恐れるほど、何を恐れているのかを鮮明に映し出してしまう。そして彼女の猿には『悪の意志』があるんです。猜疑心《さいぎしん》や劣等感などというものは、一旦火がつくとコントロールできなくなり暴走するものです。猿はそれを知っている。そしてゆっくりと操ることを始めた時には、はっきりとした悪の意志を持っているのです。

あいつは低能だった。だからいまだに仕事ともいえない仕事をお情けでもらって、家族に養われているだけだ。誰もそれを忘れていない——猿は彼の心の中に眠っていた劣等感を極限まで煽《あお》る。やめてくれと叫んでも、猿の瞳は冷たくて、まるで世界の果てから射す一筋の光のように、ガラスのような透明さと冷たさを持って、決して彼を解放することはない。見せ掛けの団欒《だんらん》だ、見せ掛けの友情だと、繰り返す画像の中で男を追い詰める。

男は子供の目の前で、眠っている妻をバットで叩《たた》き殺すんです。彼は殺したくはなかった。彼は妻を愛していた。妻も彼を愛していたし、なにより彼はそれを知っていた。それでもバットを振り下ろしてしまう。振り下ろされるバットの下で血まみれになっていく妻を見ながら、彼は泣くんです。初めてデートをしたその時のことを思い出し、初めて結ばれた時のことを思い出し、血に濡れて彼を見上げた妻の茫然《ぼうぜん》とした顔をみながら、泣きながら、狂ったように殴り殺すんです。

いたる所に現れてはそうやって、ある時は憎悪を、ある時は孤独を、ある時は羞恥心《しゅうちしん》を容赦なく人の心に暴き出して、望まぬ殺人へと駆り立てる。目を開けてみれば、お前だって不幸なはずだと、その女の執念は猿の瞳を借りて追い詰めて、自分以外のすべてに復讐《ふくしゅう》をしていくのです。社会からはじきだされてしまった悲しい女の孤独がつくり出す小説ですよ」

「面白そうじゃありませんか。読んでみたかったな。いまからでも出版できないんですか。作者がいなくなったっていいじゃありませんか。作品があるんだから」

三村は寂しげに笑った。「それは仕上がらなかったんです。途中でノイローゼ状態になりましてね。辛うじて脱稿はしていたが、整理がついていなかった。いや、もっと致命的なことは」と三村は言葉を切った。

「彼女がその話をどう捉えていたのかがわからなかったんです。人の心の内面を描く、いわゆる純文学なのか、それとも『猿』という化け物を主体とした恐怖小説なのか。『猿』という存在が本当にあるのかないのか、幻想なのか真実なのか」

「いわゆる線引きがなかったと……」広瀬はしばし考えて、呟いた。「あなたはその線引きを重要だと考えていた」そして広瀬は、不意に言った。「たぶん来生恭子という女性は、そういうことが嫌いな人だったんでしょう」

「そういうこととはどういう意味ですか」

広瀬は笑った。「いや、ノウハウという意味ですよ。線引きが必要だと言われればそうすればいいじゃありませんか。それがルールだと言われれば、黙ってそれに従ったほうが楽だし得でしょ。そういう意味です」

「わたしはそういう単純な意味で、彼女の小説が不明確だったと言っているのではありません」

広瀬は三村の言葉をあざ笑うように言った。「いや、そういう意味ですよ、結局。それはそういうことなんだ。あなたが要求したのはそういうことなんだ」

沈黙があった。

三村は思った。作家が何を考えているかなど、本当はわかりようもない。自分はただ、編集者として、彼女によかれと思ったことを言い続けていただけだ。このように糾弾を受けるいわれはない。

「——足が悪くなったのは、その頃だったんじゃないんですか？」

憤りを覚えているのに、三村には返す言葉が見当たらないのだ。彼女がはっきりと目に見えるように足に支障をきたしたのは、あの原稿が仕上がりに近づいた頃だった。

広瀬は一つため息をついた。そしてふと視線を遠くに泳がせた。

「見たんですよ。僕も。来生恭子の手紙を見ながら、この中の女のことを考えていた、その時です。背後に視線を感じた。冷気のような視線だった。見てもいないのに確かに誰かの視線だとわかる。僕は振り返りました。そしてそこに一匹の猿を見たんですよ」

三村は広瀬の顔をみた。彼はどこか遠い所を眺めつづけ、その表情からはさっきまで嬉々として人の秘密を暴いてみせた子供のような意地悪な闊達《かったつ》さはすっかり失われていた。

「僕はそれを見た時、なんであるのかわからなかった。猿なんですよ。確かに猿なんだ。セキュリティシステムの整った八階のマンションの一室で、猿なんているはずがない。僕にはそこにいるのが猿でないことがわかっていた。あれはなんなんだろうと思った。緑色をしていた。そして毛がふさふさとして、それが微生物の運動器官のように蠢《うごめ》いているようにみえました。そして置物のようにじっとしている。——神社の前の狛犬《こまいぬ》かなにかのように。その時ある一文がふと頭をよぎり、僕は気がついたんです。あれは来生恭子が書いた『緑色の猿』の中の猿だって。そいつがいま、僕の背後にいるんだって」

広瀬の、三村に向けたその顔は、少し青ざめて見えた。

「不思議と怖くはなかった。不気味だとも思わなかった。そういえばあの小説の中の主人公の松太郎も友人に、その猿を一度も不自然だとは感じなかったと話している。

——転べば痛いし、人に会えば挨拶もする。空中に石が浮かんでいれば気味悪い。どんなに理屈をつけられたって気味悪い。それが不思議とまるで気味悪くないんだ。まるでこうやってお前と話をしていることがごく自然なことのようにな。

その猿がいま、自分の背後にいるというんだろうか。僕にはどうにも事態がつかめなかった。ただその猿には、何か懐かしい感じがあったんです。子供の頃にはよく、農道の端に廃車が放置されていたものですが、タイヤが半分土に埋もれてすっかり錆《さ》びついた車はなんだか恨めしげでね、窓ガラスなんかはもう、とうの昔にないんです。窓枠だけが残っていて、破れたシートから生え出したぺんぺん草がその窓枠から何本も伸び出していたりする。湿った臭いがしてね、まるで捨ておかれた車の恨みつらみを養分にして花を咲かせているような。でも子供の頃は不思議と、そういう哀愁のようなものに過度の感傷を抱かないんですよね。受け入れるんです。その猿にはそういうぺんぺん草と同じ香りがした。土に埋もれて朽ちたタイヤの気配がした。猿は部屋の隅にいた。そしてじっと僕をみていた。時間は深夜の二時半でしたよ」

広瀬の携帯電話が鳴った。広瀬は電話を取ると、その件は明日にしてくれと短く答えて電話を切った。

ようやく車が止まったのは、あるマンションの前だった。

6

広瀬はガレージを見回して、高岡真紀がいつも病院に乗り付けてくるBMWは停《と》まっていないと告げた。ピカピカに手入れされた外車なので目立つというのだ。二人は三階の彼女の部屋の前まで上がっていった。

郵便受けから新聞が溢《あふ》れだしていた。一杯に突っ込まれた新聞は端が湿って広がっていた。足元にも二束ほど落ちている。五、六日分に見えたが、それにしては野ざらしのように端が黄色く変色している。広瀬はしゃがみこむと、新聞受けに突っ込まれてある一番下の新聞の日付を覗《のぞ》き見た。

「彼女が東京に行ったのはいつですか」

「この週の木曜日です」

「その打ち合わせの電話は彼女からかかってきたんですか、それともあなたから？」

「わたしがかけました」

「その時には彼女、電話を受けたんですね」

「ええ」

「いつですか」

三村は正確に思い出そうとした。「月曜日でしたから、五日前ということになります」

「じゃあ少なくとも六日前にはこのマンションにいたはずだ」

広瀬は「ウウム」とうなると立ち上がった。「管理人を呼んで開けてもらいましょう」

彼があんまりはっきりいうものだから、三村はつい苦笑した。

「四、五日留守にしたくらいじゃ、管理人は開けてくれませんよ」

それに対して広瀬は事もなげに言った。「新聞の初めの日付は二週間前ですよ。あなたが五日前に電話が通じたことを黙っていれば、中を確認するのに十分な日数です」

三村はあわてて新聞の日付を確認した。確かにその日付は六月五日になっていた。

広瀬は「警察がからむかもしれませんから覚悟なさいよ」と一言残すと、三村に何を問う暇も与えず下りていった。一方的でせっかちな男だった。広瀬はここに高岡真紀の死体でもあると思っているのだろうか。思えば確かにその可能性だってなくはない。五日前には彼女は家にいた。すなわち彼女は家にいながらこの黄色く乾いた新聞の山を無視していたことになる。それは不可解というより不吉に思えた。

暫《しばら》くして彼は鍵《かぎ》を持った男を引き連れて戻ってきた。広瀬は男に聞こえないように、三村の耳元でささやいた。

「僕は彼女の主治医であなたは彼女の知人と言ってあります。管理人は、昨日の昼には高岡さんの車はガレージに停めてあったのにと不審そうでしたが、無理やりひっぱってきました。

それより気になることがあるんです。管理人がいうには、このマンションの契約者は女性ではなく男性だというんです。父親の名前でもないらしいんですよ、名字が違う」

三村は驚いて問い返した。「背後に誰かいるというんですか」

広瀬は首をすくめた。「わかりません」

ドアを開けた時、まだ昼前だというのに部屋の中は真っ暗だった。厚手のカーテンが光を遮断している。廊下の向こう、その真っ暗な部屋の中央でなにかがほの白く光を発している。

その発光体は部屋の中央、床から三十センチも上方で、ぽっかり浮かんでいた。

奥のベランダ側の窓に長く垂れ下がっていた厚手のカーテンがフワリと動いた。それはまるでそこに人でも立っているようだった。誰かがこちらの様子をじっと覗いているような――いや、その部屋は確かに無人だった。そこに人など立ってはいない。あれはカーテンがドアをあけた時の空気の流れで動いただけだ。それだけのことだ。

三村は部屋の中央に目を転じた。よくみればその発光体はテレビのブラウン管のように真四角な形をしている。

広瀬が電気のスイッチを捜して部屋の壁に手を伸ばしていた。少し目が慣れて、三村は発光体の正体に気がついた。それはワープロの液晶画面だった。

背中で、「わっ」と小さな声がした。管理人は緊張した声をあげていた。

「気をつけて。なんか足元にじゃりじゃりしたものが――」

広瀬のまさぐる指が壁のスイッチを探り当て、パチンと部屋に明かりがついた時、三人は思わずあとずさりしていた。

部屋の床には鋭く光るガラスのような破片が散乱していたのだ。

壁の中央にあるテレビにはブラウン管がなかった。ぎざぎざに割れて、中は焼け焦げたように真っ黒だった。管理人が誤って踏んだのは廊下にまで散った、割れたブラウン管の破片だったのだ。

破片の中に黒いCDデッキが斜めに転がっている。クリスタルの花瓶、時計、鴨《かも》の彫刻のついた木製のティッシュボックス、そしてまき散らされた感熱紙の原稿。ワープロがその中央に、一メートル四方の低いテーブルの上でほんのり光っていた。

「投げつけたんだな。ほら」と広瀬は割られたテレビのスイッチを指さした。

「スイッチが入ったままだ。書いていて、苛立《いらだ》って投げつけたんだ。手あたり次第のものを」

――ここにあの恭子がいるような気がする。この錯乱は最後の日々の彼女のものに違いない。

三村はさっき動いたような気がしたカーテンに目をやっていた。あそこに立って誰かが自分を見ているような気がしたのだ。

「こういう時は警察に連絡したもんでしょうか」

管理人は靴を履いて戻ってくると、部屋を見回してそう言った。

広瀬は根元から抜いてある電話のコードを持ち上げて三村に見せた。「風呂場《ふろば》で死んでるなんてこと、ないでしょうね」

広瀬の言葉を聞いて、三村は再びカーテンの方へと目をやっていた。もしそこに高岡真紀の死体があったなら、確かにここにいたのは恭子なのだ。そして真紀を殺したのだ。自分の宝物を弄《もてあそ》んだことへの報復として。

三村は揺らめいたカーテンから目を逸らすことができなかった。一筋の血を残したバスルームの床が見えるようだった。

広瀬は彼の視線に気がついて、怪訝《けげん》そうにカーテンの方向を見た。「何かありますか？」

「いえ。動いたような気がしたものだから。気のせいだとはわかっているんですがね」

誰が風呂場を見に行くのかと、管理人は頼りなげに声をあげた。

「わたしがいきますよ」と広瀬は貧乏籤《びんぼうくじ》を引くことに決めたような恨めしそうな声で答えた。

「これでも医者ですからね、何があったって悲鳴なんてあげやしませんから」

「大丈夫。何もありませんよ」三村は呟《つぶや》くように言った。思考を現実に戻すのだ。この部屋の狂気がいかに恭子に重なるとはいえ、それは現実ではない。

広瀬は靴を履き、バスルームを見に行った。戻ってくると、バスルームはきれいなものでしたよと告げた。

「別に不審なところはありません。寝室を見てきます」

床に原稿が散らばっている。風に吹き飛ばされたように散らばったその紙はまるで降り積もった新雪のように、柔らかく積み重なっていた。

恭子は自分の作品を愛する女だった。小説の書き込まれた紙さえ愛した。彼女にとって文字の書き込まれた紙は彼女の頭の中にあるものたちを放った一つの世界だったのだ。解き放たれて、紙の中で主人公たちは生きている。生きて、興奮し、飛び跳ね、泣き、笑っていた。

——指が動く。

彼女はよくそう言った。

指が勝手に動くのよ。自分のものでないような気さえする。ひとりでに言葉が溢れて、あとから意識がついていくの。知らなかった言葉が画面に叩きだされ、それを不思議だとも思わない。人間たちが頭の中で動き、しゃべり、イメージは言語化されて色が見えて風圧を感じる。そしてどれ一つとして拾い損なうことは許されない。それらはただひたすらにあたしの指を引き上げ、追い立ててくる。

疲労というものがわからなくなるの。

空腹というものにも心得がなくなるの。

頭の中はガスが充満したように張り詰めて、指の感覚以外のすべてが失われる。何かがプラグを引き抜いて、あたしからあたし個人を隔離する。

三村は部屋を見回した。彼女はこんな立派なマンションに住んではいなかった。もっと小さな、もっと古びた、公団住宅の一室に住んでいた。１ＤＫのその小さな部屋には端の端まで彼女の匂《にお》いが染みついている。

彼女はあの小さな部屋で作品を書き続けた。そして自分が叩《たた》き出すワープロ画面の中の人間たちを見つめて言うのだ。この画面の中で騒いでいるこの人達は一体誰なのかしらと。画面の中に平たくしるされた文字の集合体であるはずなのに、彼らは生命を持ってこの中でうごめいている。

ワープロ画面には文章が写しだされたままだった。

――あたしが彼らを画面の表面に記号化している。彼らの住む宇宙からこの世界へと引き出している。接触してくる観念と感覚を記号化しなければならない。

上手に記号化するのよ。あたしのどこかがそれを欲している。

三村はそこに捨ておかれたような原稿を見るのが忍びなかった。彼はしゃがみこんでそれを拾いはじめた。

彼がその端を持って持ち上げるとざらざらと砂のようにガラスの破片が床へと滑り落ちる。ベランダ側の窓が開いていた。さっきカーテンが動いたのは確かに風のせいだった。だからこの原稿が散ったのも、たぶん風のせいだろう。

三村は拾いながら、知らず原稿に目を走らせていた。そしてはっとした。

彼はさっき目にした原稿を手に取り直した。

あたしは何がしたいかもわからない人のために仕事もクビになって遠くこんな地までやってきたってことね。ああ、だれかにきかれたら昨日はいい日だったたって答えてやるわ。なんにもない土地で、なんでもない毎日を繰り返していた昨日までは人生最高の日日だったってねぇ。たったの二十四時間で、あなたはまたあたしの人生をひっくり返した。三年間累々と積み上げたささやかなるあたしの人生をね。

三村はそこに落ちている別の原稿を拾うと、食い入るように読んだ。やがて彼はあたりを見回した。

その感熱紙には血が飛び散ったような黒い染みが小さく点々とあった。たぶんブラウン管が割れた時、飛び散った破片の熱で焼かれたのだろう。だとすれば、この原稿たちはブラウン管が壊される前からこの状態で散らかしてあったということになる。彼女がヒステリーを起こして手あたり次第の物をテレビに投げつける前から。真紀はこの散らかした紙の中でワープロのキーを叩いていたことになる。しかしその感熱紙は新しかった。古い、十年前のものではない。十年もたつと感熱紙は色が変わるのだ。

ざっとみても五、六十枚はあった。三村は顔を上げ、ワープロの画面の中を見た。そして次のページを映し出すと、その中に浮かんだ文字を読んだ。

六十三秒、六十二秒、六十一秒。時計の針は進むが彼女からのベルは鳴らない。室温は限界点に達しようとしていた。五十八秒、五十七秒。起爆装置を外すのに二十五秒。しかし逃げ出そうにも、この機会を失うと次はない。金もなければチャンスもない。フラナガンはかっきりあと十分と――とフィリアスは時計を見た。――クソ！　五十二秒でやってくるに違いないのだ。あと二十七秒、二十六秒、暑さで頭がぶっこわれそうだ。ああ、この部屋からでられるんなら、ここの金庫に眠っている二百万ドルの金塊をごっそりやってもいい。

三村は呆《ほう》けたように画面を見つめつづけていた。

彼にはこの、騒ぎを起こしている人々が一人一人、誰であるのかがわかるのだ。

主人公の名はフィリアス・フォッグ、またの名をイアン・ダグラスという。女の名はマリア・レイシー。主人公は二百万ドルの金塊をごっそり盗んで、その直後にＩＣＰＯのフラナガン捜査官が来るように時間を設定した。なぜそういうことになったのかは忘れた。何か必要があったとしか覚えていない。いや、マクベイン――ＣＩＡのマクベインが何かの引き換えに彼の行動に目を瞑《つむ》る時間を与えたのだ。そして確か、階下に市民がいた。彼はそのために極めて限られた時間内でことを終えなければならなかったのだ。この時主人公は、行きがかりから持ってもいない金を用意しなければならないはめに陥っていた。彼にはこの二百万ドルの金塊は絶対不可欠だったのだ。しかし周到に入り込んだビルの中で、肝心の起爆装置を作動させる合図である彼女からのベルが鳴らない。起爆装置を作動させることができなければ金塊を持ち出すことはできない。空調の切れたビルの中で、彼は――。

それは彼女の初めての作品、十年前、うだる暑さの中を持ち歩いた、あの千六十二枚の原稿の一節だった。一行でもいいから読んでください――彼女のあの日の激情。

画面を下へと動かしていた三村は、そのワープロの中で突然文面が変わっているのを見つけた。


記号化——表層——接続——宇宙——闇《やみ》——コンタクト——

生まれ出ずるものども。肉体を持たず産声《うぶごえ》だけを上げる。

真夜中にあなたを見る目。

あなたは言語というものが存在すると思っているでしょ。

でも本当はそんなものはないのよ。

あれは幻想——あれは幻覚。


画面の奥に沈んだ闇の中から彼女の声が聞こえるようだった。湿った冷たい声だった。彼を見据えて、その目の光が三村の心の皮膚のない深部に突き立つ。目玉の奥がその文字から離れようとびりびりと痛みをあげているのに、釘付《くぎづ》けになったその視線を外すことができなかった。心臓の響きがどすんどすんと三村の体を震わせる。

三村は自分の指を見つめた。五本揃《そろ》った指。爪《つめ》。関節があって、皺《しわ》があった。

現実に戻るのだ。高岡真紀は何らかの手段で恭子の原稿を手に入れた。ただそれだけのことではないか。三村は自分にそう言い聞かせようとした。しかしそれだけでないことに彼は気付いていた。

最後の四行は確かに彼女が原稿に残したものだった。しかしその手前の二行はその原稿にはなかったものだ。その、人が知るはずのない二行に書かれた一つの言葉——記号化。

記号化という言葉は恭子が好んで使った言葉だ。普通は言語化と言う。しかし彼女は強いて記号化と言った。

コンピューターと同じ。あたしは彼らの世界を人にわかる記号に変換しているのよ。文学ではなく、伝達なのよ。

この言葉遣いは彼女だけなのだ。

三村は部屋を再度見回した。部屋の中央にあるテーブルを、そしてその上に置かれた光を放つ機械を見た。その液晶画面の文字を。

——ここに彼女がいる。

「寝室にも誰もいませんよ」背後から広瀬の物静かな声がして、三村はびくっと振り返った。いつから立っていたのだろうか、広瀬は彼の様子を眺めている。三村は広瀬に言った。

「ここに散らばっているのは古い作品です」

広瀬は散らばった紙を眺めた。「しかしそれにしては感熱紙の色が変わっていないじゃありませんか。古くなると黄ばんできますよ」

なぜ高岡真紀は恭子の古い作品を打ち直していたのか。——打ち直すことができたのか。ここには十年前の彼女の原稿はない。だから高岡真紀は何かを見て写していたのではない。ではなぜここに恭子の文章が、記号化という言葉が浮かんでいるのか。三村は答えた。

「――古い作品を打ち直したのです」

三村の気配に圧《お》されるように広瀬はそこに立ちすくんでいた。しかし三村はそれ以上説明しようとはしなかった。彼は俯《うつむ》いて、再び原稿を拾い始めた。それはまるで散らばった遺品を集めるようだった。命の戻るあてのないかけらを拾い集めるのに似ていた。彼は体のどこかが痺《しび》れてしまったような虚脱感を感じながら、その一つ一つを拾っていった。そして管理人に「触らないほうがいいと思いますよ」と言われて、その動きも止《や》めた。

広瀬は一つの写真立てを三村の方へと突き出した。

「ベッドサイドにあったんです」

写真には女が一人写っている。

「この女性が高岡真紀さんです。どこかへ観光へ行った時の写真みたいですね」

写真の右下には五月十三日と日付が入っている。写真の中で女は青い海を背景に立っていた。それを見た時、三村は再び愕然とした。女の姿にではない。写真に写っていたその場所だった。写真の中に背景としてある、海の中に切り立った断崖――

そこから落ちていく女の姿が今も目にみえるような気がした。


わたしは今あらゆる思いから引き離されて疼《うず》く本能を抱えた骨一本となってここに破滅する。漂う海原に無形となり、わたしの思いは永遠に流浪する。

広瀬はどうかしたのかと不安げに問うた。

「いえ――」と三村は言葉を濁した。

「来生恭子が最後に書こうとしていた、『自殺する女』という小説の、主人公が飛び下りる断崖がここそっくりだったもので」

目をこらせばそこに女の姿が見えるような気がする。目の覚めるようなスカイブルーのスカートに白いレースのカーディガンを羽織ったその女。それは空に向かってまっすぐに顔を上げ、まるで神の懐《ふところ》に帰るその時を歓喜しているようでさえあった。

女はその断崖を背にしてにっこり笑っている。

写真を見つめて、三村はゆっくりと言った。

「彼女でした。わたしのところに来たのは、この女性です」

7

木部美智子が新神戸駅で乗ったタクシーを三宮駅で降りた時、わずかに日が差し始めていた。六月の光は反射が強く、その上空気が雨に洗われて、見るものがすがすがしく輝いている。美智子は高岡真紀のことを思った。

二人が知り合ったのは、大学を出てすぐ勤めた新聞社の地方支局だった。七人の新卒配属社員のうち、女性は高岡真紀と自分の二人だった。木部美智子が地味で堅実だったのに対して高岡真紀は派手で躍動的であり、二人は両極を成し、かつ引かれ合ってもいた。真紀は平然と「地味な仕事は嫌いだ」と言い、美智子はその奔放《ほんぽう》さに憧憬《しょうけい》を持っていたし、真紀は真紀で美智子の、自分には逆さに振ってもない実直さと聡明《そうめい》さに尊敬の念を抱いていた。美智子は男に交じる仕事にあって、女であることを意識させないように気を遣い、真紀は女であることを自覚的に利用していた。真紀はその日の服装を決めるためには時間に遅れても気にしなかったし、靴も歩きやすさより格好のよさを重視した。対して美智子は眼鏡をかけて、ヒールの低い靴を履《は》き、動きやすいズボンを穿いて、化粧をすると滑稽《こっけい》に見える気がして薄化粧にした。だからジャケットを選ぶために堂々と出勤時間に遅れてくる真紀になにかしら潔《いさぎよ》さを感じたものだ。

真紀は叱《しか》られても動じなかった。誰にでも気軽に声をかけることができたし、いついかなる時も図々《ずうずう》しくその場に割り込むことができた。臨機応変に泣くことも、笑うことも、同調することもできた。「木部さんみたいに仕事のできる人はただ地道にやってれば認められるからいいよね。できない奴《やつ》は踊りでも踊らなきゃ忘れられちゃう」そういう真紀に眉《まゆ》をひそめるものもいたが、美智子はむしろ、彼女の人目をはばからぬ行動を見る時、自分の中に潜むある種の自意識過剰を恥じたものだ。彼女は確かに有能ではなかった。しかし真紀のそういう自嘲《じちょう》さえ、その頃の美智子には力に見えた。だから美智子は陰になり日向《ひなた》になり彼女をかばい続け、真紀は悪びれることもなくそれに素直に感謝した。職場にたった二人の女性同期生はそうやって仲良くなっていった。

しかし人並みの仕事ができるようになるにはそれなりの修業期間が必要なわけであり、真紀はその根気のない人間だった。彼女は結局一年を待たずしてトラブルを起こしてやめた。強引な取材の上、その際とりつけた情報提供者との約束をないがしろにして、その取材方法が表沙汰《おもてざた》になったのだ。その上彼女は架空の証言者をつくって事件をよくできたドラマに仕立ててしまっていた。当初真紀はそれを認めなかった。そしてでっち上げの証拠を突きつけられると一変して開き直った。彼女は結局非を認めることを拒んで辞職した。

「こんなみみっちい仕事、やってられるか」

それが彼女の捨てぜりふだった。

みみっちい仕事も大事なお仕事と、美智子は三年をその新聞社で過ごして取材のノウハウを身につけて大きな出版社に移り、やがてフリーのジャーナリストになり、その間も真紀は思い出したように連絡をよこしていた。仕事を聞いても言葉を濁すこともあったし、銀座でホステスのまねごとをしていたこともある。真紀には倫理観が欠落しているところがあった。しかし美智子から借りた金だけは、踏み倒したことはなかった。美智子との時間の約束もたがえたことはなかった。そして職業を転々としながら結局、雑誌畑に戻っていた真紀に、時間に遅れてもなお口紅を直していたあの頃の真紀を重ねて、その気骨に敬服したものだった。

彼女とのつきあいも十五年になる。

ロビーを見回した時、向こうで手をあげる小柄な女が目に入った。高岡真紀はそこで明るく笑っていた。

遠目で見るとパーマっ気のない髪を肩のあたりで切って、真紀は年齢よりずっと若く見えた。かつての、肩で風を切って歩くような凄味《すごみ》は感じられない。清楚《せいそ》という言葉は彼女に一番遠いものだった。美智子はちょっと驚いた。が、近づくと、そこにいるのは以前と変わりのない、美智子の知る高岡真紀だと知れた。貪欲《どんよく》で狡猾《こうかつ》、動物的嗅覚《きゅうかく》で自分の利害をかぎ分ける鳥に似て、ガラスのような硬質さを持ったその目。五年ぶりに見た彼女に、美智子は真紀が彼女特有のその特質をきわめたようにさえ見えた。しかしやがて美智子は、彼女が特質的なものに磨きをかけたというより、その日の彼女は興奮しているのだと気がついた。目が黒光りしているのだ。それは美智子には見覚えのある表情だった。

一般的に、記者はそういう時、瞳《ひとみ》は熱を帯びて黒光りする。はやる心を自ら諫《いさ》めて、むしろ普段より冷静かつ慎重であろうとするものだ。しかし真紀の場合は、加えて落ち着きなく、そのくせ目のどこかに含み笑いを持つ。それがそういう時の真紀特有の表情だった。それはスクープを摑《つか》んだ時の記者の顔だったのだ。

話すほどにそれは確信となっていく。真紀がただ旧交を温めるために自分と会ったのではないことは確かだった。しかし彼女はなかなかその本題に入ろうとしなかった。美智子は、真紀がその興奮を見せつけるために自分を呼んだのではないかとさえ思った。何か大きなことに行き当たり、口外することはできないがその興奮が抑えられない――あり得ることだ。それでも真紀の視線には美智子に媚《こ》びるものが見受けられ、すなわち全く用事がないわけでもなさそうで、美智子は四方山話《よもやまばなし》をつないでしばらく様子を見ていた。

「でもどうして神戸にきているの」

美智子はできるだけなんでもなさそうに話を振った。真紀は「ちょっとね」と意味ありげに笑った。それはまさに待ち構えていたかのようだった。「ちょっとね」というその一言を言えることが嬉《うれ》しくてたまらないというように。美智子はそれを見逃さなかった。即座に同じように笑ってみせた。

「ちょっと作家のスキャンダル？」

真紀は昨日の電話でそう漏らしていたのだ。彼女は瞬間、夜行性の動物のようなすばしっこい警戒心をその顔に走らせた。何気ない顔を作っていたが、真紀が距離を取って様子をうかがっているのはわかっていた。作家のスキャンダルなんかには興味はなかった。美智子はスキャンダルというものに食指を動かさないのだ。ちょうどきらびやかな服が自分に似合わないことを知っているのと同じように。ただ真紀の慎重さが興味をそそった。美智子は彼女のその動揺を見なかったような顔をして、呟《つぶや》くように畳みかけた。

「まあ、あたしはそういうことに興味はないけどね」

聞いて欲しくてたまらない顔をしている相手には気のない振りをしてみせる。果たして真紀にはてきめんだった。

「ちょっとききたいことがあってさ」真紀はいつもの少し崩れた口調で、努めて何気ない様子を繕っていたが、その声には確かに狼狽《ろうばい》が感じられた。彼女は期を逃すまいとするように、素早く畳みかけた。

「木部さん、作家とか編集者にコネない？　それも雑誌のライターなんかじゃなくて、本物の作家。純文学系統」

美智子は黙っていた。真紀が本題を避けて遠回しに言うのは、自分の気を引こうとしているからなのだ。真紀は続けた。

「本郷素子って知ってる？」

美智子は少し失望した。同じゴシップでもそういう手垢《てあか》のついたものは他愛《たわい》ない噂話《うわさばなし》としてさえ価値がない。

「新世紀文学賞を取ったあの『花の人』ってのが盗作かもしれないってやつでしょ」

三年に一度発表される新世紀文学賞は純文学作家の登竜門《とうりゅうもん》としては最高峰であり、ちまたにごまんとひしめく賞とは格が違う。しかしそれでもある程度の見識のある人間なら、あの本郷素子を本物の作家だとか「純文学系統」だとは言わない。美智子の醒めた様子に真紀は焦りをあらわにした。

「彼女の交遊関係を知りたいのよ」

「原稿を流したのが誰かを知りたいって言いたいのね?」

真紀は注意深くこちらの顔色をうかがっている。彼女の視線は真剣そのものだった。美智子は本当に興ざめした。五年ぶりの旧友の、あの瞳の輝きの原因がこのようなものだったのかと思うと、その視線が真剣なだけ、なんだか情けないのだ。ああ、同じ酒の肴《さかな》ならもう少し違っていた方がよかったのに。

「あの人があれでもうだめだろうって話は聞いている。二作目は続きっこないって。でも当の本郷素子はあちこちに打診しているってのは聞いてる。二匹目のドジョウを狙って、どこかにてごろな原稿は落ちていないかってね」

美智子は時計を盗み見た。三時を少し回っている。葛西弁護士のところに四時半には行きたかった。タクシーで三十分見ておかなければならない。四時まであと一時間、ホテルの手配もまだだった。

「誰がどういう経緯でその原稿を流したか、噂でもいいから聞いたこと、ない?」

真紀の問いかけに美智子は少々うんざりしてきた。誰が流そうと、それを問題にする当事者が現れない以上、それは合意の下《もと》で行われたことなのだ。そして合意であるならば、それは不倫と同じく倫理にもとるが、糾弾はできない。

「あれはどこかの出版社の編集者が本郷素子に流したって言われている。それがどこの誰でも、双方認めやしないわよ。騒いだって名誉棄損で訴えられるのが関の山。その上その出版社が大きいものだから、どこもかかわり合いになりたがらない。あの作品の本当の作者が黙っているんだから、周りが騒いだって無意味よ」

その時ふいに、真紀は勝ち誇ったように笑みを浮かべた。

「でもその作者が殺されているとすれば？」

木部美智子は頭のどこかがピクリと反応するのを感じた。

実の作者が死んでいれば、本郷素子があれだけ平然としているのも筋が通ろうというものだ。しかしその興奮も瞬時に醒めた。たかだか一本の小説のために殺人まで犯す人間はいない。本郷素子はただでさえ売れっ子だったのだ。

真紀はどこか遠くを見るように呟いた。

「綺麗《きれい》な人だったのよ。情熱的で、奔放で」

真紀のその口調は過ぎ去った人を懐かしむようだった。美智子は一瞬、真紀がその女性作家と顔見知りだったのかと思ったが、すぐにそうではないと気がついた。真紀は夢想しているのだ。ちょうど映画の中の主人公に入れ込むように。

「物腰はすこぶる上品でね、でもその目は強烈な意志の光を放っていた。悪魔的と言ってもいいかもしれない。おおよそ男なら魅了されずにはおかない目。彼女は夢を語り、物おじせず、自分の信じたことを疑わなかった。七年——七年の歳月を彼女は小説にかけたのよ。この小さな町で、人生の喜びのすべてを擲《なげう》って。そしてデビューは目の前にあった。膨大な量の作品を残して、その女性は消えた」そして真紀は美智子の顔を覗《のぞ》き込んだ。

「本郷素子があの『花の人』を発表する三カ月前のことよ」

木部美智子は黙っている。真紀は畳みかけた。

「事実、ある編集者が引っかかっているのよ。あなたの言う通り、大手出版社の偉いさんがね。あたしの入れたさぐりにがっぷりと食いついてきた。その『花の人』の作者は大変な美人だったのよ。そしてその編集者とその女性は」そう言うと、真紀は思い出したようにクスリと笑った。「男女関係を持っていた」

そして美智子を斜めに眺めた。

「彼女は長年のストレスで神経症にかかっていた。彼女が消えて、本郷素子があれを出し、編集者は出世した。自殺か他殺か事故か。いずれにしても彼女の作品を本郷素子が自分の名前で出したことは絶対に事実なのよ」

なおも黙っている美智子を尻目《しりめ》に、真紀は再び夢見がちに言葉を継いだ。

「綺麗な手をしていたそうよ。まっすぐに伸びた綺麗な細い指をして、綺麗な形の爪《つめ》をして」真紀は自分の指を見つめながら言った。「爪を長く伸ばしていた。彼女は自分の指を見るのが好きだった。いつも手入れして、綺麗にマニキュアを塗って。あたしはそういう女性が好きでさ。失踪《しっそう》当時三十七歳。まあ、三十ちょっと過ぎにしか見えなかったっていうけれど。とにかくあたしたちとそう年も変わらない。脚光を浴びるのは、その女性のはずだった。あたしはね、復讐《ふくしゅう》してあげようと思っているのよ。志半ばで消えた無念の彼女の意志を継いでね」

美智子は事情を呑み込んだ。その恍惚《こうこつ》とした彼女の表情の意味を察し、美智子はクスリと笑った。

「なるほど。人の喜ぶ要素がすべて揃《そろ》っているってわけだ」

真紀が瞬間気詰まりな表情を浮かべた。しかし美智子はその冷笑を崩さなかった。

「将来を嘱望されていた美しい女流作家の卵が突然行方不明になった。その三カ月後、ある作家が恋愛小説を発表し思わぬヒットになった。その裏に隠された一つの謎《なぞ》」

美智子は話しながら、細やかな笑いが湧き上がってくるのを感じた。こんな事件が目の前に転がっていれば、真紀でなくとも色めき立つだろう。日常の中にこそ本物のドラマがあるなどとご大層ぶったって、この手のドラマが持つ色香は異性の放つフェロモンに似て、人の心をまどわすのだ。

そのあざとさに「心ある読者」はそれを敬遠し、「良識ある出版社」はそれを敬遠し、安手のドラマとレッテルを貼られて表舞台から追放の憂き目にあう。そして哀れ悲劇のヒロインは三流誌の格好の餌食《えじき》になる——美智子は心の中でくすくすと笑い続けた。実はこういう記事はそれからが本領発揮で、興味本位の雑誌に載った瞬間、まるで神話のように語り継がれ始めるのだ。深く静かに浸透し、そこには「心ある読者」を気取るものはいない。

しかし現実には、そういうドラマが真実であったことは一度もないのだ。百も承知で、それでもなおこういう手合いのドラマには見事な吸引力がある。聞いているだけでぞくぞくするような。美智子はそれがおかしいのだ。何度でも、見せ物小屋の口上にだまされてそれでもなおかつ懲《こ》りずに木戸銭を払って門を潜《くぐ》ってしまう人間のさがを見るようで、血が騒ぐとは全くこういうことをいうにちがいないと思うのだ。「週刊フロンティア」の真鍋編集長も、できるなら「子供の主張」なんかよりこんな記事で誌面を飾りたいというのが本心だろうに。「汚れた栄光」などと銘打って。そういう時にはあんな寝ぼけた声なんか出さないに違いない。

「『汚れた』じゃなくて『血塗られた』なんてのはどうでしょうかねぇ、あ、やっぱり品がない？」――真鍋の真剣な声が聞こえてきそうで、美智子はおかしい。「華やかな世界の裏で繰り広げられる愛憎劇。美貌《びぼう》の作家の卵と大手出版社の編集者、そして虚名だけの女流作家。うごめく金、名誉と欲望、裏切り、そして悲劇。失踪にまつわる謎は自殺か殺人か。そして被害者は陰のある美しい女。優雅な物腰の、指の綺麗な女」

――指の綺麗な女。

その瞬間、木部美智子は自分の口から滑り出た言葉にピクリと視線を泳がせた。その時、何かが神経を直撃したような気がしたのだ。何に直撃されたのかわからない。闇《やみ》が自分に笑いかけたような、そんな言いしれぬ不安が自分を襲ったような気がした。彼女はその正体を心の裡《うち》にまさぐったが、いまや跡形もなく消えて、ただ残された不安だけが闇の中にぽつねんとともっている。あたしから目を離すなとでもいうように。美智子はそれに気付くまいとするように言葉を畳みかけた。「まるでアメリカ製のソープオペラを地でいくものね。あなたが興味を持つのも無理ないよね」

真紀が自分の動揺に気付いていないことがわかると、美智子は少し落ち着くことができた。彼女はゆっくりと自分の心の中を眺めながら問うた。

「その女性が『花の人』の本当の作者であるって証拠はあるの？」

その女性——彼女は闇の中から美智子の神経を揺さぶって再び闇の中へと消えた。

真紀はその問いを受け流した。美智子は言った。

「ないんだ」

真紀はそれでも黙っている。やがて再び奇妙な曖昧《あいまい》さを持って微笑《ほほえ》んで、耳打ちするように言った。「でも真実なら、すごいスキャンダルだと思わない？」

その目は、確かにそれは真実なのよと美智子に囁《ささや》いていた。彼女が言葉にしないその確信が美智子の気を引く。美智子は何げなさそうに言った。

「どういう経緯でその女性に目をつけたの」

真紀は確かに美智子が反応するのを待ち構えていた。だからその瞬間、真紀は実に満足げに笑ったのだ。

「詳しい話は何か情報と引き換えってことに」

駆け引きなら心得ている。ここはわざとらしく言ってやらねばならない。これが駆け引きであると公言して交渉は始めるものだ。だから美智子はわざとらしく冷ややかに言った。

「協力してほしかったらもう少し情報を聞きたいですね、高岡さん。まともな話だと確信がもてなかったら、あたしはかかわり合いになりたくないものですから」

真紀は憤然とした。「ずいぶん話したじゃない」

「誰かの協力が必要なんでしょ。だからそれだけ話した。でもそれだけじゃあね。あたしもいま、仕事を抱えているし」

普段ならここでゲームに乗ってくる真紀であった。しかしその日の彼女は違っていた。真紀はそこで俯《うつむ》いた。難題を吹っ掛けられて判断に窮したという具合であり、そこには彼女らしからぬ切迫したものを感じる。真紀はしばらくして長いため息を一つつくと、顔を上げ、恨めしそうに美智子を見た。

「木部さん、あなたなにか情報を持っているの」

「いまのところ心当たりはない。でもなんにも話してくれなきゃ、当たろうにも当たれないしね」

「協力してくれるってこと？」

「わからない。得意分野じゃないし。あたしに得もないし」

真紀は黙っていた。いまだ恨めしそうに、しかし一方で、抜け目なく美智子を、その心中を透かし見ようとするように。美智子はそれを無表情に迎えた。「あたしに得もないし」という一言を彼女が心に刻むように。

真紀は観念した。

「何が知りたいの」

「まずはその女性の名前ね。それと、あなたがその女性にかかわった、その取っかかり。それから、その編集者って人間のことも」

真紀はいまや、不安を隠そうともしなかった。美智子が自分のネタを横取りするつもりではないかと恐れている。それでも真紀がねばるのは、彼女がどうあっても何かの情報を欲しているからであり、真紀がこの件で行き詰まっていることの証《あかし》でもあった。彼女がこのソープオペラに入れ込んでいるのは明白だ。彼女は確信を持っている。確信を持つだけの根拠を持っている。それはたぶん論理的なものではなく、現実的なものだ。情況証拠ではなく、目撃情報といってもいい。すなわち、真紀はルポライターとしてではなく、ある意味で当事者的立場にいるということなのだ。真紀の表情、言動の一つ一つがそう物語っている。

美智子は自分の中にいまだ残る不安の光を感じていた。それが細く揺らぎながら、決して消えぬと自分を威嚇《いかく》しているような気がした。黄色く、そして仄《ほの》かに邪悪な香りのする光。

真紀はなおも恨めしそうに美智子を見ていたが、開き直ったのか、やがてさっぱりとした口調で言った。「女の名前。それだけ？」

美智子は刹那《せつな》に返した。「住んでいた場所も」

美智子の反応に真紀は怪訝《けげん》な顔をした。美智子は冷淡に付け加えた。

「どこに住んでいたかを知りたいのよ」

真紀はどことなくなげやりな口調で答えた。「行っても無駄よ。もう別の人が住んでる」

それでも美智子は引かなかった。「どこに住んでいたかを知りたいのよ」

「どうしてそんなことを知りたがるの」そして突然思い出したように笑った。「木部さんて昔から意味のないことは聞かない人だったものね」

それは遠い昔に机を並べた頃の真紀を彷彿《ほうふつ》とさせる、人懐《ひとなつ》っこい笑みだった。

真紀は女性の名を来生恭子と明かした。そして彼女の住んでいたその場所も教えた。

四時を回ろうとしていた。美智子は立ち上がった。

「もういかなきゃいけないから。あなたはゆっくりしていらっしゃいな」

勘定書を持って店を出ていく美智子の後ろ姿を見ながら、高岡真紀は、その時、木部美智子は収穫があった時にはその日の勘定を持つ人間だったことも思い出していた。


葛西弁護士は相変わらず雑然とした部屋の中に埋もれていた。冷えたコーヒーが黒くカップの中にたまっている。木部美智子が顔をだすと、彼はその巨体をぐいと持ち上げて立ち上がり、彼女に向かって「やあ」と一声あげた。五十を過ぎたばかりの彼は、その肥満の理由を、朝昼晩の食事を出前とファーストフードで済ますという、単身赴任のような食生活ゆえだと弁明したが、美智子は笑って聞き流していた。彼の部屋ではコーヒーはいつも冷たくなって沈みきっている。それを横目に、葛西は美智子が土産《みやげ》に持って来た大きな餡《あん》入りの饅頭《まんじゅう》を、「じゃ、失敬して」とがさがさと開ける。これほどに甘いものに目がなければ、朝昼晩と菜食を実践したってその巨体はいかんともしがたいだろう。

茶をすすり、饅頭を一つ食べてから、やっと葛西は木部美智子にたずねた。

「何か目新しいことはありましたか」

「いえ。こちらの方はありません。裁判のことは新聞で読みました。野原悠太くんに関してはまだ否認のままですか」

「ええ。あれだけはね」

「容疑否認のまま判決ですか」

葛西は困ったように黙っていた。

「あの時の資料をもう一度確認させて欲しいんですよ」

美智子は幾度となく見たそれを丹念に読み返していた。

8

葛西弁護士の事務所から三十キロほど離れた町中を、三村は新幹線の駅へと向かっていた。夕刻の道路は混雑していた。中心に近づくほど信号が増えて停滞する。するとその緩慢な動きに乗じて車線変更した車が割り込んで、一層遅滞する。神戸の街は道を造り過ぎている と知人が言った。増え過ぎた道は交差を繰り返す。そしてその交差点ごとに車は流入と流出を繰り返す。大型道路が迷路のように入り組み、その道路を車両が埋めて、それぞれの方向指示器があくなき意志を告げて点滅している。整然と繰り返される煩雑で猥雑な光景。三村は車窓にぼんやりとそれを眺めていた。

なぜ高岡真紀の部屋にあの原稿があり得たのだろうか。あの部屋は恭子の気配に満ちていた。高岡真紀の名を借りて、彼女がこの世に蘇《よみがえ》ったかのように。

「あなた、その高岡真紀って女性について本当に何も知らないんですか?」

広瀬は混雑した道路をガラス越しに眺めて、三村の問いに困惑の表情を浮かべた。三村は続けた。

「マンションの名義は別人だった。高岡真紀とはどういう人間なのですか」三村は畳みかけた。「守秘義務はわかっています。しかしわたしはどうしても、その高岡真紀と来生恭子の接点を知りたい。彼女には男はいたんですか」

「しかしそれはね」と広瀬は困ったように呟《つぶや》いた。三村は広瀬の言葉を遮った。

「事件である可能性だってあるでしょう。テレビのブラウン管は叩《たた》き割られていた」

広瀬は他人事《ひとごと》のように言う。「ヒステリーですかね」

彼が三村の問いをはぐらかそうとしているのは確かだった。三村はそれを逃さなかった。

「職業上知り得た秘密じゃなきゃいいでしょう」

「職業で会ったんだから、すべて職業上知りえたことですよ」

「秘密ですか」

「いや、まあ——そうでもないけど」三村の強い語調に広瀬は諦《あきら》めたようにため息をついた。

「何が聞きたいんですか。彼女に男がいたかどうか？　それに関して答えるならば、僕にほんとのところはわかるはずがないでしょう。ただ、僕が彼女から聞いたことだけで判断すれば、いなかったというだけでね」

「そうですか。その件についてはわかりました。しかしわたしが知りたいのはそれだけじゃない。なんでもです。すべて。あなたの知る、彼女のことすべて。できるだけ詳しく、正確に」

広瀬はじっと三村を見ていたが、ポツリと言った。

「お願いがあるんですよ」

「なんですか」

「大したことじゃありません。いいですか」

そのまま広瀬はそのお願いとやらを言いだそうともせずに三村の顔を見ていた。三村は黙っていた。広瀬がそれをどう取ったかはしれないが、やがて彼は、大してお役に立つとは思えませんが、と前置きして話しだした。

高岡真紀が広瀬の許《もと》を訪れるのは金曜の四時と決まっていた。

四時というのは午後の診療の始まる一時間前で、明かりを落とした受付には鉄格子《てつごうし》のようなシャッターが下りて、待合室には人はいない。その人気《ひとけ》のない待合室に彼女はポツンと座る。

小柄な美人だった。広瀬はそれを「遠目に見ても妙にそこだけ後光がさしているような気がする」と表現した。頼りなげな面持ちで、いつもぼんやりと俯《うつむ》いている。広瀬が下りてくるのが遅くなった時には、そこでそのまま居眠りしていることもある。その様子は、小さな子供が見知らぬ場所で親を待つうちそのまま寝入ってしまったような具合であり、そういう時には起こしてしまうのがもったいないような気さえしたと……。それを聞いた時、三村にはそれが、二日前に東京で会ったのと同じ女だとは思えなかった。ただ、その様子には来生恭子の姿が重なる。

「しばらく眺めて『高岡さん』と声をかける。すると彼女ははっと顔を上げ、『ああ、先生』とね、ほどけるように笑うんです」

もともと神経症の患者で、不眠、微熱、強い脱力感などの症状は常にあり、彼女がいまさらそれを気にするということはなかった。

「彼女は楽天的な女性でね」と広瀬は言った。

「症状を誇張して訴えることもなかったし、ことさら同情を引く言い回しもしなかった。症状がひどかったのは、彼女が初めて僕の診察室を訪れた、半年ほど前なんです。その当時は話している途中に突然体が震えだしたり、関節が真っ白になるほど自分の腕を握りしめていたり、ときどき自分が何について話していたのかを突然忘れてしまうこともあった。彼女は僕に精神科に行くべきだろうかとたずねましたが、僕はその必要はないと思いました。

彼女は精神病ではなかった。僕は精神的圧迫が循環器にどういう影響を及ぼすかということに前々から興味があった。神経科、心療内科の教授とも交流を持っています。それで診療時間外にカウンセリングを始めたんです。当時僕は彼女の他にも四人、似たような患者を抱えていました。もちろんその必要があると思えば専門科へも紹介状を書きました。しかし高岡真紀についてはね、必要なのは時間制限のある専門的なカウンセリングや投薬治療ではなく、話し相手なのだと思うようになっていた。スポーツジムの受付をしているということでしたが、友人と呼べるほどの人間はいないということでした。新しいマンションに越してからは近所付き合いもない、友だちは結婚して以前のようには付き合えない。彼女は僕と話したがっていると、そう思うようになったんです。

実際この半年の間に彼女は僕にいろんなことをしゃべりましたよ。子供時代の思い出、昔付き合っていた男性のこと、雨の日の時間の過ごし方、旅行先での小さな出来事――彼女はなかなか話し上手でね、あどけない口調で『そういうのは正義感でなくて、強いていえば義《ぎ》侠心《きょうしん》かしら』などと自己分析するのを聞くと、大人だか子供だかわからんと思ってなんだかおかしくてね。中学の時によく学校を休んだって言うから、何してたのか聞けば、することがないからぼんやりと雨を眺めるうち、樋《とい》から落ちてくるしずくを数えていたりしたって言うんです。それで、僕に神妙な顔をして教えてくれるんですよ、『あれって絶対数えられないんですよ、途中で必ず数がこんがらがるの』って。変な人でしょ。でも僕には新鮮だった。

時々、誘惑されているような錯覚を持つこともありましたよ。一度、果して彼女は僕を誘惑しているのだろうかと思いながら話を聞いていると、不意に、『ああ、つまらない。いっそ外でお話ができればいいのに』と言われて度肝を抜かれた。『ええ、同感です。そうしますか』と口をついて出そうになってますますあわてた。

これは間違いなく誘惑だろうかと改めて彼女を見れば、大きな瞳《ひとみ》を僕にまっすぐにあげて、『ねぇ?』と小首を傾けている。妙に奔放《ほんぽう》なところのある女性でした。無防備というのかな。自覚的かどうかは別として、その無防備を武器として使っているんですね。女ってのはそういう使い方を知っているものですよ。事実その瞳に見入られると妙にがんじがらめにされるようでね、僕はあははと笑ってやり過ごしたが、彼女は、なにがあははなんだろうというような顔をしてやっぱり僕を見ていました。確かにそこにはある種のしたたかさがあるのかもしれない。それでも悪い気はしないものですよ。とにかく高岡真紀という女性は、そういうことも含めて気を引くものを持っていました」

その真紀が少しおかしくなったのは五月の中頃だったと広瀬は言った。

「彼女は突然不調を訴えたんです」

その日、真紀は和歌山に行ったお土産《みやげ》にと看護師一同に菓子折りと、広瀬にはきれいなガラスでできたイルカの文鎮をくれた。彼女はいつものようにカラリとした明るい顔をしていた。しかし不調を訴えた。——ただやたらに気分が悪い。頭が重いし眠れない。

「僕はいつものことじゃありませんかと言ったんだが、彼女はひどく困惑した様子でね、そうなんだけれど、なんだかいつもと違うような気がすると言った。どう違うんですかと問えば、彼女はしばし考えて、『不安』と呟いたんです。なにかが不安だって。その様子が妙に気になりましてね、突然意味もなく不安に襲われるというのは、彼女にはあんまり珍しいことではなくて、でも彼女がそれに過度に反応することは、いままでにはなかった。それで僕は旅行疲れじゃないかと聞いたんです」

しかし「ええ。そうかもしれません」と言ったその言葉は、どこまでも頼りなげだったと広瀬は言った。

その次の金曜日には、彼女はいつもと同じ様子で座ってはいるが、あまり笑わなかったし、一言言うごとに何か物思いにとらわれる風で、言葉は途切れがちであり、そのたびに何か苦しげに広瀬を見やった。

「仕事で何か面白くないことでもありましたか、と僕は聞きました。それでも彼女はただ、いいえ、何もと言ってそのまま黙りこくる。そして突然顔を上げ、唐突にこう言いだしたんです。『あたし、本当は小説家なんですよ』って。記憶の限り、前後に何かの脈絡があったようにもない。僕は仕方がないから、へえって答えておきましたよ。そうすると彼女はにっこりと微笑《ほほえ》むんだな。書くのってペンを握ったような真似《まね》をしてひょこひょこと手を動かしてみせた。そしていつもの四方山話でもするように言ったんですよ。小説家っていうのはね、頭の中に怪物を一匹飼っているってことなんですって」

渋滞に巻き込まれて、車の動きは完全に止まっていた。頭上の電光掲示板に「平野町交差点事故のため南行き五キロ渋滞」と文字が浮かんでいた。車窓の向こう、隣の車の中で、運転席に座った男が車が動き出すのを待っている。ぼんやりと前方を見つめて、そこにはただ怠惰に時間を待つ人の顔が見えた。昨日と今日の境目を見失って、それにさえ気付かぬ日常の人の顔だった。それを見ながら、三村はぼんやりとその言葉を聞いた。

来生恭子はかつて、雨の日に樋から落ちる雨の滴を数える女を小説の中に書いた。決して数えきることができない。何度やっても数えることができない。主人公は規則正しく落ちる雨の滴を五つまでしか数えることができないのだ。

――広瀬の言葉は夢想にちがいない。たぶん今、自分と広瀬は黙ってこの渋滞の中にいるのだ。昨日と今日の境目のない毎日を生きる、そんな怠惰な顔をして、たぶん、黙って座っているにちがいない。それを言える人間が隣にいるはずもないのだから。

「話はうまかったが、それほど知能の高い印象はなかった。世間知らずだったのは確かなようですね。しかし彼女は独身主義ではなかった。それどころか、結婚して、子供を持って、お揃《そろ》いのセーターなんか編んだりする、そういう生活しか考えたことがなかったと言っていました。そういう彼女が朝を一人で迎え、一日を一人で過ごし、一人で眠る。あらゆる希望や幸せから取り残された気がしていたんでしょうね。でも結局、彼女自身が愛情を拒絶していたのだと僕は思う。僕は言いましたよ——人間は一人で生きているんじゃないんですよ。どこかで誰かとかかわりを持って、人は日々を暮らしているってね。彼女は悲しげな顔をしたな。憑《つ》きものがおちたような頼りなく、悲しげな顔。老いていくことへの諦めと恐怖をたたえた悲しい顔でした」

広瀬はポツリと呟いた。「今だから言えるが、いや、相手があなただから言えるのかもしれないが、僕は正直言うと、彼女を抱きしめたい衝動に駆られましたよ。彼女がその小さな体全体でそれを求めているような気がしてね。その瞬間の静寂というのは、何かこう、魔物のようなものがある。この一瞬に、すべてから解き放たれてみようかなんてね。彼女の髪が香るような気がして。まあ、辛《かろ》うじて踏みとどまりましたが。僕はただ、出来上がったら見せて欲しいと言いました。彼女は寂しげに微笑んだ」

僕は高岡真紀という患者を女としてみていたかもしれない——広瀬はそう、告白した。

広瀬は彼女を知性的ではないと重ねて言ったが、彼の言葉には繊細で多感な女が見え隠れする。三村は広瀬が、その女の姿を意図的に歪《ゆが》めて話しているのではないかと感じたほどだ。いかに誤魔化そうとしても、記憶の中のその女が言葉の端から溢《あふ》れてくる——三村には、広瀬の言葉はそんな風に聞こえた。そしてその繊細さと奔放さ、そして悲しさはあの来生恭子に重なるのだ。まるで広瀬はあの恭子を語っているかのように。

雨の滴の数――高岡真紀もまたそれを数えた記憶を持っているというのだろうか。

「高岡真紀に変化が現れたのは和歌山に行ってからだと言いましたね」

「ええ。『気味の悪いところに行った』と言っていた」

広瀬は真紀の話を語った。真っ白な道で、両端に気持ちのいい木立があって、その先は山に続く。その道の両側にある木がなんだか人間に見えた。道の両脇《りょうわき》から人がじっと自分たちを覗《のぞ》き込んでいるように思えた。気がつくと無数の視線を感じて動けなくなった。実際には白い日に輝く木立があるだけなのに。道の入り口にあった祠《ほこら》は、自殺者の霊を弔《とむら》う場所だったのだ。そう思うと足がすくんで一歩も動けなくなった。死者が自分を見ている。心を現世に置いて身を失った人たちが、自分たちのその肉体を羨《うらや》んで、じっと妬《ねた》ましげに見下ろしている――。

「どうかしましたか?」広瀬がたずねた。

真っ白な道で、両端に気持ちのいい木立がある所。そしてその先は鬱蒼とした林。そして入り口には祠――そこはたぶん、野ざらしになった幾十もの石の地蔵が色あせた赤い前垂れをつけている。

三村にはっきりとその場所が見えた。三村は自分が動揺しているのを隠そうとした。

「いや」

広瀬は続けた。「そういえば、あなたも言っていましたが、来生恭子が最後に書きかけた作品の冒頭は確かに高岡真紀が写真を撮っていた場所に似ていましたね」

三村は瞬間たじろいだ。彼があの場所を覚えているということが、三村には恐ろしかった。三村は懸命に平静を装った。「その高岡真紀という女性が、来生恭子が自殺の舞台に選んだ場所に行っていたというんですか」

広瀬は怪訝《けげん》そうに問い返した。「自殺の舞台?」

「来生恭子が最後に書いていたあの作品には『自殺する女』って仮題がついていたんですよ」

「どんな作品でしたっけ。いえ、冒頭ははっきりと覚えているんですが。そのあとを読んだかな」広瀬のあとの言葉は独り言でも言うようだった。

「女が自殺するんですよ、岸壁から飛び下りてね。そして何年後かに、そこを通りかかった女が、自殺した女の怨念《おんねん》に取り憑《つ》かれて、自殺した女がこの世に残した思いを代わりに遂げていくという、ホラーです」

広瀬は突然、声をあげた。

「その場所を通った女が自殺した女の怨念に取り憑かれるですって?」

広瀬が声をあげるまで、三村自身気がついていなかった。

『自殺する女』の舞台は白浜。高岡真紀が通った場所も白浜で、その日から高岡真紀は突然、当然のように来生恭子というペンネームを使って来生恭子の小説を書きはじめ、自分のところに原稿を送りつけたということになる。恭子の癖や、彼女しか知らない言葉まで使いこなして。三村は辛うじて答えた。

「ええ。そういう小説でした」

三村は、真紀が来生恭子の小説を実体験するなどあり得ないことだと思った。『緑色の猿』はその妄想が臨場感のある小説だったが、恭子はそんな猿など一度も見たことはない。小説はあくまで作り事であり、現実と混同するのは馬鹿げている。しかし広瀬はそうは思わなかったようだった。三村は、緑色の猿を見たといった、広瀬の言葉を思い出した。暗示にかかりやすい男には見えない。それでも広瀬には、高岡真紀が『自殺する女』の舞台を訪れていたということがひどく意味のあることに、いや、なにか重大な意味を持つことに思えたようだった。広瀬は三村の顔をじっと見て、やがて黙りこくった。


新神戸駅で広瀬は何か言いたげで、なかなか立ち去ろうとしなかった。三村が乗車券を買ってもなおそばに立ち、妙にもじもじしている。三村はなんですかと問うてみた。広瀬は彼の顔を見て、困ったように照れて笑った。

「お願いがあるって言ったでしょ」

三村は思い出した。この男、何か意味ありげにそんなことを言ったような気もする。広瀬は笑っているような困っているような、なんとも言えぬ顔をしてはいるが、三村の顔色をうかがうその様子はかなり真剣だった。三村は待ったが、どうやら待てば待つほど言いにくくなるらしく、らちのあかぬことに業を煮やした三村はもう一度、今度はちょっと強い語調で、ほとんど詰問するほどに、問い返した。

「なんですか」

その語調に広瀬も覚悟を決めたようだった。

「実はね」そして三村の顔色をうかがったまま、慎重に切り出した。「僕もちょっと小説に興味がありましてね」

三村はその時うかつにも、自分が編集者であることをすっかり忘れていた。広瀬にそう言われてもなお、三村はまだ怪訝な顔をして、「ええ。それはうかがいましたが」などと答えていた。

「いや、だからね」と、それでも広瀬は引き下がらない。そして広瀬は実にもの言いたげな目をして三村をみている。そこで初めて、三村は自分が編集者という職業であることを思い出した。そして三村は大慌てで「ああ」と呟き、広瀬はそれを見てやっとにっと笑った。

「読んでみてくれますか。いや、まだ書き上がっているというわけじゃなく、いや、正確にいえばまだ全く書いていないんです。ただ、構想はあってね」

三村はその間の悪い顔でひどく真剣に答えを待っている目の前の男を見ながら、考えた。頼りになるかならぬかは別として、それでも少なくとも今、高岡真紀の情報はこの男からしか入らないのだと。その瞬間、三村は忘れていたその言葉づかいまで取り戻していた。

「ええ、いいですよ。あなたにいろいろとよくしてもらいました。忙しいのですぐとはいかないが、読ませてもらいますよ」

快諾と聞こえるように、三村は顔に職業用の笑みまで浮かべた。広瀬の顔に安堵がひろがり、みるみるほどけるように笑った。三村は、医者も社長も学者もこういう時にはみな同じ顔をするものだと呆《あき》れた。なぜこれほどにみな小説家になりたがるのだろうか。いや、小説家に憧《あこが》れるのだろうか。

しかしこれで、しばらくはこの男を引き止めておくことができる。三村はそう思いながら、新幹線に乗った。彼は今、何より高岡真紀の情報が欲しかった。

木部美智子は葛西弁護士の事務所を後にすると、いつもの大通りからはずれて商店街へと入っていった。

9

高田治信は最後の事件については供述を二転三転させた。「やりました」と言ったかとおもえば、数日後には「そんな男の子は見たこともない」と言葉をひるがえした。狭い取調室で同じことを何度も問われているうち、ふとやったような気になったり、どうも心覚えがないような気になったり、そういうことは彼のような気の弱い人間にはあるかもしれない。高田治信は車を持っていない。初めの三件はいずれも高田治信の家から半径二キロの範囲に被害者の居住区がある。子供たちの遊び場は容疑者の生活範囲内にあった。しかし野原悠太に関しては、ほぼ五キロの距離がある。

高田治信は自転車を持っていた。駐輪場から盗んだと本人は自供しているが、つまるところ、放置自転車だったようであり、彼はタイヤのパンクを直して使っていた。その自転車が失業中の彼の主な交通手段だった。もうすぐ四つになる子供を、それも面識がなかったであろう子供を、車なしで連れ帰ることは困難だと思われた。警察は野原悠太の行動半径から考えて、高田治信と悠太くんが顔見知りだった可能性はあると言った。スイミングスクールは送迎バスを出している。その乗り場のそばにスーパーがあり、その前に子供用の小さな広場がある。夕飯の買い物をする母親のために、小さな場所に小さな滑り台を一つ置いたものだ。そのとなりの筋にある市場が容疑者高田治信の子供の頃からの生活圏だったのだ。彼は日々の食料品をそこで買っていた。それをもって、容疑者高田治信と被害者野原悠太は接点を持ったというのが警察の言い分だった。

「だから彼が車を持っていなかったということは問題にならない」

しかし野原悠太は人になつく子供ではない。同世代の子供とも交流がもてなかった。その上、指摘するならば、野原悠太がスイミングスクールに通いだしたのは事件の三カ月前、一家が大阪からこの地に越してきてからで、季節は真冬であり、バスを待つ間子供たちが公園で遊ぶ時候ではなく、現にその時期は乾いた土の上に木の葉が舞うばかりで足を止める親子連れはいない。そして高田治信は見知らぬ人の集まる場所を嫌った。彼は自分が社会から疎外されていると感じ、叩《たた》かれなれた野良犬のように逃げることが身についていた。彼は親子連れを見ると、別世界に対する恐れと羨望《せんぼう》に似た感情を持ち、それは超えられぬ階級意識にも似ていた。だから仮に子供たちがスーパーの前にたむろして遊んでいたとしても、彼が親子連れでごった返す、中流意識の巣のようなスーパーの広場の前などという空間に入り込めるはずがないのだった。

彼は人前では常におどおどしていたし、そういう自分を知ってもいた。彼は地下鉄に乗ることにもプレッシャーを感じる男だった。誰かが自分のことを汚いと陰口を利いているような気がして、居たたまれなくなると言った。誰かが自分に突然暴力を振るうのではないかと思うと言った。ただそこに怒りはなく、母親という庇護者《ひごしゃ》を失ってからは特に、彼にはただおびえがあるだけだった。

木部美智子は通りを歩きながら書店を探した。

葛西弁護士の事務所で美智子は西区の拡大地図を見せてもらった。『神戸市西区豊島東町六丁目　二三三―三〇四』――高岡真紀から聞いた来生恭子の当時の住所は、野原悠太の消えた公園から直線距離で十キロと離れていなかったのだ。

その夜美智子は早々とホテルに入ると、小説『花の人』を読み始めた。

『花の人』は短い小説だった。八十ページ程しかない。原稿用紙で百二十枚前後の作品だと思われた。短編を本にする時には、ある程度の厚みが出るように他の短編を抱き合わせるものだ。『花の人』には本郷素子の別の短編が一作抱き合わせてある。しかしこれが失敗だった。こういうことをしたから『花の人』が盗作だと皆が納得してしまうのだ。木部美智子もまた、呆《あき》れもしたし、同時に納得もした。

筆が違うと、ある同僚が表現したことがある。並べればプラスチックの人形は土ものの人形と違いを際立たせてしまう。並べればわかると、偽物と本物を論じる時に古物商の人たちはよく言うが、並べずとも歴然とするものを並べてしまっているのだ。もし『花の人』を書いたのが本郷素子なら、もう一編の小説とも呼べぬ短編を書いたのは彼女ではないし、それを書いたのが本郷素子なら、『花の人』を書いたのは彼女ではない。『花の人』の筆は繊細だった。言葉が立体化してイメージが立ち上がってくる。それは描写力ではなかった。言葉の持つ香りだった。この作者は、赤を赤と表現しなくてもそこに赤のイメージを紡ぎだす技量を持っていた。『花の人』は恋愛小説ではあったが、美智子はストーリーや男女の機微よりむしろその魔力に引き込まれた。

そこに女がいて、男がいる。男の戸惑いがそこに見え、女の姿が立ち上がる。

二人の男女が晴れ上がった春の草原を思わす爽快《そうかい》さと可憐《かれん》さを持って静かに恋をして、静かに閉じていく。自分たちがこの先もう失っていくしかない純粋さをいとおしむように。それは有り余る純粋さを軽侮する二十代の恋ではなく、失った純粋さを手鏡で覗《のぞ》いてみようとする四十代の恋でもない。大人であろうとしているのでなく、大人になろうとしている三十歳前後の、忘れかけていた純粋さへの回帰を求める心が、そこにはある。守ればいいのか捨てればいいのかわからない「純真」という言葉。人としては魅力でも、社会人としては弱さでしかない悲しい存在。それが男と女を引き寄せるのだ。

女は繊細で奔放《ほんぽう》であり、比べて男は現実というものを知っていた。女の広げる世界は男には甘美でもありいとおしくもあり、しかし一方で不安をも抱かせた。作中具体的には触れられてはいないが、男の職業はかなり社会的地位の高い、かつ知的なもののようだった。弁護士とか医者だろうか。すなわち男にとって、彼女は異質な存在だった。男は次第に彼女のあり方に不安を抱くようになり、彼女を自分の許《もと》へ引きつけようとする。彼は彼女を抱えて現実社会を乗り越えようとしたのだ。しかし女は男の生きている常識の世界を受け入れようとはしなかった。やがて女は男の許を去っていく。彼女のために懸命に夢と現実の間の橋渡しになろうとする男を、哀れみの目で見ながら。

あたしは行けるところまで行く。行き着けるところまで。

作品の醍醐味《だいごみ》は中盤の静かな展開の中にあった。恋愛というものがこれほどに特異な世界を構築するものかと思うほどに、二人は昨日と同じものを見ては昨日と違った幸福を感じ、他愛《たわい》ない言葉の一つ一つに、その意味を嚙《か》みしめて幸福を感じた。気の利いたセリフはなかった。男は不器用にもうつる。それでも女は毎日を少女のように多感に生きて、男はその姿に至福を感じていた。恋の最後は呆気《あっけ》なく、男が捨てたとも、女が振り切ったとも、そのあたりは一つの時間の渦の中に飲み込まれ、切れている。

完成品というより、習作のようだった。作者にこれを一つの作品として完成させる意志がないような印象を受ける。高岡真紀の確信は真実であるかもしれない。これは力を秘めた作家の卵が無意識に書き散らしたものの一つであるという真実。そして読み進むうち、自分でも愚かしいとは思ったが、木部美智子はそこに一つのドラマを見ていた。

主人公の指の美しさがあの主婦の言った女の指に重なり、その向こうみずな聡明さが、主婦の言った「どことなく目を引く気品」に重なるのだ。

美智子は思い出す。確かに悠太くんが誰かと消える現場を見た人間はいない。ただご多分に漏れず、いろいろな情報があった。そのなかに、悠太くんらしい男の子の前にしゃがみこんで話している女性を覚えている人がいた。子供でなくその女性が目撃者の興味を引いたのだ。

　美智子は鞄《かばん》を開けた。分厚いファイルに、入りきらないほどのメモやレポートや切り抜きが収めてある。その中の一ページを開いた。そこには美智子自身があの日聞き集めたことを書き込んだレポートがあった。

　これを書いた時、それほど気がかりの種になるとは思わなかった。埋もれてしかるべき雑多な情報の一つに過ぎなかったのだ。それがなぜこれほど後を引き、意識の端にこびりつき、ちょうど洗濯を繰り返すうちに他の汚れがとれて、改めてその小さな染みに意識が向いていくように、日が経《た》つにつれて明確な影となっていったのか、美智子自身にもわからない。ただ往々にして、真実というものはそうやってある種の神がかり的なものを持って、意識に迫ることがあるということを、長年の間に知っているというだけだ。

　それを膝《ひざ》の上に広げたまま、読むでもなく、ただそれを回想した。

　——子供の視線の位置まで腰を下ろして、その女性は人目を引くように綺麗《きれい》だった。彼女はにっこり微笑《ほほえ》んで何かを話しかけている。その光景は微笑ましくもあったし、俗離れして美しい感じがした。艶《つや》のある茶色い髪をして、長い指をしていた。目撃者は女性に気をとられて、子供のことは見ていなかった。黄色い半ズボンをはいていたことは辛《かろ》うじて覚えていたが、上に何を着ていたかは判然としない。小さな男の子だったことだけは思い出した。団地の公園の裏にあるエレベーターホールで五階へ上がるエレベーターを待つほんの短い時間のことだった。それでも女性はそのマンションの住人でないことだけは確かだと言った。あんな小さい子に道をたずねるはずもなく、かといって子供は女性と顔見知りという風でもない。子供の様子には「緊張のようなもの」が感じられたというのだ。

証言者であるかの主婦には、思い返すとその光景というのがひどく不自然に見えてきた。知らないお姉さんに突然優しくされて戸惑っている男の子という図がはまってくる。彼女が、あれは行方不明になった悠太くんではなかったかと思い出したのは、事件がひとときの喧騒《けんそう》を脱し始めた、三カ月も経ってからのことだった。

——後ろは砂場で、小さい子を持つお母さんたちが集まってしゃべっていた。目撃された二人の位置は母親の集団から十メートルほどしか離れていなかった。目撃者のいたエレベーターまで五メートル。そして車道までは七、八メートル。すぐそばに母親がいる安堵感から、悠太くんがその綺麗な女性に気を許したとしても無理がないのではないだろうか。もしその女性が車を持っていたならば、そして子供の扱い方を知っていたならば、三歳の子供を自分の車に連れ込むこともできたかもしれない。白昼堂々と、しかも母親の鼻先で。

美智子は自分が立てた仮説が妄想であるに違いないと思う。それでも『花の人』の作中の女、狂おしい情熱を持って男が与えようとした安定を振り切ったその女が数年後、子供の前に優しげに膝を折り、無垢《むく》な残虐さで子供を扉の向こうに封じ込める、その図が頭から離れないのだ。

馬鹿馬鹿しい。

美智子は開いただけのファイルを閉じた。そしてどさりとベッドに身を横たえた。

高岡真紀はたぶん、ただスクープ記事にするためにあれほど入れ込んでいるわけではないだろう。この小説が本郷素子の手になるものでないことは明白な事実だ。この小説を本郷素子に流した者、あるいは本郷素子自身にその証拠を突きつけたならば、記事にする以上に収入になる。世に言う「ゆすり」というやつだ。彼女はそれを考えているのかもしれない。盗作を裏付ける事実はしかし、その当の作者が姿を消している以上、手にはいるとは思えない。

――でもその作者が殺されているとすれば？

だから本郷素子がのうのうと受賞記念パーティなどをしている。

美智子は起き上がった。

たかだか小説ごときのために人を殺すなど、考えられない。そうですとも。本郷素子は文学性はともあれ、有数の売れっ子作家であったのは事実じゃないの。

それでもあれは某出版社の編集者が彼女に渡したのだというまことしやかな噂が美智子の頭を駆けめぐる。どういう経緯でそうなったのか。もし本当に失踪《しっそう》したその女性がこの『花の人』の本当の作者であるとすれば――。

美智子は受話器を持ち上げると、一泊を延長したいとフロントに告げた。そして来生恭子の住所をメモした紙を眺め続けた。

翌日、美智子は野原悠太行方不明事件のあった分譲マンションまでタクシーに乗った。真新しい公営の賃貸団地群のそばにあって、むしろ公営団地の方が立派に見える。このマンションのローンを払うために一生を費やすのが人の世だろうかと思うと、ふと『花の人』の中の女の生きざまがうらやましくも感じられる。行けるところまで行く――しかし人はどこまで行けるものであろうか。そして行き着く先に何を求めようというのだろうか。

野原悠太の消えた公園はそのままにあった。昼頃だったので、人影はまばらだ。美智子は主婦が目撃した、女性が子供を前にしていたという場所に立ってみた。目撃者である主婦が乗ろうとしていたエレベーターがすぐそこに見えた。すぐ裏が子供たちの遊ぶ砂場になる。ここからでは、砂場は湾曲した壁に遮られて視野に入らない。そして車道がすぐそこなのだ。道々、野原悠太の行方不明に関する情報提供を呼びかける立て札は撤去されていた。そしてここにもう、あの事件を思わせるものはない。

一人の人間が十カ月の時を経《へ》て生を享《う》け、三年あまりで消え去った。それとは別に皆がそれぞれに日常を持っている。幼児が不明になるという事件はショッキングではあったろうが、人はどこまでその悲しみを抱え続けることができるか。時間は感情を洗い流していく。幼児の身に起きた不幸の持つ悲しみに追随し続けることは、ある時点で強迫観念に変化しかねない。感情的お荷物というわけだ。それでも美智子は思う。これが二十年前の地域社会なら、いや、地域文化なら、人一人の行方が途絶えたという事実を、その事実の持つ重みを皆が少しずつ背負い続けたかもしれない。消えた生命の哀れを頭の端にすまわせ続けるとでもいうのだろうか。しかし跡形もなく片づけられた立て札、事件を思い起こす片鱗《へんりん》も残っていないこの公園に、その優しさはない。美智子は現代社会に時々感じる不要物への冷淡さを、整然と元の姿を取り戻した公園に、街路に感じるのだった。

美智子には、野原悠太の母親もまた、どこかで自分の息子のことをそう割り切ったのではないだろうかという思いが離れない。母親である彼女にさえ、失われた幼児の存在は自分が生み出した生命であったという事実を失って、ただ生産性のないお荷物――抱え続けていても意味のないこととなる。しかし「人生は楽しむもの」と万人が言って憚《はばか》らない、現代のその価値観をよしとするなら、かりに母親が幼児を自分の人生における不要物と見なして自身の人生から切り捨てたとしても、責められるべきことではないと美智子は思う。快適に生きることが最優先にされる現代の、その生きるための知恵がここに正当性を持ち、まかり通っているような気がした。

美智子は待たせていたタクシーに戻ると、運転手に告げた。

「ここから西区豊島東町って、何分ほどかかります？」

運転手は、ええっとと考えた。「十分かいな……十五分はかからんとおもいますがなぁ」

美智子が正確に知りたいと申し出ると、運転手はていねいに答えてくれた。

「わしら仕事やのうて走るんやったら八分ですわ。そんなん一本道ですからな――

ここいらは道路事情はよろしいでっせ。なんていうても山切り開いて造った町ですからな、全部が整備されて、計画どおりのまっさらですわ。おまけにこの裏に明石《あかし》大橋がきてますんや。そやから大きな道がもうそりゃ、もういらんいうほど縦横に走ってますわ。ここから大阪行くんも、京都行くんも、一本でさあっといけまっせ」——運転手はいまにもそっちへ向かって飛んでいきそうだった。

団地群の前の道路から少しはずれると、そこには確かに片側三車線の大きな道路が町を貫いて走っていた。道路が町を貫いているのではなく、大きな道路に町を作ってくっつけているのだ。人工の街という言葉があるが、ここはそんな言葉では間にあわない。街単位でなく、地域そのものが人工だった。

来生恭子のかつてのアパートは、野原悠太のマンションの前の道路からきっちり十分で到着した。途中、信号がいくつもあったので、運転手の言う通り、うまくすればもっと短い時間で着くだろう。

雨が降り出していた。美智子はそのアパートを見上げて、中に入っていった。

来生恭子が住んでいた部屋には別の住人がいた。三年経過しているのだから当然のことであり、そして当然のごとく、以降の来生恭子の消息などわかるべくもない。それでもダメでもともとというのが記者時代に学んだことの一つだった。——十に一つも当たれば御の字、三つに一つも当たっていれば緊張感で身が持たないよ——彼女の上司はそう言って笑ったものだ。

木部美智子は管理人室のドアを叩いた。

「ここに昔住んでいた来生恭子さんの知り合いなんですけど、転居したあとみたいで。連絡をとりたいんですけど、何かご存じないですか」

　さあねぇ、と言われてすごすごと帰る。そしてそのあと、事態を整理して、東京に帰るもよし、高岡真紀から何かを聞き出すもよし――そう思っていると、その初老の管理人はもぞもぞと動きだした。腰を折って机の中をかき回し、それから「はぁ」と掛け声をかけて腰を伸ばす。彼は美智子を見た。

「はい。これが、来生恭子さんの、妹さんの住所です。それからこれが電話番号」

　どうだ、満足したかというような表情を見せ、それからおもむろに問いなおした。

「来生恭子って女性の問い合わせはなんや時々あるんですが、何事ですか」

「時々って？」

「いやねぇ、お宅で三人目ですよ」彼は、男性が一人と女性が一人だとぼやいた。

「皆が皆、昔の友人なんやが、行方に心当たりはないかいうてね。その人は、なんや、失踪しはったんですよ。一番はじめに聞きに来た人に、うちのばあさんが、契約の時の保証人やったこの妹さんの住所を教えたもんやから。そのはじめの男の人はえらい血相でしたからなぁ。

　それから半年ほど前やろか、お宅くらいの年の女の人が来はって、うちのばあさんにえらいしつこく聞きましてな。その時には部屋が解約されてから二年も経ってましたからなぁ。ばあさんは困ってしもうて、この妹さんところに電話しよったんや。妹さんは、とにかく失踪やから、何か事情を知ってる人がおらんもんやろかとおもてはるから、これから姉を訪ねて来た人には、うちの番号をいうてもろていいですからといわはりましてな。それでそれからはこうやって教えておるわけですわ。まあ、皆さん心配してはったから、なんやわかったらええですけど、それにしても何事やろとおもいますわ。警察の人が捜査にくるんやったらともかく、皆がみな『友だち』いわはりますからなぁ」

嘘《うそ》を見透かされたようで肩身が狭かった。そんなことならはじめから職業をあからさまにしたってよかったのにと悔やんだ。それにしても一人の男と一人の女とは誰であろうか。

管理人の渡してくれた紙には「青島真由美」とあった。美智子は電話をして、その日午後二時に彼女の家を訪れた。

青島真由美は美智子と同じ年くらいだろうか、目鼻だちの整った、極めて美人だった。女優でもこれほど艶《あで》やかな印象の美人にはお目にかかれない。美智子は今度は正しく身分を明らかにした。

「お姉さんが作家志望だったとお聞きしたのですが、その失踪事件について少しお話を聞かせてはもらえないでしょうか」

名刺の肩書には「週刊フロンティア記者」と添え書きした隣にフリージャーナリストと書いてある。真由美はその名刺を見て驚いていたが、美智子を中へと招き入れた。

「これが姉です。いなくなる三年ほど前ですから、いまから六年前になります」

美智子は差し出された写真を見て、あっと声をあげそうになった。

見知らぬ女性、綺麗な女性、指の長い女性――あの主婦の証言を聞いて以来、染みのように記憶の端にくすぶり続けていたその女性の姿は、時を経て美智子の中で形を結ぶようになっていた。日常意識とは別の所で行われるその人間造形は試行錯誤の繰り返しで、摑《つか》み所がなく時に苛立《いらだ》たしく、しかし昨日『花の人』の小説を読んだあと、美智子の中のその作業は確かに活性化していた。しかしそのイメージを美智子自身が自覚したことはなかったように思っていた。今のいままで、美智子はそう、思っていた。

その写真を見た時、美智子はそこに、まるで旧知の女を見たような錯覚をもったのだ。意識下の緻密《ちみつ》で地道な世界は、美智子にこの女を示し続けていたような気がする。

そこにはある種の吸引力があった。

その女には美貌《びぼう》と翳《かげ》があった。

妹のような絶対的な美貌ではない。しかしその女には、確かに艶やかさと、繊細さ、多感さが同居して、写真の中でさえ底光りしている。

真由美は彼女を奥へと導いた。

その部屋には外から南京錠《なんきんじよう》がつけられていた。真由美はその鍵《かぎ》を開けて、ドアを開けた。

ドアから向こうは、まるで違う世界のようだった。

窓にはカーテンがかかっていた。真昼だというのに、光の遮断された部屋は足元に薄闇《うすやみ》がたたずんで、何者かの気配があたりを覆っている気がする。人が、すなわちいまだ生あるものがおもわずその一歩を躊躇《ちゆうちよ》する、絶対性と神聖さと鼻先にわずかに匂《にお》う邪悪さ——美智子はその時、何かがじっとこちらをうかがっているような気がしたのだ。

「感熱紙の下書きもたくさんあるものですから、日光を入れることができないんです」

真由美が中へと引き入れる。美智子はその部屋に何かが積み上げられていることに気付いていた。一瞬部屋の気配に気を呑まれた美智子もその薄闇に目が慣れて、はじめてその積み上げられたものが何であるかを知った。そしてそれを見た瞬間、美智子は、部屋に足を入れた時の漠然とした畏れなど打ち消されてしまう驚愕《きょうがく》を受けた。

それは膨大な量の紙だった。

一枚一枚に文字が克明に打ちつけてある。膨大な言語の海だった。その言葉の語りかけるべき意味などおおよそ無意味な気がした。言葉がそこに自己を持ち、ただ存在している。地球の上に多くの人々が生命を持ち存在するのに意味など必要ないのと同様に。

美智子はその一枚を取り上げた。それでも何かに圧倒されて、その文章を、意味を成す集合体として判別することができなかった。彼女は息苦しさを覚えた。

「四百字詰めで一万五千枚ほどあるようです」

美智子は茫然《ぼうぜん》として真由美を振り返った。千枚の十五倍――それがどういう意味を持つか、活字にかかわる美智子には多少の心得《こころえ》がある。コラムの原稿が三枚だった。三百枚を言葉で埋めつくせばそれで立派な長編だった。

「姉が突然小説を書き始めたのは二十九歳の秋でした。姉は文学には心得がありました。でも語ろうとしたこともありませんし、それどころか活字を嫌っていたんです。成人してからあの人が本を読んでいるのをみたことはありませんでした」

「ではなぜ文学に心得があったとおっしゃるんですか」

真由美は力なく微笑《ほほえ》んだ。「お会いになっていればわかると思います。姉が小説を書き出したと聞いても違和感がなかったんです」

美智子はその一束を手に取った。それは新生児を初めて抱き上げるに似た興奮と、恐れさえあった。

「小学生の頃、姉の日記を読んだことがあります。机の上にあったんで、子供の好奇心から読みました。でもそこには日常の記述は一つもありませんでした。日々の悩みも、喜びも。盗み見ている罪悪感があったのですぐに閉じてしまいましたが、そこにあったのは架空世界でした。架空の人間に対して架空のやりとりをしていたのです。姉はどこでも優等生として通用していました。問題を起こしたことなど一度もない。親とも、兄弟とも、友だちとも、教師とも。わたしは漠然と、姉が私たちを軽んじているのを感じていました。私たちのことをいつだって頭の隅で処理している。わたしはそばにいてそう感じていました。それはほんの子供の頃からでした。あの頃姉の頭の大部分を占めていたものが何だったのか。わたしは姉が二十九の秋を境にそれを放出し始めたのだと思いました。それが姉のさだめだったのだと思います」

美智子はその話に今、違和感を覚えなかった。あの写真に見た来生恭子。彼女はある意味ではまともな人間ではなかったのだ。そしてそこにはあの『花の人』の主人公の女の姿が重なっている。現実を遠ざけ、夢と情熱の中に身を置こうとする危うさ。

「姉は大変に論理的な人間でした。いったん彼女の罠《わな》にはまれば、誰にもその論理を突き崩すことはできなかった。姉は多くの男性とつきあいましたが、皆、結局退散したものでした。男性って結局、女が自分より優秀だと逃げ出すものですから。わたしはバカでよかったと、姉を見て思ったものでした」

「罠？」

真由美はどこか誇らしげに微笑んだ。

「ええ。姉の論理はある意味で罠でした。あの人は相手の言葉から、その人の意識しないものまで見通す力があったように思います。その上で相手の意識に割り込んで、思考の流れを変えてしまうんです。相手の目を見据えて、一見非の打ちどころのないような論理をよどみなく展開させることができました。それはとても一方的な理論なんです。だけどどこが一方的なのかよくわからない。姉の言葉は魅力的でした。それに引き込まれると、ついいままで自分が考えていたことがひどくたよりなく思えてしまう。どこかで自分の考えていたこととは違ってきたことには気付くのですが、それがどこだったのかわからなくなって、終《しま》いにそんなことはどうだっていいような気になるんです。絵巻物を見るように、先へ先へと押し流されて、気がつくと一つの結論の前に立たされているような」

美智子は言葉を心の中で反復した。それを一般には「うまく言いくるめる」というのではないだろうか。しかし真由美の屈託ない話し振りには全くその意識が見受けられない。美智子はたずねた。

「『一見非の打ちどころのない』とおっしゃいましたね。その、『一見』とはどういう意味ですか？」

「主人が言っていました。物事にはいろいろな側面がある。恭子姉さんはその一側面を明快に分析してみせてくれる。一方向だから決して破綻《はたん》しない。しかしあくまで一側面であって全体ではないから、事実ではあっても真実ではない。だからあくまで『一見』なんです。恭子姉さんの怖さは、それをあたかも唯一無二の真実のように人に見せることができるところだって。

あの人は自分の語る物語の方向性をよく理解している。それを完結させる術《すべ》も知っている。そしてそこには多少の作為があるんだって。多少の作為を持って人を自分の世界に引き込んでみる――それは恭子姉さんの遊びなんだって。真実はもっと多面性があり、迷路のようなものなんだと主人は言います」

この部屋に漂う空気の持つ匂い――この圧迫感。美智子はそれが来生恭子の亡霊のような気がした。

原稿はかなり整理されていた。年代順、日付順に分けて積まれていた。そしてフロッピィには内容を記したこまかなメモ書きがつけられている。それにしては不思議だと美智子は思った。なぜ、来生恭子の妹は、この原稿の総枚数を言う時、推測の形をとったのだろう。

「ずいぶん整理したんですね」と美智子は語りかけた。

「わたしじゃありません。これは、姉のことに興味を持った人が、中身を確認させてくれと言っておいでになったんです」

美智子の記者の触手が情報発見を認識した。おそらくはその「人」が、本郷素子に原稿を橋渡しした人物だ。その人物がなんらかの事情と手段で『花の人』の原稿を彼女の作品群から抜き出したとすれば、その人物が最も恐れることは、そのコピー、もしくは草案がここに残ることだったはずだ。だから中身を確認しに来た——美智子は管理人の言った、一人の男性と一人の女性という言葉を思い出していた。

「それは誰ですか」

いままで協力的だった真由美の言葉がふいに困惑を含んだ。「なぜ、そんなことを聞かれるんですか」

美智子は努めてさりげなく答えた。

「いえ、わたしのようにあなたのお姉さんに興味を持つ人がいたのかと思いまして」

そして畳みかけた。「出版社の人間ではありませんか」

真由美は驚いたように答えた。「いいえ。違います」

あんまりはっきり言うものだから美智子は少し驚いた。「その人はなんと名乗りましたか」

「出版社の人なんかではありません」再度否定したのち、真由美はしばらく思案した。「お医者さんです」

美智子は先を促さなければならなかった。「どういう経緯《いきさつ》でみえたんでしょうか」

「詳しいことは知りません。突然、姉のことを知りたいと言ってこられたんです。患者さんに姉のことを知っていた人がいたとかで。この原稿の量を見て、読ませてくれと言って。それから頻繁にみえて、そこで何時間も原稿を整理していました。仕事が終わってから、夜の二時三時までこの部屋にいることもありました。時には原稿を持ってかえって。フロッピィの読み出しは姉の使っていた機械でしかできないんですが、しまいには姉の持っていたのと同じ機種をどこかで手に入れて、持ってかえって整理なさったんです」

「関係をお聞きになりましたか」

「高岡真紀という患者さんが姉の作品を持っていたとか」

突然飛び出したその名前を、美智子は復唱せずにはいられなかった。

「高岡真紀ですか」

「ええ」

「その作品って何ですか」美智子はもう少しで、男女二人の織りなす恋愛小説、すなわち、のちに『花の人』と題名のつけられた、その小説ではありませんかと、結果を急ぎそうになった。真由美はしばらく美智子の顔を見ていたが、ポツリと呟《つぶや》くように言った。

「『緑色の猿』。姉が三十三歳の時に書いた、初めての短編です。それまでの姉の作品は千枚を超えるものばかりだったそうですから」

その言葉もまた伝聞の形式を取っていた。木部美智子は問いなおした。

「誰かにお聞きになったのですか」

「ええ。その方がすべての原稿とフロッピィを並べてわかったんです。フロッピィの中はかなり乱雑に入っていて、一見しただけではつながりはわかりません。ほぼ解読したと言ってもいい具合でした。実は主人が何か手がかりはないかと調べた時には、数日でやめたんです」

「煩雑過ぎた？」

　真由美はため息を漏らした。

「いいえ。主人は怖くなったと言いました。胸がつまる、僕にはできないって」

　美智子は再びその、一万五千枚以上あるといわれる紙の山を見た。そしてそれが納められている、小さくて平べったい魔法の箱を。

「でもそれではなぜ、その女性の持っていたのが来生恭子さん、すなわちあなたのお姉さんの作品だとそのドクターは知ったのですか」

「それはここにきて、その作品を見つけたからです」

　真由美の話は突然要領を得なくなった。彼女に、何かを明らかにしたくないと思う気持ちが働いているような気がした。美智子は、真由美の心にある懐疑からほどかなくてはならなかった。美智子は十五年、報道の仕事をしてきた自分を語った。三十分も話したことだろう。勤めていた新聞社、かかわって来た仕事、実らなかった努力、そして実績。そしてやっと、真由美から事態の概要を聞き出すことができた。

　医師の名は広瀬。彼は高岡真紀と名乗る患者が言った人物、嶋という編集者から、来生恭子の当時の所在を聞き出し、そこから青島真由美の許へ、美智子が辿《など》ったと同じ経路で辿り着いた。

「そしてここに、その問題の『緑色の猿』のオリジナルを見つけたということですか」

真由美は、そうだと大きくうなずいた。

「高岡真紀という人はご存じですか」

「いいえ。広瀬さんにも聞かれましたが、全く知りません」

その間真由美は美智子と視線を合わせようとはしなかった。美智子はそんな彼女を見ながらちょっと考えた。「わたし以外にここを訪れた女性はいませんでしたか。電話での問い合わせも含めて」

真由美の話からすれば、来生恭子のアパートの管理人が言っていた男というのは、その広瀬という医師であったということになり、しかし女というのが、あの高岡真紀であったなら、彼女もまた真由美の家を訪れているはずなのだった。しかし真由美は「いいえ」と答えた。彼女は女性からの接触はなかったと言った。美智子は重ねて問うた。

「編集者は全然訪れなかったのですか」

「新文芸社の三村さんて方が姉によくして下さっていました。姉がいなくなっていることを私に知らせてくれたのも、三村さんです。姉がいなくなってから一度電話でお話をしました。編集者というのは、その方しか知りません」

美智子は整頓《せいとん》されたフロッピィディスクを眺めた。

「誰かがこれを持ち出したことはありませんか」

「広瀬先生だけです。その他には決して出していません。この部屋には鍵をかけて、うちの子にも出入りさせていません」

確かに部屋には南京錠がかかっていた。まるで開かずの間を連想させるように。美智子はやがて真由美の顔を眺めた。

「失礼ですが、そうまで管理をしていながら、どうしてそのドクターにはフロッピィまで貸したりしたのですか。コピーされればお姉さんの作品が知らぬ間に流出するかもしれないんですよ」

それに対し、真由美ははっきりと言い放った。

「わたしと主人が判断したことです。姉が失踪して、もう三年になろうとしています。ただ月日の流れていくのを、私たちにはどうしようもありませんでした。主人や両親は警察にも何度も通いましたが、どうにもなりませんでした。あの広瀬先生だけが姉の軌跡を追い始めた。主人さえ放り出したことをです」

軌跡を追う。そこには興味本位で入り込んで来た者には表すはずもない、切実な感謝が感じられた。忘れ去られようとしているものに日を当てようとしてくれる人がいるとすれば、人はそうやってそこに一縷《いちる》の望みをかける。それは美智子自身、仕事がら身をもって知っているからよくわかる。が、美智子は不思議に思うのだ。それならば真由美は、美智子に対してもっと積極的に事実を打ち明けるべきなのではないだろうか。望みを託すのなら、医師よりもジャーナリストの方が託し甲斐があるではないか。彼女のかたくなさが、その医師に対する心の開き方に比べて、ちぐはぐなのだった。

美智子は来生恭子の写真をもう一度手にとった。

「綺麗な方ですね。指の手入れなんか気を遣う方でしたか」

真由美は、「えっ」と聞きなおした。美智子は真由美に顔を向けた。

「いえ、爪なんか伸ばしていましたか。マニキュアとか」

真由美は奇妙な顔をした。それから美智子の強い語調に押されるように、「ええ」と言った。

最後に美智子は、失踪の原因について心当たりはないかと問うた。真由美はそれに答えて、言った。

「事故か失踪か、それとも自殺か、わたしには見当もつきません。姉はその頃、神経を病んでいましたから。自分の部屋にいると母の胎盤の中にいるような気がすると言いました。それに左足を引きずるようになっていたんです」

木部美智子は真由美のマンションを出たその足でタクシーを拾った。正徳病院まで、三十分を要した。

広瀬という医師の勤めるその病院は中堅の総合病院だった。

高岡真紀はこの病院に患者として半年前から通っていたと、広瀬という医師は真由美に語っている。高岡真紀は嶋の名を出し、『緑色の猿』という小説を広瀬に見せている。真紀は何のためにそんな手の込んだことをしたのか。第一、彼女はどうやってその小説を手に入れたのか。

——綺麗な人だったのよ。情熱的で、奔放《ほんぽう》で。

真紀がホテルのロビーで来生恭子を語った時、まるでそこに彼女をみているかのようだった。膨大な量の作品を残してその女性は消えた。真紀はそれを、本郷素子があの『花の人』を発表する三カ月前のことだと言った。

——ある編集者が引っかかっているのよ。あなたの言うとおり、大手出版社の偉いさんがね。あたしの入れたさぐりにがっぷりと食いついてきた。そしてその編集者とその女性は男女関係を持っていた。

真紀は来生恭子が長年のストレスで神経症にかかっていたことまで知っていた。耳について離れぬ音楽のように、真紀の言葉が繰り返し繰り返し思い出される。

——綺麗な手をしていたそうよ。まっすぐに伸びた綺麗な細い指をして、綺麗な形の爪をして。

しかし真紀は、どういう経緯でその女性のことに首をつっこんだのかという美智子の問いを、ことごとくはぐらかそうとした。その女性が『花の人』の本当の作者であるという証拠があるのかと問うた時、彼女はそれには答えなかった。彼女はただ、真実なら、すごいスキャンダルだと思わないかと耳打ちしたのだ。

真紀は思った以上に核心を摑《つか》んでいるのかもしれない。彼女は狡猾《こうかつ》ではあるが、物事をなし遂げるに足る緊張感を持ち合わせてはいない。そして行動を結果に結びつける想像力と論理性が欠けていた。物事の核心にいたるのに必要なのは、「十に一つ当たれば御の字だ」という言葉にあるように、地道な調査、もしくは膨大な、ほとんどが無駄に終わるたぐいの試行錯誤だった。美智子が知るかぎり、真紀にはそういう才覚はない。彼女が足で集めた情報を解析して真実を割り出したとは思えないのだ。なにより問題は、真紀が一度も来生恭子の妹に接触していないという事実だった。

しかし、真由美の言う来生恭子は真紀の語った彼女の姿とは間違いなく一致しているのだ。一体真紀は、三年も前に姿を消したその女性のことを、なぜそれほど克明に知り得たのか。来生恭子がどんな人間であったのか、その問いに答えることができる人間がいたとすれば、すなわちいまここに来生恭子に関して何かの事実を摑んでいる人間を想定するならば、それは少なくとも真紀のような人間ではない。真実に行き当たるには根気と情熱を持ち合わせ、時間と労力を惜しまない人間でなければならない。自分が一体何のためにそうするかもわからぬまま、何かに憑《つ》かれたように物事に埋没する人間。その時、美智子はふと、思った。たとえばあの膨大な原稿に幾日も幾時間も首を突っ込んだ医師のような――と。

美智子は受付で、広瀬医師との面会を申し入れた。土曜だったので、窓口はもう閉まっていた。そして応対に出た事務員は、ジャーナリストという彼女の肩書に驚いたように美智子の顔を見ながら「先生は今日はおやすみです」と告げた。それはちょうど、三村が広瀬に送られて新幹線に乗り込んだ頃のことだった。

10

あなたたちは男女関係へともつれ込んだ——広瀬の言葉が耳に残っていた。

二人の間に思慕は存在したのだろうかという広瀬のあの言葉。

恭子は、自分がまだ人の姿をしていることに違和感を感じると言った。彼女にとって自分自身は観念の中にいた。しかし三村にとって、彼女は現実だった。生身の肉体を持った、体温を持った、現実の存在だった。突き詰めて言えば、三村が彼女を求めるのは、気にいったおもちゃを求めるのとそう変わりはなかったのかもしれない。それでもそれを肉欲だと言われれば、いまさらながらその言葉の無神経さにたじろぐ。

広瀬は言葉の裏で暗に三村を非難していた。世にいう不倫とどこが違うのかと。

三村自身は世にいう不倫というものを知らない。快楽を恋愛感情にすり替えた大人のゲームのことをそう呼ぶのだろうか。

広瀬が言うほど、ことは簡単ではなかった。広瀬が思うほど無神経に関係を続けたわけでもなかった。妻の顔がまともに見られないというほどに罪悪感を持たない自分に悩んだのだ。初めて性欲というものを感じたような自分にたじろいだのだ。そして自分と彼女との感情のギャップに立ちすくんだ。

利用する者とされる者。大人の駆け引き。思慕の有無。目的と感情。大人の責任とか、夫の責任とか、男の責任とか、現実生活の中でそれらは重なる部分をもちながら矛盾していた。三村はそれまで、その領域に踏み込もうと思ったことは一度もなかったのだ。たまたまその機会をもたなかったのではなく、踏み込むまいと思う過剰な意識を持っていた。背徳感からではない。三村はただ、自分の中にコントロールできない部分を見いだしたくなかったのだ。数式に当てはまらない自分が我慢ならない。そしてその裏には、誰しもが持つ、数式に当てはまらない自分の「部分」にたいする恐れがあり、あきらめがあり、彼はその部分を切り捨てて生きる覚悟があった。

恭子はまっすぐにそこに手をつっこんだ。

三村幸造という一人の人間が社会的に存在するその裏で、常に置きざりにされた生身のその「部分」を、彼女は臆面《おくめん》もなく摑《つか》んだのだ。そこにはなんの仕掛けもなかった。

彼女の肉体に執着を感じたのは、肉欲という乱暴な言葉の持つ類《たぐい》の生理的なものではなく、彼女の存在を体感したかったからだといえば、広瀬は一笑に付すだろう。それこそが快楽を感情にすり替えた人間の典型的な言いぐさだと、彼は相手にもしないだろう。

男は自分の生理的欲求を満たす時、そういう言い訳をしたがるものだ——彼ならそう言う。自尊心の高い五十二歳の男が自分に上手な言い訳をしながら本能を充足させただけだと、広瀬なら言う。三村は、自分がそういう言葉に向かい合うことができないことを知っている。

なぜなら自分は恭子の女としての感情を認識することから逃げ続けてきたからだ。

彼女は作家になりたがっていた。名誉や収入の問題ではなく、彼女は地位を欲しがった。社会の中の居場所という意味での地位。彼女は編集者である三村を信頼し、自分の能力を預けた。三村は自分がそれをいいことにして、彼女を好きにしたとは思っていない。彼とて、恭子を世に送り出すために努力した。ただ、彼女の作品はあまりに粗削《あらけず》りで、人に理解させるというところに重きを置かず、なにより三村が困惑したのは、彼女が一旦《いったん》仕上げた作品に対してほとんど興味をもたなくなることだった。愛着はもつが、手を入れて完成度を上げるということには無頓着《むとんちゃく》だった。

話の終盤に差しかかるともう次の話の構想をめぐらせ、仕上がると同時に次にかかる。三村の手に渡った時には、彼女の頭の中はすでに手がけ始めた次の作品のことで一杯で、三村の感想や評価などというものは右から左に流された。魚を摑み取りしては陸へ放り投げ、放り投げしている子供のようで、彼女は面白いほどに魚を摑むが、一旦放り投げた魚に執着しなかったのだ。一時期、三村は彼女がプロの作家になることを心のどこかで拒んでいるのではないかと思ったほどだった。それほど彼女は作品に執着しなかったのだ。

しかしそれについて、三村は深く考えようとはしなかった。小舟はどこの港にでも誘導できるが、大きな船は簡単には着岸できない。三村にとって作家としての彼女は優雅な客船だった。岸のほんの向こうで、時折ポーッと汽笛をあげて、陸に着くことを惜しんでいる——三村はそういう彼女を見ているのが好きだった。三村には彼女の才能と個人とは一体化したものであり、自分が彼女の何に魅せられているのか、それが作家の才能であるのか、彼女個人であるのか、線引きなどしようもなかった。しかし確実に言えることは、あの七年間、彼女が現実に何を考え、どう生きていたか。そして何より、自分との関係を、女としての彼女がどう捉えていたのか、彼女の現実生活を考えようとはしなかったということだ。

自分は来生恭子という現実の中に生きる女を黙殺していたのだ。

男のエゴ――しかしその言葉が広瀬と自分において、同じ認識の上にあるかどうかを、今になって彼と論ずる気はない。彼女とのことに関する何ものにも、言い訳する気はない。そこに広瀬が何を見ようとしていたとしても、もはや意味がない。問題は今ここに起きている、この現実なのだ。

高岡真紀と来生恭子はどこかで接触をもったはずだ。

三村は新幹線に乗った後も考え続けた。

来生恭子にしか書けない作品が高岡真紀の部屋のワープロの中に入っていたとすれば、考えられることは二つ。来生恭子本人が高岡真紀の部屋で打ったか、もしくは真紀がなんらかの方法でフロッピィディスクか原稿そのものを手にいれたかだった。しかし少なくともワードプロセッサー本体の中にも、机の付近にも、フロッピィはなかった。もちろん来生恭子の手によって成った原稿もなかった。

彼女のオリジナル原稿であるかどうかは三村にはすぐに見分けがつくのだ。

恭子は一度機体を買い替えている。新しいワープロの書体は古いものとは微妙に違っていた。彼女はそういうことには神経質で、親しんだ機種の字体に近づけるため、指定により書体を変えた。だから彼女の原稿の書体は機種本来のノーマルなものでなく、オプションであり、その特徴ある字体の原稿は高岡真紀の部屋にはなかった。だから真紀が恭子の原稿を入手してそれを見ながら写したという状況はありえない。それにしても不可思議なことは、原稿作成中のワープロ本体の中にフロッピィディスクが入っていないということだった。それどころか、真紀の部屋のどこにもフロッピィは見当たらなかった。真紀は打った原稿をどこにも保管しなかったという可能性さえでてくる。

どちらにしてもあそこに来生恭子の作品があった以上、真紀はどこかで彼女と接触を持ったはずだ。もっと大きな問題は、真紀が恭子のことをどこまで知っているかということだ。

真紀はあの原稿の存在をも知っているのだろうか。

そして真紀は、恭子が姿を消した理由を知っているのだろうか。

いや――と三村は考えた。そもそもあの原稿は存在したのだろうか。

接触。

三村はふいに、広瀬が猿を見たという話を思い出した。

いるはずのない猿を広瀬が見、知るはずのない恭子の癖を真紀が真似し、封印されているはずの原稿が送られてきた。――では誰も知るはずのない事実を、知っている誰かがいたって不思議はないのではないか。

三村はその思いを振り払った。

会社に戻ると、数件連絡が入っていた。手違いから二人の編集者がそれぞれの担当の作家に、巻頭を飾るからと口約束をしてしまって調整がとれなくなったということだった。作家Dは、作家Eと同列に扱われるのなら今回の作品はB社に回すと恫喝《どうかつ》してきていたが、三村はふと思う。やれるものならやってみろ、B社がありがたく頂戴《ちょうだい》してくれるとでも思ったら大間違いだ。それから新人賞の選考会の会場予約に関して連絡を求めるメモが一件、文芸部担当役員から、今月の売り上げを分析検討した上で、来月分売り上げに関する「新文芸」編集長としての数値目標を求めるメモが一件、それから『F先生の件、どう対処しますか』——三村は連絡のためにアドレス帳を開きながら目まぐるしく考えた。実直で知られる作家Fが、「このたびの二世作家の新人賞受賞について、明確な受賞理由の説明を受けられないのなら、はなはだ残念ではありますが来期より貴社主催新人賞の選考委員は辞退させていただきます」と書面での通達があったのは先週の金曜日だった。担当者はこじれる前にさっさと謝りに行った方がいいと簡単に言うが、頭を下げてどうなるものでもない。そして最後のメモに「至急電話を下さい」と本郷素子からの連絡が書きつけてあった。

三村は本郷素子からの伝言を見直した。

「至急電話を下さい」

三村は、結局電話をかけなかった。彼は二度と本郷素子にかかわりたくなかったのだ。加えてそのメモが何かの悪意のような気もした。本郷素子の悪意ではなく、何かの、すなわち恭子の亡霊を借りた、実体のある何かがそこに見え隠れしているような気がしたのだ。三年を経て鎌首を持ち上げたなにかが本郷素子という駒《こま》を使って自分を引き出そうとしている。三村にはそんな気がしたのだ。

気にはなった。眠れぬほどに気になった。それでも三村は動かなかった。それで本郷素子が自滅しようと、自分自身になにがしかの害が及んで、社会的な責任を取らされようと、それでもいいとさえ思っていた。

二度と彼女にはかかわりたくない。何があっても、たとえ会社を解雇されてもだ。

その本郷素子から会社に電話があったのは二日後のことだった。

これだけ執拗《しつよう》に自分に連絡を取ろうとするとすれば、なおさら用件はただ一つだった。そう思うと苛《いら》立《だ》ちが募る。もはや彼女の要求を無視し続けることは彼自身の心理的限界に思えた。三村は電話に出た。

「なんですか」

彼の素っ気ない言葉に本郷素子は緊張しながら、しかしその声ははっきりとして、そこにはなんらかの決意が感じられる。

「ずっと連絡したのに」

「ええ。わかっています。ご用件は」

女の声が耳に甲高く響いた。「男が来たのよ。なんのことかはわかっているでしょ。それについて会って話がしたい」

「あの時約束したはずだ。これから一切のかかわりは絶つと。あなたと会う気はありません。用件があるなら今、話してください」

彼女はしばらく黙っていた。興奮していくその息づかいが聞こえるようだった。

「あなたが投げ出したのよ、あの時あたしの前に」

「だからどうなんですか。あなたは承諾したんだ。そして今後一切かかわらないと約束した」

彼女は繰り返した。「男が来たのよ」

三村はしばらく黙っていた。

「話したんですか」

「話すはずないでしょう」

「ええ、それが賢明ですね」

「でもなにか知っている。あの男、巧妙にあたしに近づいている。あの原稿は一体なんだったんですか」

「知ってどうするんですか。それで今の地位をかち得たのでしょう。せいぜい自分の身を守ることです。あなたがするべきことはそれだけだ」

本郷素子はしばらくまた、黙っていた。そしてやっと言った。

「でも話したからって、どういう問題もないんでしょ。そうなんでしょ」

今度は三村が黙りこんだ。

あの日のことを、その男に話そうというのだろうか。

本郷素子は口の軽い女だ。その上、愚かだった。ゴシップを小説風に仕立てたり、雑誌の対談で日銭をかせぐぐらいしか能がない。そのくせ金と名誉に対する執着はなかなかのものだった。彼女は世の中をうまく泳ぐことにしか興味のないすれっからしだった。だからこそ、彼女があの時のことに関して話すはずがなかったのに。三村は言葉を失った。

「話したのか」

彼女は叫ぶように言った。「聞き方がうまいのよ！」

恥を知らぬ処世術の巧みさとその軽薄さ加減とを秤《はかり》にかけると、それでもまだ軽薄さの方が勝っている女なのだということを、三村はいまさらながら認識した。

「わたしの名前は出したんですか」

本郷素子は取り乱し、混乱しているようだった。

「いいえ。でも向こうからあなたの名前が出た」

たとえクビになっても、社会的制裁を受けようとも、彼女とは二度とかかわらぬと決めた三村だった。しかしその「男」という言葉が彼の決心をぐらつかせた。自分の名を知る、その男の存在が。三村は本郷素子とその週の金曜日午後八時に会う約束をした。

三村はその夜、小説『緑色の猿』を読みなおしていた。

かつて恭子が送ってきた、オリジナルの原稿だった。確かに高岡真紀のものは書体が違っているだけで、段落の取り方から変換ミスまで一致していた。それでもコピーはコピーなのだ。オリジナルには彼女がいまだ息づいているような気がする。

ある夜、松太郎は部屋の隅に猿が座っているのを見つけた。部屋の一番角で、光は渡らず薄暗く、それは置物のようにちょこんと座っていたそうだ。松太郎はそれをしばらく眺め、むこうはそれこそ置物と間違えるほどに動かない。ただ薄い影となった丸まった背中には肉感があり、置物ではない。

――中略――

夜中の二時半になると何故《なぜ》かふと一息つきたくなる。一息つきたくなって時計を見ると必ず二時半なのだ。そして松太郎は薄暗い部屋のその角を見る。そしてちょっとため息をつく。

彼がそこに佇《たたず》んでいる。

視覚の中では焼き物のような置物なのに、意識の中では生きた猿であり、いや確かに置物だと目を凝らしてみれば、ふさふさと毛の生えた生々しい猿なのだ。

底のない谷を挟む崖の両端にいるような気がする。

距離は三メートルほどしかないのに、二つの間に横たわるものは永遠に深く、冷たく、神聖な闇なのだ。

松太郎は思った。冬の荒れる海原にかかる空に絵の具の灰色を塗ればキャンバスの中からその空が失われるように、たとえキャンバスを黒く塗ってもこの闇を表現できない。視覚には黒くとも、黒ではない。光に犯される前、意識が存在する前、認識の向こう側、すなわち無——すなわちもっと膨大なる床——そのようなもの。

荒れ野に枯れて茶色く生える葦《あし》か、山のすそ野にまばらにある雑草か。朽ちることを厭《いと》わず、よどみなく後世へと続く。たゆまぬ循環の中に自らの永遠を知っている。その奇妙で一徹で揺るぎない存在への確信——そこに一層魅惑的に輝く一筋の緑色の毛——。

——中略——

やはり置物のように微とも動かぬ。視線などあろうはずもなく、何故なら間違いなく猿の顔をしているのに、目玉は二つあるというのに、どこが目なのかもわからぬのだ。しかし考えれば、一体この猿のどこが緑色なのであろうか。毛はつやつやとして、まさに狛犬《こまいぬ》のように行儀よく控えて座っている。そのくせどこが足とも顔ともわからぬではないか。写真で見知った猿とは似ても似つかぬではないか。

松太郎にはいまや、これが本当に緑色であるかどうかも定かでなくなった。ほんとうは白かもしれぬし茶かもしれぬ。もしかしたら猿ではないのかもしれぬとさえ感じた。無が黒に見えて黒でないとすれば、風は灰色でないのに灰色に見えるとすれば、この猿が緑色でなく猿でもないとしたとてなんの不思議があろうか。

しかし彼の腰もとに座ったそれは、猿であり、緑色なのだ。


突然電話のベルが鳴った。たった一度、甲高い叫びのように。あとに続く静寂が耳鳴りのようにその響きの余韻を残していた。

夜中の二時半のことだった。

三村の脳裏に、かの猿の姿がよぎった。

脳裏の中の彼は置物のようにそこにあり、背中を丸めて、こちらに向いて座っていた。

そしてその目は、来生恭子の目をしていた。

恭子がじっと三村を見つめていた。

11

木部美智子が青島真由美から預かって、その小説『緑色の猿』を読んだのは東京に戻る新幹線の車中だった。

読み終えると彼女はすぐに仕事仲間に電話した。

——ちょっと取材したいんだけど、新文芸社の雑誌「新文芸」の編集部にコネはないかしら。

美智子は車窓から流れていく景色を横目に、番号を押し続けた。柿の木が流れていく。田んぼの真ん中を白いセダンが走っていく。夕焼けに空が焼けて、赤く染まった雲が宗教画を思わせて流れていく。ガタゴトと揺られながら、美智子は窓の向こうに赤い夕焼けを眺めて、ひたすらに番号を押し続けた。

やがて美智子は若い編集者に行きあたった。

その若い編集者、北野がかつて一緒に仕事をしたことのある男から突然、夕飯を喰わないかと誘われたのは六月二十一日のことだった。三軒めの居酒屋で、男は彼に、お前の上司はどんな奴かとたずねた。誰のことか問い返すと、男はえっと、上司って何人いたっけと白ばっくれる。彼が数を挙げていくと、どの上司が一番好きかから始まって、北野が答える前にもう質問を変え、上司ってどんな名前かと聞きなおした。それから転じて「仕事やりにくくない？」と矛先《ほこさき》を変え、最後には、「いや、あのね、三村って人、いるでしょ」とやっと観念したように言った。それからやっと本来の男のペースを取り戻して、「三村ってどんな人？」と問うた。

北野はすかさず答えた。

「頑固。変わり者。融通が利かない。冗談が通らない。つきあいが悪い。偏屈」それからやっと思い出したように「三村さんがどうかしたんですか」と問いなおした。

「どうかしたかと聞かれても困る。俺《おれ》も頼まれた。どんな人か聞いてくれって」

男が困っているので北野も追及をかわされたようになって、妙に宙ぶらりんになった。

「いい人ですよ。変わってますけど」

「女に手が早い？」

北野はびっくりしたように「そんなことないと思いますけど」と答え、なんでそんなことを聞くんですかと少し声を荒らげた。男はとうとう本当に観念して、「実はね、あるライターが三村って人のこと聞きたがっているんだよ。でもね、適当な奴がいなくてさ。社内のことは誰も話したがらないだろうし。ちゃんとした人なんだよ、そのライターってのは。木部美智子って聞いたことない？　うまく聞いてねって言われたんだけど、いや、ダメだね。噂《うわさ》話《ばなし》ってのはなんでもない時には花が咲くくせに、いざ聞き出そうとしたって出ないもんだね。だからね、三村って人なのよ、聞きたいのは。なんでもいいんだって。教えてくださいな」

男は正面からぶつかってあえなく玉砕しそうになったが、——証言じゃないんだよ、誰から聞いたかは全然、全然関係ないんだよ、別に何が聞きたいって目的があるわけじゃなし、人となりのにじむようなエピソードでもいいからさ——北野より先に酔っぱらってしまった男はほとんど絡んでいる状態と化し、それでも木部美智子に顔を立てたい一心で彼は粘りに粘って四軒目の焼鳥屋で話を聞き出した。

木部美智子は翌日、四軒分の領収書に記載されている金額を合計して男に渡した。

男によれば、

——三村の奥さんは小学校の先生。奥さんの実家は和歌山の歯科医で山持ちの資産家。おそらく娘が二人で長女は社会人、次女は大学一年か二年。純文学畑を歩いた人間で、文学系統にはすこぶる強い。趣味なし。大学の専攻は法科。特技は語学で、英語圏の人間なら通訳なしで話せる。

「パーティなかばで飛び出したって話は、当時の新文芸社の編集者なら雑誌編集部の人間でなくてもみんな知ってるって言ってたよ。秘密ってことじゃないって。三年前の三月。役員が全員揃《そろ》うようなパーティで、それが全く三村って男らしからぬ行動で、そのあと噂になったって」

美智子はちょっと考えた。「携帯電話を受けて飛び出したって？」

「そういう話らしい。北野はそのパーティに行ってなかったんで、噂としてしか知らないけど、役員が挨拶《あいさつ》をしている、シーンとした会場に突然携帯電話の音が響いて、それを受けた三村って男、そうとう血相を変えてたって話だよ。そいで次の日も休んだんだってよ。まあ、小言の一つも言いたいが、家に不幸があったんなら間が悪いから、確認してからじゃなきゃまずいかなって思ってたところへ、三村から悪びれもせず電話が入り、すいませんが今日は休みますってやられて、当時の編集長が苦り切ってたって話だよ。その他には彼も、取り立てて言うほど知らないみたいだよ。頑固で偏屈、仕事熱心。編集者としての腕はどうかと聞いたけど、北野は、そりゃ腕がいいから編集長に昇進したんでしょって澄ましてやがった」

「あたしが直接話をしてもいいかしら」

「どうだろ。俺に一回しゃべってるから、いまさらぐずぐず言わないと思うけど、彼も場の雰囲気で話しただけだから、改めて聞かれればしり込みするかもしれないよ」

美智子は「いいのよ」と言った。当時そのパーティに出ていた人間を聞き出したいだけなのだ。当時を知り、かつ今は会社をかわっている人なら文句ない。

その後美智子は北野に接触し、三村を知る社外の人間を聞き出すことに成功した。五十歳過ぎの女性編集者で、彼女は当時、新聞社の編集委員という肩書を持っていて、何かの本の著者としてそのパーティに出席し、今はジャーナリストを名乗って「女性の人権を守る会」というのを指揮しているというから、日頃肩書をずらずらならべている人間を信用しない美智子の尺度からすればかなりうさん臭い。それでもそういう手合いのほうが話は聞き出しやすいのだった。

美智子が女性の人権に興味があるという触れ込みで接触すると、彼女は二つ返事でオーケイした。彼女の話は頭に「女性の立場として」がやたら付き、「この世で一番大切なのは命なのよ、ねぇ、そうでしょ」と、主婦相手の講演ならさぞかし受けるだろうというような言い回しを連発し、「男性の政治家はクリーンじゃない」と罵倒《ばとう》した。そして「ねっ、女同士でしょ」と言わんばかりにすり寄ってくる。美智子は「わたしは女性としてとか男性としてとか、そういう風に自分の仕事を考えたことがない人間ですから」と喉《のど》まで言葉が迫《せ》り上がってきたが、辛《かろ》うじて呑み込んだ。この御婦人の機嫌を取ることが目下の急務なのだ。

彼女は気取ってワインを飲み、そこそこ「女性の人権を守る会」の広報としての役目も終えたと気が緩んだ頃を見計らい、美智子はやんわりと話題を転じた。

「でもあなたのように行動範囲が広いと、いろんな人をご存じなんでしょうね」そこから一気に三村の話を持ち出した。そこいらが美智子自身の、この御婦人に対する我慢の限界点だったのだ。ややあって、美智子は彼女から、それこそ面白いほどに詳しい話を聞き出した。美智子は彼女に、ワインを一本お土産《みやげ》にと買って渡したくらいであった。

彼女の話が事実であるとするならば、三村は当時、仕事以外の何かに深くかかわったと考えられた。それが何であるかはわからない。とにかく、当時の三村には、仕事など眼中にない時期があったということになる。美智子は裏を取る必要を感じた。部外者であるあの女性運動家の話を鵜呑《うの》みにすることはできなかった。美智子は要望にピタリと合った相手を見つけることができた。彼は当時文庫の編集部にいて、そのパーティに出席したが、昨年関連会社に異動になり、社に対して恨みもないが義理もないという人間だった。「女性の人権を守る会」の女性が話してくれたほどおもしろおかしくはなかったが、こちらの話にはかなりの信憑性《しんぴょうせい》があった。

次の日の朝、美智子は「週刊フロンティア」編集部に電話をした。

真鍋は開口一番、美智子に言った。

「ああ、帰った？　学校の話、目鼻ついた？」

「ええ。その話は大丈夫です。でも今日はその件じゃなくて」

そして美智子は相手に言葉を挟む間を与えず切り出した。「まだ出版社の名を明かす訳にはいかないんですが、本郷素子の『花の人』の件、記事になるかもしれないんです」

真鍋はしばしの間を開けた。電話の向こうで彼女の言葉を反復する真鍋の姿が見えるようだった。その意味を咀嚼《そしゃく》するように。

やがて彼から返ってきたその声は、まさに高岡真紀から初めて話を聞いた時に美智子が見せた、あの失望感を含んでいた。

「木部ちゃん。君のことだから、何か確証があるのだろうとは思うけどね」と彼は言いにくそうに続けた。「それはしかし、結局は泥仕合じゃないですか」

同業者間のゴシップは彼らがもっとも避けて通るものだった。名のある作家が相手ならなおさらのことだ。取り沙汰《ざた》された作家にすれば、黙っていれば認めたことになる。だからとりあえずは相手を名誉棄損で訴える。その上、本郷素子は真鍋の社でも本を出している作家だった。しかしなにより真鍋に失望の声をださせたものは、彼がいま、風評に乗ったお安い記事を敬遠しているということだった。そしてそこにあるわずかな苛立《いらだ》ちは、事情をよく承知しているはずの木部美智子がそうした話を持ち出したことにあるのだった。

「向こうは黙って証拠がない限りつっぱねるよ。そしてその証拠が出ないって確信があるから、あれだけやれるんでしょ。死体のない殺人事件と同じでね、盗作されたって被害を訴える人間が出てこないと、結局ただのゴシップから出られない」

その言葉にはいまさらこんなことを言わねばならぬのかという失望感がある。しかし美智子は思わず勢い込んでいた。

「問題はそこなんですよ。誰が、絶対に発覚しないって確信を持っているか。そして、なぜ持っているのか」

真鍋は怪訝《けげん》そうに問い返した。

「どういうこと?」

「あれの作者らしいのにつきあたったんです」

反射的に彼は「なんだって」と聞きなおした。

「神戸です。名前は来生恭子。まだデビュー前の人です。確証は摑《つか》んでいませんが、彼女が書いたものにまず間違いないと思います。『花の人』の主人公の女性の特徴は、年齢、容姿とも彼女に酷似しています。彼女の他の作品も読みましたが、彼女が才能のある作家であったことは間違いないと思います。一万五千枚近くの作品を残しています」

　真鍋はしばらく言葉を失った。

「それで、自分の作品だって言ったの？」

「失踪《しっそう》しています。それが本郷素子が『花の人』を発表する三カ月前です。家族にも全く連絡がありません。突然、かき消えたようにいなくなっているんです。以後音信がありません。預金通帳にも手が付けられていないし、クレジットカードも使われていないそうです。状況からいって覚悟の失踪とは考えられません。部屋はちょっと旅行に行く程度の片づき方だったそうです」

　真鍋は黙って聞き耳をたてつづけていた。

「すなわち、告発できない状況ってことなんですよ。誰かが、その状況を知り、彼女の原稿の中からあれを抜き出した。だから抜き出した人間は、絶対に問題にならないと確信を持つことができたということです」

「ちょっと待って」と彼は話を巻き戻した。

「その、来生恭子って女性の失踪が今度の『花の人』の横流しにかかわりがあると、君はそう言いたいわけですか」

「辻褄《つじつま》が合うんですよ。彼女は失踪前の七年間、小説を書いている。残された作品数は短長編合わせて五十作を超えます。一千枚の原稿がいくつも含まれています。水準は極めて高い」美智子は写真の中の彼女を思い出していた。

「その女性は何か突出したものを持っていたんです。現在生きていれば四十歳。昭和三十四年生まれです」

真鍋はため息を漏らした。「『花の人』の女主人公と一致するな」

そして勢いを盛り返した。

「しかしね、その女性と本郷素子に接点はあるのかね。それもかなり説得性のあるものがなきゃ。そしてそれ以外に、すなわち本郷素子との接点以外にその作品が外に漏れるはずがないと確信をもつに足る事情とか」

「来生恭子には一人、編集者がついていたんです。書き始めた時からずっと、彼女にかかわり続けた編集者がいるんですよ」

美智子はいいですかと受話器を持ち直した。「彼女は執筆を始めてから人と接することを極度に嫌っていました。同人誌などにはまるで興味がなく、賞に投稿していたのも初めの数年だけです。ただ、その編集者にはすべてを見せていたんです。彼女の失踪に一番初めに気がついたのもその編集者です。これは確かな話ではないんですが、来生恭子とその編集者はいわゆる男女関係にあったというんです」

真鍋はそこで初めてフムと力強く声を漏らした。

「彼なら、その作品が自分の他に誰の目にも触れていないと確信を持っていてもおかしくないと思うんですよ。二人の間に何があったかはわかりませんが、ただ、その女性は失踪前にはストレスから神経症にかかっていたという話です。かかわった編集者が誰であるかも目星はついています。

その編集者は彼女が失踪する二カ月前、奇妙な行動をとっています。その日は出版社主催のパーティがあったんですが、彼は夜の八時に携帯の電話を受けて飛び出して、翌日は会社を休んでいます。その翌々日から出社はしていますが、その後一週間ほど様子がおかしかったといいます。私用電話がかなり頻繁に、仕事にならないほどにかかってきて、その期間、どうもホテルから出社していたらしいというんです」

「どういうこと？」

「わかりません。これは憶測ですが、その、八時の電話は来生恭子からだったんじゃないかと思うんです。何かトラブルが発生して、彼女を東京のホテルに泊めていたんじゃないかと思うんですよ。何かの事情で連れて来ざるを得なくなった」

彼はウーンとうなった。

「まずいよ。それ、どこの出版社？」

彼らは業界内のスキャンダルには神経質だった。ことによれば、その名を出すだけで手を引きかねない。それでもここまでくれば言うしかなかった。

「新文芸社です」

またウーンとうなる声がした。

「現役かね」

「ええ」

しばしの沈黙があった。

「その編集者が来生恭子の失踪にどこまでかかわっているかはまだわかりません。来生恭子の自殺の可能性も捨てきれない。彼女の机の上には、遺書めいたものが載っていたそうなんです。ワープロ書きなんですが、死を予見させるものです。しかしそれは最後の作品の可能性もある。だから覚悟の自殺とも断定できません。ただ、調べる価値はあるんじゃないですか。彼女の書いた作品は妹さんが全部保管しており、もしその中から『花の人』の下書きでも出てくれれば彼女があの作品の本当の作者であることは決定的になります。そうなれば失踪はなんらかの形で『花の人』の横流しにかかわりがあったと考えられる。だとすればこれは――」

ゴシップではなく立派な事件だ。報道に値する事件なのだ。美智子がその言葉を連ねる前に、真鍋編集長の「わかった」という短い声が彼女の言葉を遮っていた。

「取材費五十万で二週間。とりあえず調べてみて」

六月二十四日だった。十四日のカウントダウンが始まった。

美智子はまず広瀬医師の資料をはじきだした。

編集者や記者の世界は狭く、どこかをつつけば何かのつてに行き当たる。医療専門の出版社なら、全国の病院の情報はもちろん、医者の経歴までまとめて手に入るのだ。法律関係なら法律書の専門出版社、教育なら教育の専門出版社が緻密にその情報を集積している。そういう情報は正面からはなかなか手にはいらないが、素性の知れた仲間うちなら二つ返事で回してくれる。N医学新報社に、神戸の正徳病院に勤務する広瀬という名の医師について問い合わせると、その場で返答がきた。

内科医であり、独身、四十二歳、出身は四国の香川県、讃岐《さぬき》大学医学部を卒業後、京都大学大学院を修了し、大学病院に循環器の専門医として七年勤務、一九八九年に兵庫県医師会に移っている。

「現在神戸市西区の正徳病院に内科部長として勤務。探せば写真も手にはいると思いますけど」

美智子は至急送ってくれるように頼んだ。

経歴を見るかぎり優秀な医師だった。

――高岡真紀はなぜこの男に接触したのか。そしてなぜ、彼は来生恭子にあれほど興味を持つに至ったのか。

美智子は新文芸社の文芸編集部を呼び出した。

「三村編集長をお願いしたいんですけど。私、ライターの木部といいます」

三村が木部美智子からの電話を受けたのは、神戸から戻って五日あとだった。彼女は、来生恭子という女性のことで話を聞きたいと三村に申し出た。三村はその日も次の日も仕事でスケジュールが詰まっていた。木部美智子はそれに対して時間はいくら遅くても、自分はかまわない、三村の都合に合わせます、と言った。三村は電話のあったその日の夜、深夜十一時に帝国ホテルのロビーでと約束した。

彼がそこについた時、約束の時間を三十分回っていた。ロビーを見回すと一人の女性が立ち上がった。

化粧っけのない丸顔に丸い大きな眼鏡をかけて、痩せて小柄で肉感がなかった。その上ポロシャツにジーパンという出で立ちで、しかしそれでも、女性独特の愛嬌《あいきょう》とはこういうものかと思うようなかわいらしい感じがした。顔立ちからでるものではない、また、意識してなにかを演出しているわけでもない。その面立ちには幾世代も前の母親にあったような強さと優しさがあった。色白の顔はふくよかで、髪は少年のように洗いっぱなしだった。その出で立ちに強い意志が見え隠れする。三村は彼女が一礼したとき、足がすくむ気がした。

木部美智子は三村ににっこりと笑いかけた。

「突然で申し訳ありません。断られるかと思っていました」

三村は表情を崩さず、ご用件はと問うた。

「お電話でもお話ししましたが、神戸にお住まいだった来生恭子という作家志望の女性について、お話をきかせていただきたいんです」

「なぜわたしに」

美智子は彼の様子をうかがい、正しいスタートラインを模索しているようだった。

「三年前に失踪していますね。あなたは彼女の作品をずっと読んでいた。彼女の妹さんの青島真由美さんにうかがいました。失踪に一番初めに気づかれたのはあなただそうですね」

彼女の姿勢は明快だった。それは面倒な駆け引きはしたくないという意思表示でもあった。この相手に下手《へた》に逃げを打つと墓穴を掘る。三村は覚悟を決めた。

「ええ。連絡がとれなくなって長くなったものですから、心配して、どういうことになっているのか見に行って欲しいと妹さんにお願いしました」

「知り合って七年、その後失踪、あなたは彼女が書き始めた、第一作の小説から彼女にかかわっている。それで間違いないですか」

三村は美智子の顔を見つめて、ゆっくりと「ええ」と答えた。そして問うた。

「どういう趣旨で取材をなさっているのですか」

「『花の人』という作品について、以前からあれは本郷素子の作品ではないという噂があるってことはご存じですね」

「ええ。聞いています」

「全くの偶然から、来生恭子という女性があの作品の作者ではないかと考えるようになったのです」

三村はゆっくりと間を取った。

「全くの偶然とは、何ですか」

「高岡真紀という女性をご存じですか」

三村はじっと美智子の顔を見つめた。

「ええ。その女性は来生恭子のペンネームを使い、来生恭子の作品を突然わたしの元に送りつけてきた。一度会いましたが、彼女はまるで、来生恭子本人のように振る舞っていました。なぜ彼女が来生恭子の原稿を持ち得たのか、彼女ともう一度会って話を聞きたいと思っていますが、あれから音信不通です。あなたは彼女をご存じなんですか」

今度は美智子が三村の顔を見つめる番だった。そしてやがて、美智子は口を開いた。

「彼女は私と同業です」

三村は茫然《ぼうぜん》と美智子の顔を見つめた。それから何かに得心したように、やがて足元に視線を転じ、どこを見つめるでもない様子で、ポツリと瞬きをした。

「報道関係の人間ですか」

「フリーの雑誌記者、正確にいえば、週刊誌ネタを雑誌社に売り込んで生計を立てている人間です」

三村はやがて、ゆっくりと美智子に視線を転じた。

「ではその偶然というのは」

「彼女から電話があったんです。『花の人』に関して何か情報を持っていないかって。彼女は多くを語りませんでした。ただ、来生恭子という名、そして住所だけを聞き出すことができました。それを手がかりに妹さんの家を訪ね、彼女の残した原稿を見ました」

三村はぼんやりと美智子を見つめた。恭子には何か人を引きつけるものがあるのだ。彼女にかかわったが最後、その足跡に触れただけでさえ、人はあの影から逃れられなくなる。三村は今もって思うのだ。なぜ彼女を作家にできなかったのだろうかと。三十年の年月をこの仕事に費やしてきたこの自分が、なぜ、あの才能を葬る結果になったのだろうか。

「『花の人』を書いたのはあの人ですね」

「確信がおありなのですか」

「あなたにおたずねしているのです」

三村はぼんやりと笑った。「わたしにはわかりません。彼女の作品は全部読んできたと思っています。でもわたしの記憶の限り、彼女は恋愛小説は書かなかった。むしろおたずねしたい。なぜ彼女があの『花の人』を書いたと思うんですか」

木部美智子は言葉に詰まった。三村はそんな彼女を見ても、決して勝ち誇ったり安堵をみせたりはしなかった。

「才能はあったと思います。いまでもそう思っています。だから彼女の書いた作品が評価を受けたって驚きはしない。ただ本郷素子と彼女には、わたしの知る限り接点はありませんよ」

美智子は不思議な気がした。三村という男が、ひどく来生恭子という女性を惜しんでいるというその感情が伝わるのだ。

「高岡真紀は」と美智子は三村の顔を眺めた。「どうも来生恭子さんは殺されたと確信しているようです。ずっとかかわっている編集者がいることも知っていた。あなたのことだと思います。でも来生恭子さんと高岡真紀の間に接点がない。さっき高岡真紀が、あたかも来生恭子のように振る舞っていたとおっしゃいましたが、あれはどういう意味ですか」

三村はじっと美智子を見つめた。「僕と初めてあった時の来生恭子の言った言葉、座っていた位置、コーヒーの飲み方まで、彼女は知っていた。そしてその通り再現したんです。十年前のことまで、彼女は知っていました」

『がっぷり食いついてきたのよ』と言った真紀の言葉を美智子は思い出しながら問うた。

「驚きましたか」

三村は笑った。「驚いたなんてもんじゃない。それが不思議なことに、高岡真紀から接触がある前に、高岡真紀の主治医という男から社に電話があったんです。高岡真紀って女性を知らないかって。高岡真紀に会ってから、あまりの気持ち悪さにわたしはその医師に会いに行きましたよ、神戸まで」

美智子は一瞬息を止めた。「もしかして広瀬って医師ですか。正徳病院の内科部長の」

三村は口許まで持っていったコーヒーカップの手を止めた。

「ええ。そうです。なぜご存じですか」

木部美智子は真由美から聞いたことを話してきかせた。そして三村に問うた。

「彼はあなたにも接触していたんですか」

「あの男の執念も見上げたものだ。好奇心の強い男でね。その上小説に興味があるときている。結局小説を読んでくれと頼まれましたよ。彼に会って話を聞いてごらんなさい。面白いことがいろいろ聞けますよ」

三村はかいつまんで話をしてくれた。

広瀬の好意で高岡真紀のマンションに行ったこと、そこに、来生恭子にしか書けない文面が散らばっていたこと。その時は二週間ほどの不在を装っていたこと。

「新聞がね、これ見よがしに散らばっていたんですよ。実際には五、六日前にはその部屋にいたはずなんですがね」

「いつだとおっしゃいました？」

三村は注意深く美智子の顔を見ながら答えた。「六月十九日。六月の第三週の土曜日でした」

美智子は三村を見つめた。「雨、降っていませんでした？」

「ええ。確か。そう言えば広瀬さんの車の中でワイパーがずっと動いていたのを覚えていますよ。二時ごろに一旦《いったん》上がったと思いますが」

「そのマンションを、高岡真紀が借りていたというんですね」

三村は美智子の顔を不思議そうにみていたが、しかし答える口調は大変親切だった。

「いえ。どうも名義人は別人だったようですよ。広瀬さんがマンションの管理人を呼んで来ましてね、その時にうまく聞き出したんでしょうね、名義人は彼女じゃなく、男性だったそうですよ」

他人事《ひとごと》のように話すのが不思議だった。彼とて、もし来生恭子があの作品を書いたとすれば、一番に疑われることは知っているだろうに、何か浮き世離れした落ち着きが三村にはあった。

美智子は言った。「その広瀬って医師ですが、経歴からいえば、彼があの病院にいることには何か、都落ちの感があります」

「ほう。そんなに優秀な医師ですか。知りませんでした」

三村は思い出し笑いをするように笑った。決して不愉快な笑みではなかった。奇妙に寂しげなのだった。

「来生恭子さんの失踪について、何か思い当たることはありませんか」

「わたしは、彼女とは頻繁に連絡を取っていました。広瀬医師にも言いましたが、彼女の作風は日を追って奇怪になっていた。死とか孤独を扱うようにね。しかし作家とはそういうものです。彼女のアンテナは特殊に過敏でした。最後に少し心を病んで、『今自分が死んでも誰も悲しまないだろう』って、そんなことも言っていましたよ。別に悲観してってことじゃなく、ごく淡々と、『人生どこで糸が切れても他人に影響がない限り、それは日常の雑事のひとつだろう』って。それはなんだか、そういう事実を楽しんでいるようにさえ見えた。しかしだからって、自殺を匂わしていたとは思いません。ただひどく疲れていた」

「三年前にパーティからあなたを呼び出したのも、その異常性の一環ですか」

三村は美智子の顔を不思議そうに見つめた。「なんのお話ですか」

問題の三年前の電話の主が神戸に住む来生恭子であったという確証はなかった。しかしその時すでに、あの電話は彼女からのものであったということは、美智子の意識の中には確定したことだった。三村のような堅い男に一方的に職場を放棄させるということは、くだんの女性以外できない。美智子は自分が集めた話を語った。三村はやっと思い出したようだった。

「そんなこともありましたね」

「その、緊急の用事って一体何だったんですか」

「覚えていません。何だっただろうか。とにかく、しばらく彼女をそばに置いておこうと思ったのは確かです。本当は知りあいの精神科の医師に見せようと思ったんです。それでこちらへ連れてきましたが、何が原因だったか覚えていませんね」

「恋愛関係にあったと認識していいですか」

三村はまた、笑った。「さあ。彼女が聞いたら怒るかもしれませんね。わたしは魅力を感じていましたよ。彼女も信頼はしてくれていました。ただ肉体関係を以《もっ》て恋愛関係ということは、どうでしょうか」

美智子には思わぬ収穫だった。三村がそれほどすんなりと認めるとは思わなかったからだ。

彼女は思わず確認していた。

「男女関係をお認めになるんですね」

「広瀬さんに会ってごらんなさい。彼があれほど執拗に話を詰めなかったら、わたしもここで否定していたでしょうね」

そして美智子を見た。「わたしは、その高岡真紀って女性がなぜあの原稿を持っていたか、わたしの名を知り、彼女の言動をああまで正確に知り得たのはなぜなのか、それを是非知りたい。わたしには冒瀆《ぼうとく》されているような気がしてならない。わたしには来生恭子という作家は過去の人ではないんです。高岡さんに会えるように計らってもらえませんか」

そしてなお、彼女を見つめた。「あなたがたには単なる興味でしょうが、わたしには深く自分の人生にかかわったことなんです。『花の人』の調査には協力は惜しみません」

美智子はぼんやりとして三村の顔を見ていた。

なにがこの男をそうまで思い詰めさせるのだろうか。おそらく彼が発言をひるがえすことはないだろう。彼がその日、明確にしたことは、自分が来生恭子のことをいまだ引きずっているということ。そして『花の人』の盗作の件についてその真相を知りたいと思っているということ。――『花の人』の調査には協力は惜しみません。――最後のその一言は深く、どこかの割れ目にでも吸い込まれたかのように深く、不安定な気分にした。彼は『花の人』における自らの身の潔白を印象づけるためにそのような誠実さを演出するのだろうか。それとも本当に臆する所がないから、これほどすべてを明確に語り得るのだろうか。

「確認したいのですが」美智子はそう切り出すと、三村の顔をじっと見つめた。「あなたがそばに置いておきたいと思ったその日、来生さんはどんな様子だったのですか」

三村はぼんやりと美智子を見ていた。困惑しているともとれたし、しかしそれは何かを読み取られまいとしているようにもとれる。

この男の誠実は本物だろうか、偽物だろうか。美智子は言葉を足した。「パーティのあった翌々日、あなたが知り合いの精神科に見せようと思った、その日のことです」

三村は、ああと呟《つぶや》いた。やっと何を聞かれているのかに思いあたったように。

「あの日パーティを抜け出してその足で神戸へ行ったのですね」

三村は表情を変えなかった。美智子がそれにこだわることを怪訝がる素振りが見えただけだった。ただ、その沈黙は長かった。

「それが彼女の失踪とそんなに深いかかわりがあるのですか」

気を損ねたようにも見えた。彼女とのことに無遠慮に踏み込んでくる美智子に対して不意に警戒心を覚えたというような。

「いえ、責めるつもりはないんです。ただ、その日の来生恭子さんの様子を知りたかったもので」

「あの頃は、彼女は調子がおかしくなることが時々あったんですよ。あの日はひどく不安そうだった。このまま放っておいて何かあれば後悔すると思いました。まあ、わたしの彼女に対する思い入れの一つだったと考えた方が正確でしょう」

「これは来生恭子さんの妹さんから聞いた話なのですが、彼女が左足を引きずるようになっていたというのは事実ですか」

美智子の問いが唐突だったからだろう、三村は一瞬何の話かというように美智子の顔を見つめた。

「ええ。そうです。歩行に困難ということはありませんが、『左足が歩き方を忘れているようだ』と言っていました」

美智子は黙っていた。黙って三村の顔を眺めていた。

次の朝一番に美智子がしたことは、神戸の、真紀のホテルに電話を入れることだった。

あの日、真紀はメモを書くかわりに、ホテルのマッチを美智子に渡した。「グリーン・パーク・ホテル」というその名前はなんだか二流のビジネスホテルのようだった。美智子が泊まるホテルもこういう名前が多いのだ。シングルで一泊八千円くらい。長期だと多少の便宜を計ってくれる。真紀は不在だった。電話に出たフロントは伝言ならば伝えると言ったが、その対応から、在、不在を問わず電話は直接彼女の部屋につながないように頼まれているのではないかと思われた。彼女は特定の人間からの接触しか受けないことにしているのではないだろうか。美智子は、至急木部まで連絡をいれるように伝言を残し、受話器を置くと改めて携帯電話で彼女を呼び出したが、返ってきたのは留守番電話の録音の音声だった。

昨夜三村から聞いた話では、真紀はマンションを借りて、病院へは自分の車で通っている。十九日の土曜日、三村は広瀬という医師と、長期不在を装った真紀のマンションで、散乱した部屋を見ている。しかしその前日、真紀は三宮のホテルのロビーで美智子と会い、この「グリーン・パーク・ホテル」に泊まっているのだ。なぜ真紀はそんな手の込んだことをするのか。美智子はフロントに再び電話をして、『花の人』についてわかったことがあるから至急電話をするように、と伝言を改めた。

美智子はその足で東京駅に向かった。

広瀬に会うつもりでいた。そして真由美のもとに残っている来生恭子の原稿を確認するつもりでいた。むろん高岡真紀にも会いたい。しかしもう一つ、美智子にはどうしても確認しなければならないことがあった。「週刊フロンティア」の真鍋はそれを聞けばなんというだろうか。

美智子は電光掲示板を見上げて発車時刻を確認すると、「あの岡山行きのひかり、新神戸に停《と》まりますね」と駅員に念を押し、十六番線に駆け上がった。六月二十五日、金曜日朝八時のことだった。

同日、広瀬は当直明けだった。木部美智子からの電話がかかったのは、交代の医師に引き継ぎが終わって、彼が医局を出た後だった。そして受付の前を通過する時、広瀬は看護師に引き止められた。

「さっき電話がありましたよ。木部美智子さんて方。先生をお探ししたんですけど、医局につないでもいらっしゃらないし。また連絡するってことでした」

木部美智子。広瀬は彼女が六日前に置いていった名刺を思い出した。サイフの中から取り出してその肩書を眺め、しばらく思案した。

「なんの用件か話していた？」

「いいえ。ただ、また連絡するって、そう言っただけでしたよ」それから看護師は、名刺を眺めている広瀬の顔を覗き込んだ。

「最近よく出版関係の人がみえますね。また雑誌にでも載るんですか」

「いやだよ、茶化さないでくださいよ」

「でも半年前は載ったでしょ」

「いいようにされましたよ。現場医療を考える討論会だなんて言うから、なんで僕なんかに言ってくるんだろうって思っていたら、何のことはない、『全国独身医師一覧』なんて企画でねぇ。君たち、笑ったでしょ」

その若い看護師ははじけるようにケタケタと笑って、喋れない代わりに大きく二度も三度も頷《うなず》いてみせた。

「まったく。四十過ぎて独身ってのは、そんなに珍しいかねぇ」

「いいえ。先生は私たちの希望の星です。先生みたいな人がいないと、私たち看護師には職場に張りがない」

広瀬は年寄りが諭すような顔をした。「医者なんかと結婚するもんじゃないよ。感情線、ないからね。人が思うほど知的じゃないし、その上、大体が二重人格だ」

看護師がまたひとしきり笑う。

「よく休みを取るし、診療も交代が多いし、最近、医局でも原稿用紙を眺めているって話だから、先生は小説でも書いているんだろうかって、結構噂ですよ」

広瀬は笑った。「そうなんだよ。その見解は実に正しいよ。小説ってのは、でもと言うほどにとどめておかなきゃならない。そうでないと、いけないものなのですよ。じゃ、僕はこれで。午後まで来ませんから、よろしく」

若い看護師は笑っていた。笑いながら、いつものように長身の体をひょこひょこ揺らせて玄関を出ていく広瀬の後ろ姿を、狐に摘まれたような顔をして見送っていた。

失踪した来生恭子の机の上に残っていた原稿は遺書であるとも作品の一部であるとも判然としない。これが小説ならば、巧妙な構成を持つ作品のクライマックスを書き出したものだ。しかし、もしこれが遺書であったなら、来生恭子はその当時、通常の精神状態ではなかったに違いない。

その中には二人の女性がいた。「登紀子」という女性は死を望んでいない。彼女は死の妄想に突っ込んだ片足を抜こうと必死でもがくのに、もう一人の女性によって死へとおいたてられていく。そしてある瞬間に生への執着がこと切れる。その時、登紀子は断崖から飛び下りる女の姿を見ている。それがもう一人の女の姿であるのか、それとも登紀子自身の姿の予見であるのか、わからない。

『なぜ人は死を負というのか。登紀子の思考がゆっくりと動き出す。母体は静かにその舳先を上げる』――登紀子と女が同一人物であり、女が登紀子の中に宿るもう一つの意識を代弁したものであるならば、彼女は自分の死を予見していたことになる。人間、死を考える時には死のうとする意識と生きようとする意識が内部で葛藤するだろうことは容易に想像がつく。その二つの意識を二人の人間になぞらえていると解釈することもできるのだ。しかし二人が小説上、入り組んだ全く別の人物ならば、これは遺書というには当たらない。

真由美の部屋で美智子はため息をついていた。まるで判じ物だった。まるで自分の中でからからと万華鏡を回してみるように、そこには切り取られた真実がありながら、全貌を決してみせようとはしない。

一枚だけポツンと短い文章を記した原稿があった。

真夜中にあなたを見る目。
あなたは言語というものが存在すると思っているでしょ。
でも本当はそんなものはないのよ。
あれは幻想――あれは幻覚。

美智子は真由美に問うた。「これはなんですか」

「それは姉の部屋を開けた時、机の一番上に載っていたものです。なんであるのかはわかりません。言葉を否定しているのだと、主人は言いました。でも小説を書く人間にとって言葉は唯一の表現手段でしょう。画家や音楽家が言うならわかりますが。言葉を拒絶するという、その意味がわたしにはわからないんです。そのあなたという言葉も。誰かを特定しているのか、ただ技法として使っているのか」

美智子はその四行を見つめた。

死へと追い詰められる女と死に追い詰める女は同一人物なのだろうか。そしてこの「目」

とは、何を意味するのだろうか。

そして突然、美智子は高岡真紀と連絡がとれなくなっていることに気がついた。

携帯電話はずっと留守番機能になっていて、待てど暮らせど返事はなかった。美智子は神戸に着いてすぐに高岡真紀が連絡先にしていたホテルにも行ってみたが、いなかった。美智子は三村に電話をして高岡真紀が原稿を送って来たときの住所を聞き出し、そこにも行ってみた。が、呼んでも応答はない。電話は呼び出し音もならず、それは、三村に聞いた、散乱した部屋に入った時、電話線が抜かれていた、そのままの状況だろうと思われた。今朝再びグリーン・パーク・ホテルに電話をすると、数時間違いで彼女はチェックアウトしていた。

真紀と連絡を取るということがこんなに手間取るなどと考えもしなかった美智子には、それは初めはただの苛立ちであったが、時を追うごとに妙に胸騒ぎを感じ始めた。念のために彼女の交友関係に当たっていったが、そこでも彼女の行方を知るものはいない。ふと思いついて高岡真紀が懇意にしている弁護士に電話を入れたのは、美智子が神戸に来た翌日、六月二十六日正午のことだった。

「今朝電話がありましたよ」美智子は正徳病院へ向かうタクシーの中でかけた携帯電話でそう聞いたとき、胸の裡《うち》でビンゴ、と呟いた。リバイバルのテレビ映画の中で老優が意気揚々とそう呟いたのを見てから、こっそりと一人でそれを真似るのが快感になっていた。窮地の中で突破口を見つけると、その言葉が浮かんでくる。

「連絡先、言っていませんでしたか」

「いいえ。また電話しますって」

「どういう用件だった？」

「いやね」この弁護士はもともと美智子の紹介で高岡真紀と知り合いになったもので、高岡真紀とは知り合いにすぎないが、美智子とは友人という間柄なのだ。背の低い小太りな男で、ノネズミのようにちょこまかとよく動く。彼は美智子に問われてちょっとため息をつく。

「事故を起こしたような口ぶりだったんだけど」と歯切れが悪い。「はっきりしないんだよ。『轢《ひ》き逃げはどういう根拠で犯人と特定されるのか』なんて聞くもんでね。取材にしては漠然とし過ぎているだろ。まさか轢いたんではと思ったけど」

「轢いたの？」

「いやねぇ。だから被害者の傷と、車の破損状況と、いろいろ合わせて、血液型だとか、路上に残った跡だとか、そういうことからねってね、一年生に言うみたいに言ったのよ。それでも彼女、なんだか要領を得ないで電話の向こうでぼうっとしてるみたいなんだよ。それでさ、遺体がもう火葬になってたらどうなるんだとか、はっきりとした目撃者がいたらどうなるんだとか、なんだか話が取り止めないわけ。まさかとは思うんだけどね。取材にしては焦っていたよ」

美智子の声も沈んだ。「なんかヤバそうじゃない」

相手の声は一層沈んだ。「それがね、こんなことも聞くんだよ。『ホームレスが轢き逃げされた場合、警察は本気で犯人捜しをやらないってのは本当か』って」

二人は電話を挟んで黙りこくった。

「今朝って何時ごろ」

「事務所に来てすぐだったから、十時前かな」

「どこにいるか言わなかったのね」

「言わなかった」

タクシーが停止した。ウインカーを点滅させて対向車の流れの切れるのを待っている。対向車の一台が減速した。タクシーは返礼にライトを一度瞬きさせて、その前を抜けて正徳病院の駐車場へと乗り込む。美智子は、高岡真紀から電話があれば自分に連絡するように言ってくれと彼に頼んで電話を切った。

今朝ホテルをチェックアウトしているのは確かなのだから、少なくとも今朝までは、高岡真紀はここ、神戸にいたはずなのだ。そして何かのトラブルに巻き込まれた——。

美智子はため息をつく。病院の看板には『土曜診療　午前九時～十二時』と書かれていた。時計を見れば、十二時を少し回っている。美智子は病院の玄関をくぐった。

「広瀬先生をお願いしたいんですけど」

「先生は、お帰りになりましたが」

美智子は耳を疑った。

「だってまだ十二時を過ぎたばかりですよ」

鉄格子の下りた受付窓の向こうで、事務員は悪びれもしない。「ええ。最後の外来患者さんが十一時半頃だったんです。受付を閉じるとすぐに、先生はお帰りになりました」

疲労感に襲われた。昨日新幹線の中から正徳病院に電話をして広瀬を呼び出した。看護師は探してくれたが、当直明けでもう医局を出たということで、結局つながらなかった。その日午後から診療があるから、五時以降なら間違いなく病院にいるはずだと看護師から聞いた。それからその五時まで真由美の家で来生恭子の原稿に埋もれていた美智子が午後の七時に病院に電話をした時には、緊急の用事で手が放せないと看護師が告げた。美智子は自分の携帯の番号を告げて、連絡をもらいたいと伝言した。しかしその夜、広瀬医師から電話はなかった。その次の日、すなわち今朝、美智子は高岡真紀を探すかたわら朝の八時に病院に電話をした。その時には席を外していると告げられた。彼女はその時にも再び携帯の番号を告げて連絡を請うた。そして今、病院を訪れると彼は帰ったと言われたのだ。

「携帯の電話番号、確かに伝えてもらえましたか？」

電話に出た人間と同一人物ではないので確たる返答は得られない。美智子は食い下がった。

「今朝八時ごろにも電話をしたんですが」

事情を察したのか、事務員は気の毒そうに美智子を見た。

「昨日夜中に急患がありましてね、交通事故だったんですが、身元不明で、警察がきたりして、先生、大変に忙しかったんですよ。明け方まで取り込んでいました。それで入院患者の診療が後ろにずれ込んで、結局午前の診療が始まっても、まだばたばたしておいででした。忘れてらっしゃるんじゃないでしょうか」

木部美智子は手帳を見つめた。そこには三つの項目が線で消されないままに残っている。

高岡真紀と会うこと。

広瀬医師と会うこと。

来生恭子の原稿を確認すること。

真紀はいまだ消息不明であり、真由美の家に残された来生恭子の原稿から『花の人』にかかわるものを探し出すという作業は、それこそ藁《わら》の山から針を探し出すような作業であることを、美智子は昨日、今日にかけて真由美の家で来生恭子の原稿を読みふけった中で悟った。広瀬という男はその膨大な原稿の目録を作っている。

美智子は手帳を閉じた。

「なんとか連絡を取ってもらえませんか」

事務員は「はぁ」と頼りない声を出した。

高岡真紀への気がかりも段々と膨らんでいた。事故を起こすにしても不思議なのだ。彼女がこの地で自分の車を乗り回しているとは思えない。彼女の荒らされたマンションに行った時、そこに彼女の車はないと広瀬は三村に言った。彼女の車はピカピカに磨いたBMWだから目立つのだと、広瀬はそう言ったという。高岡真紀の車は確かにBMWだ。日頃から、意地でも外車に乗るのだと言っていた。しかし彼女が自分のBMWに乗って病院に通院していたという話はひどく不可解なものを含んでいた。というのも、高岡真紀は、半年前にはここ神戸にいないはずなのだ。彼女がよく仕事を請け負っている事務所に問い合わせたところ、あのころの彼女は女性雑誌の取材で全国をあちこち飛び歩いていた。医者をだますために毎週金曜日に神戸に通っていたとしても、どうして車を飛ばして神戸までくるだろうか。新幹線か飛行機の方が時間も経費も少なくて済むはずだ。

医者をだますためといえば、三村から聞いた、広瀬の知る高岡真紀という女は、美智子が知る高岡真紀とは似ても似つかぬのだった。真紀は確かに芝居ができる。だから医者の一人や二人、だましおおせるかもしれない。ただ今回彼女が演じていた人格、もしくはエピソードを、彼女が一人で作り上げられるとは到底思えないのだ。

美智子は、真紀のマンションの名義人が彼女とは別人であったという三村の言葉を思い出した。真紀の背後に誰かいるというのは確定的ではないだろうか。その人物が真紀のマンションを借り、指示を出している――

美智子は考えれば考えるほどに気になってきた。真紀は事故を起こしたのだろうか、それとも何か事件に巻き込まれたのだろうか。彼女が『花の人』のことを調べている、そのことに危機感を持つ人間も確かにいるはずなのだ。

誰だろうか。真紀の後ろにいる人間、そして真紀に『花の人』のことを調べられては困る人間。

美智子は頭を抱えた。そして仕方なく決心した。初めて会う時に取るべき手段ではないことはわかっていたが、しかたがない。彼女は三村の携帯電話を鳴らした。

「どうしたんですか」

三村は怪訝な声を出した。

「広瀬先生なんですが、何度連絡してもうまくつながらないんです。高岡真紀の消息もぷっつりと切れました。三村さんから、私のところに電話を入れるようにと、広瀬先生に言ってもらえませんか」

「高岡真紀の消息が摑《つか》めないんですか」

「ええ。事故を起こして逃げているのかもしれないんですが、事故といっても車のことがなんだか引っかかって……」最後は独り言だった。

三村が「なんですって」と問い返す。

「いえ、いいんです。とにかく、その医師と会ってみたいんですが。病院には二回行ったし、名刺も置いてきて、携帯の番号も言いました。電話も四、五回は掛けているんですが、全く――」

三村は遮った。

「実はわたし、今、新幹線の中にいるんですよ。新大阪を過ぎたところです。広瀬先生なら、今頃新神戸駅でわたしを待っていますよ」

12

三村が広瀬からその封書を受けとったのは東京に戻った六日後の金曜だった。たっぷり中身の詰まった大判の封筒で、短い手紙と小説らしきものが入っていた。手紙の中身は、高岡真紀の実家に連絡を取ってみたが連絡がつかないということ、それから、遠慮がちに追伸として、僕の書いた小説ですが、よかったら感想を聞かせてくださいと書きしるされ、最後のページが二十一とナンバーの打たれたワープロ原稿が入っていた。広瀬はこの、四百字詰めで五十枚にあたる原稿を四、五日で書き上げたことになる。以前から書き溜めていたものかもしれないが、素人《しろうと》にしては随分勢いこんで書いたものだと思った。そして初めの二、三枚を読み、彼はすぐに放棄した。広瀬は医者でいる方が社会に貢献できる。三村はその原稿を横に置き、短い手紙を読みなおした。

連絡が取れないとはどういうことだろう。電話が通じないということだろうか、相手が不在であるということだろうか。

まったく、これは原稿を送るための口実に違いなかった。彼がこの時、高岡真紀の情報より、自分の書いた小説に多く心を奪われていたのは確かだろう。そして、編集者からの感想を心待ちにしている。

三村はもう一度、広瀬の原稿に視線を落とした。引き続き真紀についての情報が欲しい以上、彼が心待ちにしている感想を言うしかないだろう。二十分ほどかけて読み、三村は受話器を上げた。

褒める必要はなかった。「ええ、読ませてもらいましたよ」そう、快く言うだけで十分なのだ。素人は、相手が読んだというだけで、興味をそそるものがあったに違いないと思い込む。褒めなくても読んだということはすなわち認めたということになるのだ。広瀬も少なくともこの小説というものに於《お》いては、全く判で押したように一般的な反応を示した。

読ませてもらいましたよ——そこで認められたと勘違いした相手はすこぶる謙虚な姿勢を見せる。

「いや、お恥ずかしい。ただ、医療現場っていうのは結構小説ネタになるものがあるんだがなぁと以前から思っていたものですから」それから編集者が何か言うのを、言い換えれば具体的に褒めてくれるのを待っている。

「いや、なかなか興味深い内容でした。一晩に二人もの救急患者が運び込まれてくる、そのてんやわんやの緊迫感が、よく伝わってきます」

これで先方は十分に気をよくするのだ。広瀬はすっかりご機嫌になってまくし立て始めた。

「ええ、実はね、今、別のテーマを考えているんですよ」

その言葉に、三村はやっかいだなとは思ったが、広瀬は一方的に話しはじめていた。

「イタコって知っていますか」

「はい。死んだ人の霊を降ろすってやつでしょ」

「ええ、そうです。うちの父親ってのが、田舎の漁村の開業医でね、親父の親父もそうなんです。三代続く医者の家系でしてね、まあ、町の平均年齢も上がって、そういう町医者なんか風邪だの糖尿病だのが殆どで、親父は最近は釣りにばっかり行っているみたいなんですがね」

話はイタコから拡散しているようだった。――医院といっても都会の医院とは大違いで、自分も父親も、祖父のその診療所を遊び場にして育ったこと。診療時間などあってなかったような町医者の生活。大漁の日には日に焼けた漁師の女房が活《い》きのいい魚をぶら下げてひょいと現れること――以前聞いた覚えのある話だった。

それでもどこへ話を飛ばすつもりか予測がつかないので、どこで高岡真紀の実家との連絡が取れないというその具体的な状況を聞こうかと考えていた。とりあえず彼の語る四国の漁師町のなごやかな風景を聞くうち、彼の書く医療現場などというものより、ずっと生き生きしているなどと思い始めた頃、広瀬はひょいと話を戻していた。

「自分でもなぜそんなことを考え出したのか、親父がイタコを見たことがあるって言っていたのを思い出したんです」

広瀬はなにやら興奮気味だった。三村には彼が何を言わんとしているのか皆目見当がつかなかった。しかし「わかりますか？」と畳みかける彼はすっかりその気になっていた。

「我ながら思いがけない発想でしたよ。親父のところに電話をしてね、釣りに行っているってんでまたかけなおした。親父にイタコって知ってるかって問うて、初めて自分の考えていることがわかったっていうかな。自分の意識下でうごめいていた疑惑の正体を知ったんですよ」

なんとも大きく出たものだ。——三村はちょっと受話器を耳から浮かした。

「父親は、へっ？　と間の抜けた声をだしましたよ、その声を聞きながら、僕は自分の心に引っかかっていたことを理解した。鎮魂ですよ。魂を鎮める」

彼の語調に、三村はとりあえず「ええ」と答えた。

「親父はがははと景気よく笑いましたよ。なんだお前、立派な大学病院まで勤めてイタコとはなって。しかしいいですか、あなたも言っていた。わたしのその患者は来生恭子とどこかで接触しているはずだって。そしてあのワープロの画面の中に彼女の作品を見つけた時にあなたが見せた驚き。古い作品を打ち直したのだと言った時の怯《おび》え」

三村の背中に冷たいものが走り抜けた。広瀬に脅されているような気がしたのだ。あの瞬間を再現して、まるで昆虫を針で留めるように言い放った「怯え」という言葉。あの時、気がつくと、広瀬は自分の後ろに立っていた。寝室を見に行くと言って戻ってきた、あの時だ。

広瀬は続ける。

「あの時、あなたも今の僕と同じことを感じていたのではないだろうかと思った。高岡真紀が来生恭子と接触できるはずがない。あなたは来生恭子の原稿が送られてくるはずがないことを知っていた。だから僕の電話にも取り合わなかった。なのに今再び、溢《あふ》れかえり始めた彼女の作品、軌跡、そして存在。それにあなた自身が怯えている」

三村は今、自分のどこかが、この男は警戒しなければならないと警告を発しているのを感じた。三村は「待ってください」と口を挟んでいた。しかし広瀬はそれを遮った。

「魂が乗り移るってことですよ。生きてても、死んでても」

三村は強引に割り込んだ。「来生恭子が死んでいるとあなたは考えているのですか」

「死んでいると断言しているわけじゃない。しかし可能性はある。自殺、事故、もしくは殺人――もし殺人ならば、おそらくはほんの些細なことで、できるなら時間を十分、いや、五分でいいから戻して欲しいと思うような突発的な成り行きで起こったとか。もしかしたら事故だとしかいいようのないような。もちろん計画的かつ作為的ななにかがあったのかもしれない」

彼は嬉々《きき》としてそれを語った。三村はその無神経さを不快に思ったが、彼の話はまだまだ続いていた。

「和歌山のあの場所はご存じの通り自殺の名所です。そこを訪れた直後から高岡真紀は奇妙に来生恭子にくわしくなった。彼女しか知らないことを言い、書く。まるで来生恭子が乗り移ったかのように。それがまた来生恭子の最後に書きかけていた作品と同じ筋書きだとすれば、いくらあり得ないって理屈ではわかっていても興味を引くじゃありませんか。

親父の話ではねぇ、死者の霊なんてものはどこにでもあるってんですよ、まあ、ここのところはかなり差し引いて聞いてもらわなくちゃなりませんがね、なんせかなりご機嫌に酔っぱらっていましたから。とにかく、板子一枚下は地獄って漁師町にいると、浮かばれない死者の霊の話なんてのはごろごろしているっていうんだな。とくに海に飲まれたもんの魂ってのはうまくおさまらないものらしいって。水にはなんかの霊力があるとも言っていました。

真紀が気分が悪いと言いだしたのは旅行から帰ったあとでした。そしてその時から真紀は来生恭子の人間関係をさも自分のもののように、時に懐かしむように話しはじめたんです。

あなたに見せた写真、覚えていますか。真紀の寝室にあったあの写真ですよ。管理人に言って借りて帰ったんですがね、右下に日付が入っています。五月十三日。断言しますが、あれは和歌山ですよ。高岡真紀さんは僕に「白浜」とシールの張った、ガラス製のイルカの文鎮をお土産にくれたんですから。彼女は五月十三日に来生恭子の『自殺する女』の舞台へ行ったんです。そしてなんらかの作用を受けた」

三村はこの男は本気だろうかと訝《いぶか》しんでいた。しかし五月十三日——ガラスでできたイルカの文鎮——。それを聞いた時、三村は身を奮い起こさなければならなかった。その間も広瀬はかわらず電話の向こうでまくし立てる。

「確かに合理的ではない。しかしあり得るかもしれませんよ。情念ですよ。イタコも九割九分九厘は胡散《うさん》くさい。しかし千に一つ、いや万に一つぐらいはないこともない。取り憑《つ》かれたら九割九分連れて行かれるんだそうです。親父が聞いた、じいさんの話ではそうだった。僕のじいさんの話、知っていますか、ええっと話したっけかな」

少々酒が入っているのかもしれない。広瀬は自分の祖父を「ヘボ医者のじいさん」と称して、祖父の話を始めた。祖父は広瀬が十四の時に八十七で亡くなったが、広瀬の記憶の限り頑固で妙ちきりんなじいさんで、冬でも剣道着の片肌脱いで、猫を相手に木刀を振るのが好きだった。あの時にはもう八十歳を越えていたはずなのだが、庭でじいさんが頭に鉢巻きをした勇ましい姿で猫に向かって、いやあ、と気合もろとも木刀を振り下ろす姿は、子供心にまことにもって変だった。大体は逃げられるのだが、猫が身を竦《すく》めて動けなくなったとしても当たる手前で止めるのだから別に叩《たた》き殺す気があるわけではない。これはトンボを捕まえるのと同じことじゃなどとわけのわからぬことを言いながら、明治生まれの祖父は矍鑠《かくしゃく》として大正、昭和を生きて、八十七歳でポックリと死んだ。

――時間がたつとまずいんじゃそうな。そういうもんは古ければ古いほどたちが悪い。新しいのはまだ生あるものに対する情が残っとるんじゃが、古うなるとただの化けもんじゃって言うとったのを聞いたことがあるな。邪念と怨念のミイラになるとな。

広瀬は言った。「ピンと来るものがありませんか」

その後も広瀬は一人で何かを話していた。

生あるものへの情。怨念と愛情――広瀬がピンとこないかなどと思わせぶりに言ったことに、三村は何の感慨も湧《わ》かなかった。来生恭子の頭の中にあるのはただ、自分の世界、宇宙だけだった。それがどんな血肉より絶対的な力を持った。

彼女には邪念も怨念もない。ただ、三村の頭の中には尾を上げて跳ねるイルカの文鎮が見えるのだ。薄く青い色のついたイルカの文鎮が。

「原稿そのものはないんですがね、ワープロ書きの下書きが別の下書きの中に紛れ込んでいるんですよ。ところがそのフロッピィがない」

突然、広瀬の言葉が耳に入って、三村は我に返った。

「申し訳ない、聞こえなかった。なんのフロッピィですって？」

「だから、フロッピィの中で作品が一つ消されているらしいんです。下書きがあるのにそれに該当する作品がフロッピィのどこにも入ってない」

「それは消されたんじゃなく、初めからフロッピィに入れてなかったんじゃありませんか」

「僕もそう思ったんですがね、来生恭子という人は全く手書きをしなかった人のようなんです。下書きから書き損じまで、全部一応フロッピィに残してあるんですよ。それが手当たり次第、手近なフロッピィに入れていたらしくバラバラでね、でも追いかけていくとちゃんと作品になる。最後にそれをきちんとまとめて題をつけて、別のフロッピィに入れなおしてあるんです。

下書きのフロッピィと作品保管用のフロッピィの二種類があるということなんです。どれもそういう手順でね、フロッピィに書き込みすると同時に日付が記録されるんですがね、その下書き用のフロッピィの中の文書を日付順に並べていくと、いつ、何を書いていたのか、どの作品をいつからいつにかけて執筆したのか、一目瞭然になるんですよ。かなりの根気のいる作業ではありますが。

するとね、虫食いのように消された部分が三枚のフロッピィに発見されましてね、そのフロッピィっていうのが、ほぼ五年前に使われていたものなんですよ。消された文書の前後の文書の書き込みが全部その頃なもので。だからその、空白に入っていたものもその頃書かれたものだと思うのですがね」

「書き込んだ日付がフロッピィに残っているというんですか」

文書を読み出して、『前ページ』というキーを何度も押していくうち、最後に初めての書き込み日と最終の書き込み日が出てきたのだという。広瀬は偶然見つけたんだと笑った。

「いやぁ、高度な機械ってのはどこにどんな機能があるのやら、到底把握できるもんじゃぁりませんなぁ」

「でもその空白の部分には初めから何も入っていなかったんじゃなかったんですか」

「はあ。僕も初めはそう思って気にしていなかったんです。ところが妹さんの家に残っていた原稿やら下書きやらを整理するうちに、僕の記憶にない作品のワープロ書きの下書き原稿が数十枚みつかりましてね。すべてのフロッピィを確認していったつもりでいた僕としては実に大きな見落としというわけでして、それでハタと気づいたんです。題があるのに該当する作品がない、奇妙なフロッピィがあったぞって。その変なフロッピィってのはね、題が三つあって、小説は二つしか入っていないんですよ」

「題だけ書いて別のフロッピィにいれたんでしょう」

「僕もそう思ったんですが、一つ目と二つ目の小説の間に空白部分があるんですよ。二、三百枚に相当する、いかにも、ここになにか入っていたんだろうなという感じの」

「別のフロッピィに移したんじゃないんですか。一枚のフロッピィに三つは多すぎると思ったとか」

「ええ。僕だってそう思いましたよ。ところがね、日付順に並べた時、その頃に使っていたと思われる下書き用のフロッピィも、こちらは数枚程度ずつなんですが、同じように穴空きになっていて、気になっていたんです。それでその二、三百枚分にあたる空白の文書の最後の記帳を見るとね、原稿を消したのが三年前の五月なんです。五年前に使っていたフロッピィを引っ張りだして三年前の五月に全部消しているんですよ。その頃に使っていた下書き用のフロッピィの穴空きも全部同じ。一九九六年五月十三日午前一時十二分から午前四時六分の間に全部消えている。全部ですよ。下書きから仕上がりまで、作品丸々一つ分が完全に姿を消されている。まるで何の片鱗《へんりん》も残さないようにしているみたいにね」

三村は我知らず、ほうと呟いていた。その声が小さかったからか、広瀬は「もしもし、聞いていますか」とたずねた。

「ええ。聞いていますよ」

「それ、彼女が失踪した前後じゃないですか?」

「ええ。そうです。電気、水道料が基本料金だけに下がったのはその次の月、電話の使用状態からみて、失踪は五月のそのあたりだと思います。彼女の妹さんからそう聞いています」

「なぜ消したのでしょうね」

三村はそれには答えなかった。

「その下書きの一部が原稿として残っていると言いましたね」

「ええ」

「何枚くらいですか」

「えぇっと」と広瀬は少し考えた。「十二枚ですかね。四十字掛ける三十四行でね」

「それ、見せてもらえますか、全部」

「ええ。感熱紙なんですけど、段ボールの中で他の原稿の間に挟まっていたのがよかったのか、ほとんど色が変わっていないんですよ」

「読みましたか」

「ほんのさわりだけね。初めからじゃないからなんだかよくわからんのです」

「すぐ送ってもらえませんか。興味があります。ある分、全部」

「わかりました。それより、イタコの話はどうですか。親父の話では万に一つは蘇《よみがえ》るって。一人の女が、死んだ女が遺作として残した小説の舞台に行きあわせた時、死んだ女に取り憑かれてその遺恨を晴らしていく——おもしろそうじゃありませんか。もちろん、小説としてですよ、不謹慎な意味でなく。しかしそうなると来生恭子は自殺ですね。じゃ恭子の遺恨ってなんだったんでしょうねぇ」と広瀬は他人事《ひとごと》のように呟いた。

三村は思わず「本気ですか。小説ネタですか」とクギを刺した。

広瀬は至極真面目に言った。「いえ、僕、ミステリーを書いてみようと思いましてね」

三村はそこでまた、「ミステリーですか、ホラーですか」とやんわりと厭味《いやみ》を言った。それでも広瀬はけろっとしている。

「ああ、そうか。でも今、ホラー大賞ってのもありますよね」

とにかく広瀬には何を考えているのか皆目見当のつかないところがある。それにかかわるつもりもない。三村はその時、来生恭子の消えた原稿の存在のことで頭が一杯だった。

「わかりました。賞に関してはなんなりと資料を送って差し上げますから、来生恭子のことでなく、高岡真紀の所在の確認を心がけてもらえませんか」

瞬間、木部美智子の言った言葉を思い出した。——彼女は週刊誌に記事を売る三流の雑誌記者。今、その事実を告げたならこの広瀬という医師はどういう反応を示すだろうか。そう思う三村の耳に、広瀬の「心得ています」という言葉が神妙に響いた。そして広瀬は三村が木部美智子のことを言い出す前に受話器を置いた。

広瀬と木部美智子はいつか顔を合わせるだろう。木部美智子は『花の人』が来生恭子の作品であると確信を持ち、今、広瀬は来生恭子のフロッピィの中にちょうど『花の人』ほどの長さの、消された部分があるという。二人が会った時、この二つは割符のように二人に一つの図柄を見せることだろう。

三村はそれを恐ろしいとは思わなかった。奇妙に興奮するのだった。あの二人が、事実を並べて恭子の真実を掴もうとしている。

昨日の二時半に電話が鳴った。あの時、脳裏に浮かんだ猿は、恭子の目をしていた。

その姿を思い出しながら三村は思うのだ。彼らが摑もうとしている恭子の遺恨とはなんなのだろうと。それがどんな形をしていれば、彼らは喜ぶのだろうか。

ありえないことだとは知っていながら、もし広瀬がそれを摑むというのなら、もしあの木部美智子がそれを世間に詳《つまび》らかにするというのなら、三村は、彼らのいう恭子の遺恨をこの目で見てみたいと思うのだ。

彼らが思い描く恭子の遺恨の形——彼女の思いの姿。彼らがそれを認識して言葉に換える時、そこには何が紡ぎだされているのか。

あなたは言語というものが存在すると思っているでしょ。

でも本当はそんなものはないのよ。

今、三村にはその言葉の意味がわかるような気がした。そして三村は思った。そんな下書きが残っていたとは。彼女のことはあの時あれほど考えつくしたと確信していたのに、気付かなかったと。

その日、三村は本郷素子に会った。

薄暗いバーの片隅で、彼女は青ざめていた。

「その男が初めてあたしに声をかけてきたのは二カ月近く前よ。半年ぐらい前から時々その店で顔を合わせたことがあったの。あたしがよく行く『あかね』ってとこ。あたしのファンだって言ったのよ。あたしの作品は全部読んでいるっていうのよ。気取っていない書きっぷりが好きだって。グラビアなんかで見るより美人ですねなんて見え透いたお世辞も言ったりして。あなたが今度の話題作を書く前からずっとファンだったたって。その男はそんなことから話を始めたの」

三村は黙っていた。店のママは気配を察して寄っては来なかった。

その男というのはこの女作家の気質をよく呑み込んでいるようだった。背の高い、みてくれのいい男で、気後れする風もなく、そのくせどこか野暮ったさが残っていて、彼女は放送作家かなにかだと思ったのだという。

「四十前後の感じでね、そのうちあの『花の人』のことを話題にしはじめたのよ。その店で言葉を交わすようになって四回目だったと思うわ。あれ、いままでのと作風が違いますよねって、そう、嬉しそうに言うの。そう言われるのは初めてじゃない、あたし、本当は昔から純文学志向だったんですなんて言ってごまかした。彼、わかりますよって。才能ってある人にはあるし、ない人には永遠にないんだって、そう言ったの。そう言ってあたしをじっと見つめてね。それでまたポツンと、なんの脈絡もなく、あなたそういえば、新文芸社の三村さんとは大した付き合いはなかったと思ったがって、独り言のようにそう言ってまたあたしを見るのよ。『そういえば帝京出版の嶋さんでしたかね』――その間にはもっといろいろと言葉のやり取りがあったけど、忘れたわ。とにかく、その野暮ったくて優しそうな瞳のまま、じっとあたしからその視線を逸らさないのよ。そして、いくらでしたかって、そう言ったの。あたしは印税のことだと思って、そういうことってあんまりくわしく知らないのって笑って答えた。でもその男は笑わなかった。いえ、そうじゃありません。印税の話なんかじゃありませんよ。その作品、いくらだったかって聞いているんですよって。その時にはまるで別人のようだった。まるであたしを射竦めるような目をしてね。かまわないんですよ、誰が誰の作品をいくらで買ったって。でもなぜだろうってね。なぜあれが、あなたの許《もと》に転がり込んだんだろうって」

三村は内心じっとりと脂汗をかいていた。

「その男は言うのよ、あの作品、出版されたのは三年前でしたよね。地味な恋愛小説だ。ぼくが不思議なのはね、なぜあなただったのかということですよ。誰が見たって、不自然だって。だってあなたは、小学生でも読めるような大きな活字で三流の週刊誌が喜ぶようなネタを、気取っていない書きっぷりって言やあ聞こえはいいが、要は芸のない書き方で連ねるしか能のない場つなぎ作家だってことは皆が知っていることじゃありませんか。そりゃ仲介した男だってわかっていたろうに——彼はにっこり笑ってそういうのよ。

あたし、あんまり突然だったから何を言われているのかわからなくって。それからとんでもなく侮辱されているんだと気がついて、頭に血がのぼってね、座を蹴って飛び出してやろうかとも思ったけど、男が言うのよ、あれ、今度の新世紀文学賞を取ったんでしょって。脅されていると思った。そして畳みかけるの。どうしてまた、彼に頼んだんですかって。あたし、なんの話かわからないって言ってやった。その男は聞こえていないみたいに言うのよ、そんなに名前を上げたかったんですかって。三流作家には三流作家の醍醐味があるでしょうに、あんなに立派な作品を書いたとなれば、もう二度と、くだらぬスキャンダルを拡大したような、あなたの作品は書けないじゃありませんか、かわいそうにって、そう言うのよ。あれっきり二度とまともな作品を書かないとすれば、ちまたの噂は人々の間で肯定的に確定されるでしょうねぇ。また彼に頼むんですか、って」

業界の中では、あれが盗作、もしくはゴーストライターの手になるものだろうという噂は、彼女があの作品を出した時からあった。しかし本郷素子はそんな噂を気にする女ではなかった。ただ、彼女が同じような純文学系の作品を流してくれないかとそれとなく編集者に打診して回っているという話はあちこちで囁《ささや》かれていた。すなわち彼女はあの一作で、二度と自分の手になる作品を出すことができなくなった。男の言葉は彼女の窮状を突いていたのだ。

「それで、あなたはなんと言ったのですか」

「――かっとして」本郷素子はそう言うとじっと三村の顔を見た。許しを請おうとしているような目、自分の不手際を責めないで欲しいと甘えるような目。そんな目で、本郷素子はしばらく三村の顔色をみていたが、やがてまた堰《せき》を切ったように語り始めた。

「かっとしてね、頼んでなんかいないって言ってしまったの。すると男は顔色一つかえず、そのにやにや笑った顔のまま、じゃあ彼が持ってきたとでも言うんですかって。そんなバカな話は通用しない。まあ、金が介在すれば話は別だが、それにしても彼の方からあなたに持ちかけるはずがないじゃありませんか——あの男はあたしの顔を見て平然とそう言うのよ。彼の弱みでも握りましたか。そのあと何か言っていたけど、なんだか忘れたわ。とにかくそれであの男は帰って行ったの。また連絡すると思いますって、そう言って。三村さん、あたし、どうなるの」

その目にはすり寄るような甘えが見え隠れしていた。それを感じた時、隣に座っているのも汚らわしく思うほど、三村はこの女に嫌悪感を抱いた。お前がどうなったって知ったことじゃない。ただ、これはどう考えても高岡真紀の一件と無関係には思えないのだった。三村は、どんな男かともう一度問うた。が、彼女の答えは要領を得なかった。四十前後の、背の高い、ちょっと筋肉質な感じの、どこと言って特徴のない男としかわからない。

「その男、言葉に特徴はありましたか。関西なまりとか」

「いいえ。気付かなかった」

「相手は『彼』というだけで、具体的に名前は一度も出さなかったんですね」

本郷素子はいま話した通りだと言った。そして訴えるように、

「無言電話がかかるのよ。夜中に」

三村はその時刻を問わなかった。二時半に違いないのだ。誰かが何かを画策している。

三村が木部美智子からの電話を受けたのは神戸に向かう新幹線の中でだった。

彼は美智子に自分の泊まるホテルの名前を告げて、四時に広瀬を連れていくと約束した。

広瀬は車を駐車場に停《と》めて三村を待っていた。

「木部美智子ってジャーナリスト、ご存じですか」

三村がそう言った時、広瀬はきょとんとした顔を彼に向けていた。

「なんであなたがその名前を知っているんですか」広瀬はそう言うと、ポケットから名刺を取り出し、三村に見せた。「彼女って有名人ですか？」

三村は苦笑を浮かべそうになったが、心して表情を崩さなかった。

「ええ。仕事ができる人間の一人だと聞いています。あなたに何度も連絡を取ろうとしたが繋《つな》がらないと、さっき電話があったのです」

広瀬はじっと三村の顔を見た。

「われわれの協力者ってことですか？」

三村はそれについて直接的な返答を避けた。「彼女もまた来生恭子の失踪について興味を持っています。そして彼女は高岡真紀を知っているのです。三流の雑誌記者だそうです」

三村は表情を一つも見落とすまいとじっと広瀬を見た。本郷素子の言葉がある疑惑を含んで消えない。

四十前後の、背の高い、どこと言って特徴のない男——それがこの男だとすれば。

半年前から本郷素子に接触し続けているその男というのが、この広瀬であったなら。

もし彼が仕組んだことならば、彼のいう高岡真紀の姿が自分の見た彼女と重ならないことに納得がいく。なぜなら金曜の四時に受付で待つ女は実在ではなく彼が作り上げたものなのだから。

それでも三村は思うのだ。だとしても、高岡真紀があれほどに来生恭子のことを知り得た理由にはならない。その謎《なぞ》は解けない。

広瀬はぼんやりと三村を見ていた。それからしばしの間をあけて、彼は突然、目が覚めたようにはっきりと言った。

「それはたぶん何かの間違いですよ」

「しかし高岡真紀というその女の言動は不可解すぎやしませんか」

「だからそれにには僕が解答を用意したではありませんか」

「憑依《ひょうい》ですか」

広瀬は悪びれもせず、言った。「そうです」

そう言うと広瀬はスタスタと運転席側に歩いていく。

「それより、送った原稿、届きましたか。僕が発見した下書きですよ」

広瀬は運転席に座ってエンジンをかける。

「いえ。まだです」

広瀬はおかしいなあと呟いた。「至急っていわれたんで、次の日にすぐ送ったんですよ」

「会社に来る郵便物は通信センターに一旦行って、それから各部署に配られるので少し遅れるんですよ。月曜には届いているでしょう」

広瀬は車を注意深く道に進入させながら、「ああ、そうですか」と答えた。

彼の論理性の拒絶には何か別の意図があるのか、それとも本当に乗り移りを始めとする超常現象に目覚めたのか。隣に座る彼の様子からはなんの感情も読み取れない。それが三村には不気味だった。

約束したロビーを見回したが木部美智子の姿は見つけられなかった。時間より少し早かったのかもしれない。二人の注文をきいたウェイターが奥へ消えるなり、広瀬は勢い込んで言った。

「僕はね、来生恭子の失踪についてある仮説をたてたんですよ」

三村は話を聞こうと覚悟を決めた。その時、彼は広瀬の背後に人が立ったことに気がついた。

三村の視線が背後に上げられたのを見て、広瀬は首を回して三村の視線の先を見た。そして彼もまた自分の背後に一人の女が立っていることに気がついた。

「遅れてすみません」

張りのある明朗な声だった。広瀬とのこの数日の行き違いについて、何ら悪感情は抱いていないという意思表示をそこに込めているように聞こえた。一方広瀬は、木部美智子を紹介されてもさして動揺する風はなかった。ただ少し恐縮して、連絡を取らなかった非礼をわびた。

「昨夜は救急の患者が二人も入ってきまして」

木部美智子はそれを受け流してにっこり笑ってみせた。「お会いできてほっとしました」

そして彼女は椅子に座ると、広瀬に話をうながした。

「その、来生恭子の失踪についての仮説、お聞かせ願えませんか」

広瀬は面食らったように三村の顔を見た。事情の説明を求めるような視線だった。

「言ったでしょ。彼女もまた、来生恭子の失踪に興味を持っているんだって」

広瀬はあっさりと了解した。「僕はね、来生恭子は殺されたんじゃないかと思う」

三村は木部美智子の顔を盗み見た。彼女は黙っている。その態度は、深い興味を持ってというよりは、教師が子供の話を聞くような落ち着きを持っていた。三村はその態度に気付かぬ振りで広瀬に問うた。「なぜですか」

広瀬は二人の顔をゆっくりと見回した。

「盗作ですよ。彼女はある作家の盗作事件に巻き込まれて殺された」

広瀬は美智子の顔を見なかった。三村は美智子の顔を見ていた。美智子はじっと広瀬から視線を逸《そ》らさず、彼女のその表情からは何物も読み取れない。

広瀬が一瞬美智子の顔を見る。美智子はすかさず言った。

「どうぞわたしにかまわず話を続けてください。人の話を聞くのが仕事ですから」

広瀬は了解しているというような顔をした。

そのやりとりは理性的に見えてその実、かなりうさん臭いものに感じられた。

木部美智子はおそらく自分が入り込んだことで座を白けさせたくなかったのだろう。だから自己紹介もそこそこに広瀬に話を促した。広瀬は、ここに木部美智子が現れることを聞いて知っていたのだから、別に動揺することもない。しかし三村には、お互いにその前提があるのをいいことにして、相手を観察しているように見えた。お互い思惑があることを承知の上で、お互いにそんなものなどないような顔をして距離を保っている。

広瀬は言われた通り、美智子に気付く前に時間を巻き戻したかのように三村に対して話し始めた。

「実はね、あなたに送る前にその、消えた原稿の一部を読んだんです。言ったように一部であるから、話の脈絡はわからなかった。ただどこかで読んだ記憶があったんですよ。本郷素子って作家がいますよね。彼女の『花の人』はね、古い形の恋愛小説で、今頃はやるようなもんじゃない。一組の男と女の感情が細やかに絡んで、他人にはなんでもない会話の一つ一つが、その二人にはじつに幾万の意味を持ち、体の芯まで溶け合うような気さえする。いまどき珍しい純粋な愛の形ですよね、読んでびっくりしたんですよ。なんでこれがあの本郷素子なんだってね。それがね、あなたに送った下書き、その、五年前に書かれたその原稿の一部ってのが、あの『花の人』の一部とぴったり合うんです」

そう一気に話して、三村がぼんやりしているのを確認すると、その間を縫うように広瀬は今度は美智子に説明を始めていた。——その原稿というのはね、来生恭子の妹さんの家に残っていたものでね、フロッピィの一部に消された部分があるんですよ、そこに入っていたものではないかとね、

――よくしゃべる男だ。まったく、なんておしゃべりな男なんだ。三村はその説明をどこか遠くでぼんやりと聞いていたが、ついと言葉がついて出た。

「いまなんて言いました？」

美智子に説明をしながらも、三村の方を時々気づかわしげに見ていた広瀬は、その言葉で再び照準を三村に戻した。「発見した下書き原稿が、本郷素子の『花の人』って小説に酷似していると言ったんです」

そしてまた話し始めた。「あなたが今日来るっていうから、その時話せばいいだろうと思いましてね、確信を持ったのが夜中だったもので、その場で電話ってわけにもいかなかったし。でも完全じゃないが、ほぼ一致します。大体発見された来生恭子の原稿そのものが下書きですから、それ以降に完成されたものと少々違うってことはあり得る。無名の作家が書いていた作品を、その作家が失踪した三カ月後に別の、それも作家とは言えない三流作家が発表しているとすれば、そういうトラブルは考えられるでしょう。早い話が、そこに盗作という行為があったという可能性です」

そう言うと、広瀬は三村を、そして美智子の顔を見た。

「さあ。しかしそこまでスキャンダラスなことは、ありそうでそうそうあるもんじゃありませんよ。作家ってのは自尊心の強い人種でね、人の作品を自分の作品として出すだなんて、まずあり得ない」

「あの」と広瀬はあのというところに力を入れた。「あの本郷素子でもですか」

「本郷素子とはあまりつきあいがないのでなんとも言えませんが」

そう言うと、三村はチラリと美智子を見た。彼女はやはり、傍観者然としてことの成り行きを眺めている。広瀬は強気な語調を変えなかった。

「あれが彼女の書いたものじゃないって噂《うわさ》は以前からちらほらあるじゃありませんか。僕がその噂を知っているくらいだから、あなたが知らないはずはない」

「それで、あなたの推理では本郷素子が来生恭子から原稿を奪って殺したと？」

広瀬は笑った。「僕だってそこまで単純じゃありません。二人の女性の間に接点があったとは思えない。仮にあったとしても、想像するに来生恭子はプライドの高い人間だ。間違ったって本郷素子なんかに原稿を読ませたりしなかったでしょう。彼女の作品を読む可能性のあった人間といえば、編集者」

「わたしですか」

「あなたと、もう一人の人間。僕はね、フロッピィから原稿を消したのは来生恭子本人ではないと思っているんですよ」

広瀬の視界には木部美智子という第三者の存在などないようだった。それは、目的を持って行動していた人間が、その核心に触れようとする時、それだけに意識が集中して周りがみえなくなる、そういう状況を彷彿《ほうふつ》とさせた。闘争心を秘め、観察眼だけが際立って冷ややかに相手を捉えている。

その時はじめて、三村はいままでこの広瀬という男の飄々《ひょうひょう》とした立ち居振る舞いのすべてがある種の選択、それもぎりぎりの選択の上にあったことを実感した。すべては三村の意識を何かから逸らせるための方便、警戒させないための擬態だったのではないだろうか。

——広瀬は決して興味本位でここまで来生恭子にかかわってきたわけではない。ただ、あたかも興味本位の如くにカモフラージュする必要があったのだ。彼には恭子にかかわらざるを得ないなんらかの事情があった。

三村はもう一度、本郷素子の言った男の特徴を反芻していた。

もし高岡真紀という人物の人格が人工的なものであったならば、下絵を描いた人物は何をその膨大な労力の拠り所とするのか。情念という言葉が三村の頭に浮かんだ。

生あるものへの情。怨念と愛情。広瀬は電話でそう言った。

広瀬は話し続けていた。「たしかに来生恭子本人が編集者を通して、誰かに自分の原稿を買い取ってくれと言った可能性だってある。代価と引換えに、作品を譲ってしまう。当時、来生恭子はかなり神経をまいらせていたようですからね。仲介をした編集者がいて、そして買ったのが本郷素子だった。そしてそんな行為をした自分に嫌気がさして、来生恭子は失踪した。ただその場合にはですね、たぶん僕なら、フロッピィにはこっそりとその作品を残しておくと思うんです。一つの遺恨としてね。徹底的に消すとすれば、その必要があるのは来生恭子側ではなく、本郷素子側、もしくはかかわった人間でしょう。この場合は『花の人』が売れてしまったから危険を感じて消したということではない。フロッピィからは『花の人』が出版される三カ月も前に原稿は消されているんですから。作品の売買って、本当のところ、あるんですか」

ピンと来るものがありませんか——広瀬のその言葉。彼が三村に描かせようとした絵柄はなんだったのか。彼は来生恭子の失踪に対する心当たりを自分に迫っていたのだろうか。あの言葉は、いや広瀬の自分に対する接触そのものすべてが計算された挑発だったのだろうか。

三村はその言葉を反復し、そして冷静に答えていた。

「僕は聞いたことはありませんね。もう一つ、来生恭子の名誉のために付け加えるならば、彼女はそういうことをする人ではなかった」

広瀬は実にサラリと言ってのけた。「僕もね、実のところ彼女がそんなことをしたとは考えられないんですよ」

「そしてそんなことにかかわるような編集者だっていない」

広瀬は笑った。「しかし実際に『花の人』は本郷素子の名前で出ているんですよ」

「『花の人』が来生恭子の作品であったと断定するのは、今の段階では無理があるのではありませんか。その仮定そのものが。僕は、自分で言うのもなんだが、来生恭子の信頼を得ていました。彼女はすべての作品をわたしに見せてくれていた。仕上がっていないものまで、すべて送るように、とわたしは言っていた。彼女はそれに従っていた。第一、彼女が書いたものを誰かに売ろうとしたとしても、あるいは別のトラブルから原稿を消される、もしくは消さざるを得ない状態になったとしても、それが彼女の本意でなかったかぎり、断言しますが、彼女はわたしに相談したはずだ」

「まあ、妥当な推測でしょうね。しかし消された来生恭子のフロッピィにあの『花の人』って作品が入っていたことは、おそらくは確定的な事実だと思いますよ。消された文書の長さといい、残された原稿の一部から見ても。僕もね、何かあれば彼女はあなたに相談をするだろうと思っていました。それで考えたんですよ。彼女は自分の作品が他人の作品として出版されるという、そういう事態に巻き込まれていることに気がついていなかったんじゃなかったのかってね。これには第三者が深くかかわっている。彼女の作品を読める立場にあった人間が」

三村は黙っていた。広瀬がどのように話を展開させるつもりであるのか、ただじっと眺めてみたかった。木部美智子は聞いているだけで話に介入する気配はみせていない。密《ひそ》かにこの推移を眺めている。その第三者の存在を、三村は不思議と冷静に受け止めることができた。広瀬も同じだったかもしれない。広瀬は続けた。

「彼女の作品をすべて読める立場にあるといえば、それはあなたしかいない。まあ、そう考えてしまいます。しかし僕にはどうも気になることがあった。帝京出版の嶋って編集長、いえ、当時は編集長で今は部長に昇進している、あの編集者のことなんです。彼は十年前にたった一度彼女にあったきりだと言った。しかしね、彼女の作品を初めて読んだのは嶋って男だし、初めて彼女の作品を評価したのもその男なんです」

三村の中で、緊張の糸が溶けた。

この男はただ不用意にお喋りなだけなのだ。率直にバカがついて、人がそれを深読みしないと、間が持たなくなるだけのことなのだ。

広瀬は、さっきと全く同じ熱心さで語り続けていた。

「藁《わら》にもすがる思いで東京に出てきた彼女が、たった一回きりでその編集者とのかかわりを絶つとは考えにくいんじゃありませんか。もし彼女が嶋って編集者と作品について交流を持っていたとして、それはあなたには話しにくかったでしょう。あなたには、自分はあなたしか頼るものがいないと思わせておいたほうが有利だと、彼女だってそのくらいの計算はしたでしょう。彼女が嶋って人とあなたと同じような男女関係まで結んでいたとは思いませんよ。しかし一旦男と女の関係になってしまえば、必ずどこかで崩壊する時がくる。これは男女関係の鉄則です。もしかしたら彼女は男女間のもつれであなたと決別せざるを得ない状況がくるかもしれないことを考慮して、嶋という別の駒を用意していたんじゃないかとね、ちょっとそんなことを考えたんです。だって彼が来生恭子を語る時、なんだかたった一度のすれ違いとは思えぬ思い入れのようなものがあったんですよ。あの作品、『花の人』は恋愛小説でしょ。かなり実体験が含まれていたでしょう。そんなものをいくら編集者と作家の卵の関係とはいえ、今現在、男女関係を持っているあなたに読ませられるものでしょうか。あなたは、彼女は恋愛小説を書かない作家だったと言った。それはあなたに読ませることができなかったということなのではありませんか。こっそり書いた作品を、彼女は嶋に見せた」

「失礼ですが、わたしはあなたが考えているほど度量の狭い男ではない。彼女もそれはよく理解していたはずだ」

「しかし彼女にとってあなたは失えない存在であったのも確かなはずだ。あなたがあの作品を読んで、彼女が恋愛にどんな反応を示す女性かを知るということは、かえりみて、自分とのことに置き換えて、自分と彼女の間に愛情のあるなしを考える尺度にはなるでしょう。いかに割り切るとはいえ、激情を持って男と女が触れ合う、その現実を見せつけられることは愉快ではないんじゃありませんか。言い寄っておいては扱いに困ると放りだす。彼女はそういう男性を多く見てきたでしょう。彼女はあなたとの破滅を恐れた。だからあなたとの距離を守ろうとした。そして距離を保ったまま関係を続けるには、自分の現実感のある恋愛小説をあなたに見せるわけにはいかなかった」

愛されているなどと、滑稽な幻影——美智子の頭に言葉が浮かんだ。それは来生恭子の最後の原稿の一節だった。広瀬の「言い寄っておいては扱いに困ると放りだす」という言葉に連鎖して思い起こされたのだ。

あの男は嘘つき——あの男は偽善者。

美智子は確信した。広瀬は失踪の直前に来生恭子が卓上に残していた七枚の原稿を読解している——。広瀬は淡々と話し続けていた。

「僕はね、嶋って男は初めはその作品に魅力を感じなかったんじゃないかと思うんですよ。それでそれは沙汰《さた》止みになった。本郷素子ってのは処女作を嶋のいる帝京出版から出版している。知っての通り、本郷素子は性にはおおらかな女性といえるでしょうね、まあ、自分の性をうまく武器に使う手だてを心得ているとまでは言いませんが。嶋という編集者と本郷素子の間に何があったかは知りませんが、彼は本郷素子に何かいやとはいえないものを摑まれていたとすれば、契約上のことであれ、プライベートなことであれ、突っぱねることのできない事情がそこにあったとすれば」

広瀬を見つめていた美智子が口を挟んだ。

「それで来生恭子の過去の作品を本郷素子に回したというのですか」

「回したというより見せたという方が的確なんではないでしょうか。たぶん、本郷素子がそれを本当に自分の作品として出すと言いだすとは思っていなかったんじゃありませんか。なんたって古い型の純愛小説ですからね。本郷素子の柄じゃない。ところが彼女がその気になった。そして嶋は困った」

三村は冷めた口調でかき混ぜた。「あなたは最近小説に凝っていますね。小説ネタとしてはなかなか面白いかもしれませんが、だから嶋ってその人がその先、何をしたっていうんですか。来生恭子にあの作品を譲ってくれと持ちかけたとでも？」

「さあ、そこですよ。彼は来生恭子が他人の小説を全く読まないことを知っていた。本郷素子の恋愛小説なんて読むはずもない。第一、売れもしないだろうと踏んでいた。彼は、黙って本郷素子の作品として出したって来生恭子が知る可能性はないんじゃないかと思った」

「では買い取って、来生恭子が代金をもらったという仮定は成り立ちませんね」

「ならば嶋が彼女を殺したんですよ」

プツリと言葉が切れて、沈黙が流れた。広瀬は自分の言葉に何の補足も加えようとしない。

投げ出された言葉がそこにとどまって、静かに呼吸しているような気がする。三村はやがて、ゆっくりと言った。

「無謀ですね」

次の瞬間、広瀬はこともなげに言った。

「あなた、本郷素子と付き合いがあるでしょう」

まっすぐに三村の顔を見、しかしなんの威嚇を与える意志もないように。それでも三村には、この男がすべての言葉の裏に別の意味を含ませて、その二つ目の意味をつないでゆけばそこに別の真実がくみ取れるように、常にある種の威嚇と挑発を繰り返しているように思えてならなかった。

「ええ。うちからも本を出していますからね。食事くらいはしたことはありますよ。仕事のうちですから」

「嶋って編集者をご存じですか」

「いいえ。顔をみれば見覚えはあるのだろうとは思いますがね。とにかく編集者っていうのはパーティやなにかでことあるごとに集まりますから。ただ、どの人が嶋氏なのか、ちょっと認識はないが」

「向こうはおそらくあなたのことを知っていますよ」

「なぜですか」

「初めに言ったでしょ、来生恭子の作品流用ができるのは彼女の作品を読むことのできる立場にいたものだけだって。だとすれば、嶋は自分が疑われる位置から離れた所にいることを知っていたはずです。来生恭子にも、自分にこの作品を見せたことをあなたに言ったかどうかは確認したでしょう。彼女は否定した。ということは、三村という男にしてみれば、自分と彼女の接点は十年前の一度だけだ――嶋はそう考えるでしょう。彼にとって、無謀には違いないが、ばれる恐れはないと考えていた。現に僕が一束の下書きを発見しなければ、ばれなかったでしょうから」

三村は、自分は人が思うほどに実直で堅実な人間ではない、と思っている。謹厳実直でないから、謹厳実直を振る舞うことを知っているのだ。三村は自分が器用でないこともいやというほど知っている。派手でもなく、見栄えもせず、その上、人並みに邪念を持つとなれば、どこといって取り柄のない人間であらねばならない。彼は自分の率直さと誠実さを今在る以上に演出することで自らを他と差別化し、「三村幸造」という人間をその他大勢の中に埋没させることなく長らえてきた。そしていままで誰にも、それが計算された作為的な側面を持つということを嗅ぎつけられたことはなかった。今、広瀬に試されているような気がした。しかし三村は、謹厳実直であるとはどういうことかを知っていた。そういう人間ならここでどうするかを。三村は言った。

「僕だとは思わなかったんですか。彼女の作品を流したのは、この僕だとは」

広瀬は笑った。

「動機がね。第一発覚すればまっさきに疑われる立場だし。まあなにより、動機ですね」

——動機。わたしが彼女を殺す動機。

「あなたは彼女の価値を知っていた。彼女の才能と可能性を知っていた。何よりあなたは彼女の情熱を知っていた。かりにあなたが本郷素子にまとわりつかれたとしても、来生恭子を生贄《いけにえ》にはしなかっただろうということですよ」

そうとも。本郷素子なんぞとは、恭子の爪とだって引換えにはしない。

「本郷素子があの原稿を手に入れた経緯について、噂でも、なにか聞いたことはありませんか」

「広瀬さん。業界にはいろいろな噂があります。真実もあるし、全く根拠のないこともある。ひっくるめて噂を持ちたがる体質なんですよ、出版業界も。本郷素子があの作品の本当の作者でないだろうって噂は、言う人はそれこそ確信を持って言っています。その経緯も、皆がそれぞれにまことしやかに言います。しかしどれも噂でしてね。そりゃゴーストライターに書かせたとか、あなたが言ったように、無理を言える編集者に原稿を回させたという話もあります。中にはその受渡しの場所まで、まるでそこに立ちあっていたかのように言うやからもいる。どれにも信憑性《しんぴょうせい》はないんです」

広瀬は笑った。「随分他人事《ひとごと》のようですね。来生恭子がなぜ失踪したか、誰より気にしていたはずのあなたが」

木部美智子は息をとめて二人の話に耳をそばだてている。おそらくは一言一句、その間合いまで聞き落としてはいない。三村はやがて口を開いた。

「わかりました。これは全く根拠のない話だが、あなたの言った通り、編集者がそれを彼女に売ったという噂はある。そして嶋氏が来生恭子と交流をなお持っていて、その作品が来生恭子の作品だとなれば、あなたの推理は一層の信憑性を持つでしょう。ただ、それで殺人を犯す人間はいませんよ。原稿をフロッピィの中から消し去れば、殺す必要なんてないでしょう」

「でも来生恭子が、それが間違いなく自分の作品だと証明できる何かを持っていたとすれば話は別じゃありませんか。第一、編集部長まで出世したその地位を危うくされるなら、人間やりかねないでしょう」

「わかりました。嶋という人について、噂を探ってみましょう。その下書きの一部と見られるものは確かに送ってくれたのですね」

「ええ。あなたが東京に戻った頃には届いているでしょう」

「あなたは——」と突然女の声がして、見れば美智子がじっと広瀬を見つめていた。

「その来生恭子さんがまだどこかで生きているとは考えないのですか」

三村にとってその時の広瀬の対処の速さは、彼が呑気な田舎医者だというかつての認識を打ち砕くに十分なほど、したたかなものだった。彼は間を入れずその問いをそのまま三村に振ったのだ。

「ええ、そこが問題でね。三村さん、あなたは本当のところ、どう考えているのですか」

「わたしは——」

三村は一瞬、そのボールを受け損なった。バウンドして離れていくそれをぼんやり見ながら思うのだ。わたしはただ、見つかった下書きというのを見たいと思うだけだ。もしそんなものがあるのなら、それこそが彼女の意思かもしれない。三村は言葉を継いだ。

「高岡真紀がなぜ彼女の作品を自分のワープロに打ち込むことができたのか、それを知りたいのです。なぜわたしと来生恭子の間でしか交わされなかった会話までをも知り得たのか。もう一つ、高岡真紀のマンションを借りた名義人の男の正体を知りたい」

広瀬はそれを受けて言った。「来生恭子が生きていて、高岡真紀に接触しているという可能性もいまだあるというわけですね」

三村はその時やっと、自分の流儀を取り戻した。彼は確固たる口調で厭味《いやみ》を言った。

「来生恭子が殺されていて、高岡真紀が死んだ彼女の怨念に取り憑かれたというよりは幾分合理的な可能性です」

三村は本当に、来生恭子が生きているような気がしていたのだ。そして、会えるものならもう一度会いたいと思った。この三年間、三村はそう思い続けていたのだ。三村はこれ以上この座にとどまることを避けたいと思った。彼は立ち上がった。

「わたしはこれで失礼します」

そして呆気《あっけ》にとられて見上げる広瀬と美智子に言った。

「来生さんの妹さんのところに行ってきます。今日はそのつもりで来たもので。あまり遅くなると失礼ですから」

広瀬はあわてて送りましょうかと言ったが、三村はにべもなく断った。

「わたしのことはお気になさらずに」

三村は二人にそう言い残すと、さっさとロビーを出て行った。

広瀬はその後ろ姿を見て、笑った。「本当に味もそっけもない人だなあ」

そして美智子をかえりみた。「どう思いますか」

美智子は誰にともなく微笑《ほほえ》んだ。「嫌いじゃありませんよ、ああいうはっきりとした人」

そして改めて彼の問いに気付いたように、広瀬を見た。「どうって……三村さんのことですか」

広瀬は曖昧《あいまい》に微笑んだ。「ええ。あなたとは気が合っているように見えますよ。でも、どうしてあの人はここに残らなかったんだろう」

美智子は思うのだが、広瀬という男は、医者としては綺麗な顔だちをしていた。高い知能と整った容姿を併せ持つということは確率的に高くはない。その上、医者でも科学者でも、専門的な社会で安穏としている人間は表情が固い。しかし、広瀬にはその硬質さがなかった。

──どうしてあの人はここに残らなかったんだろう。そう呟いた彼の、その一瞬の表情にはいまだ弱さ、寂しさ、残忍さが同居していた。彼は美智子が想像していた男とは違っていた。彼女はもっと合理的なご面相の男を連想していたのだ。たとえハンサムであったとしても、ブランドのスーツを臆面もなく着るような男を。

「わたしは高岡真紀という人間を知っています」

広瀬はちょっと考えたようだが、すぐに美智子に顔を上げた。

「ええ、そうらしいですね」

「高岡真紀という女性は——」その名を聞く時、広瀬に気負いのようなものはなかった。その自然さはさっき三村と話していた男とは別人のようだった。物静かで、翳《かげ》さえあり、それを自嘲しているような感さえ受ける。広瀬はすぐにその表情を隠した。しかし美智子は彼が再び装った、どこか無神経で明朗な表情の下に沈んでしまったその一瞬の表情に見せた弱さと寂しさとそして残忍さが脳の襞《ひだ》から消えない。なぜこの男はその表情を見せたのか——

「スポーツジムの受付などしていませんし、神戸に住んだこともなく、六カ月前には雑誌の取材を請け負っています」

広瀬は煙草に火を点《つ》けた。気のない素振りなのに、そのくせ瞳だけはひょいと美智子に向けて、その得体の知れない軽やかさは妙に挑戦的でもある。

「高岡真紀が来生恭子と接点があり得たとは思えません。なぜ彼女が来生恭子の記憶を持ち得たのか——言葉から、仕種《しぐさ》まで」

広瀬は実に簡単に答えた。

「憑依ですよ」

そして広瀬は美智子に向き直った。「死んでいるのか生きているのかはしりません。が、それは来生恭子という女性の思いが高岡真紀に乗り移ったのです」

美智子は黙って広瀬をみていた。

「彼女、和歌山に行ったことがあります。そこで怨霊に取り憑かれた。彼女が来生恭子に会ったことがないと言うのなら、それ以外、話の辻褄《つじつま》が合わないじゃありませんか」

「なぜ和歌山に来生恭子の怨霊がいるんですか」

広瀬はふいと煙を吐き出した。「『自殺する女』の舞台が和歌山だからですよ。彼女の書いた最後の小説、『自殺する女』。もちろん仮題だったとは思いますが――ご存じでしょ」

その彼の様子は、三村に見せたものとは違う。まるでピエロを演じ終えた楽屋の役者のように、全く別の顔がある。美智子はそれを興味深いと思うより、不気味に思った。そこには彼のある種の意図がある。

人間の行動はその人の意志で行われているように見えて、そのほとんどは表層意識の下、無意識により決定されているのだという。瞬間の表情や、仕種、つと口を突いて出てしまう言葉。それらは抑圧されているものが意識の隙《すき》を突いて表に出てしまったものなのだ。自殺志願の人間が死の前になんらかのシグナルを送ってしまうのと同様で、そこには当人の個人的意識とは別に、生理的意識というようなものが働いている。すなわち広瀬が今見せた表情は、彼の望むと望まざるとにかかわらず、何らかの潜在意識を代弁している。広瀬の潜在的意識――例えば役作りの放棄を美智子に見せつけているというような。だとすれば、広瀬は美智子にある種の救いを求めているとも言えるのだ。彼が自分に対して何らかのシグナルを発している。

広瀬は煙草を一本吸い終えると、ゆっくりともみ消した。

「三村さんにはああ言いましたが、僕はやっぱり、来生恭子は殺されていると思いますよ。殺されたのは『花の人』が消された日。一九九六年の五月十三日。彼女を殺した人間が『花の人』を持ち出した」

五月十三日と唐突に広瀬は特定した。まるで既成の事実であるかのごとく。

「なぜその日なんですか」

広瀬はふと考え込んだ。ぼんやりとして、そしてやがて口を開くと、その口調は淡々としていながら、どこか物憂いのだった。

「まず文書の先頭ページを読み出して、その上で『前ページ』を押すんです。先頭ページのもう一つ前のページを指定するんですよ。するとね、画面が変わってその文書の書式が出てくる。そしてその最後の行に、新規作成日付と最終更新日付が出てくるんですよ。時間つきでね。考えてみれば書き加えて上書き保存するのも更新なら、消去して上書き保存しても白紙状態に更新したことになる。文書の最終更新日付は、その文書を触った最終日であり、その文書が最終的に白紙であるならば、その最終更新日付は、文書を白紙に戻した日付だということになる。来生恭子の問題の空白文書には最終更新日付が入っていた。それが五月十三日なんです。空白文書は全部、五月十三日の深夜、五十分ほどの間に最終更新が行われていた。

もしその人間がその日、『上書き』でなく『削除』を行っていれば、さあ、どうなっていたでしょうか。その日を特定できなかったかもしれませんね」

広瀬の口調は物思いにふけるようでもあった。しかし次には、自らその物思いをふりきるようにもとの、静かな、摑み所のない、どこか人を愚弄するような響きを持つ口調に戻っていた。

「鍵は来生恭子の持っていたものを使ったのでしょう。鞄《かばん》の中にあったものをね。そして原稿を本郷素子に渡した。その男はきっと、その『花の人』って原稿が値打ちのあるものだと知っていて、発表させなかった。それで問題が起こった。僕が思うにはね、その男は彼女を作家として世に出したくなかったんじゃないでしょうか。いや、正確にいえばね、どこかにこのままの関係を望む気持ちがあった。自分を慕う女流作家の卵と自分だけの世界。大切に抱き抱えているうちに手放したくなくなっていた。彼女は美人だったというし、なにより魅力的だったというから、作家になれば、結局自分から離れていくことは目に見えている。彼はじりじりと引き延ばした。デビューさせることに消極的だったという言い方が適切かもしれない。それに来生恭子は気がついた。信頼関係というのは、一旦崩れだすと怖いものです。来生恭子は彼に恋愛感情を持ってはいなかったのでしょう。彼女は激怒した。痴情のもつれが来生恭子の殺された動機だと思いますね、僕は」

　広瀬が三村を名指ししていることは明白だった。

　彼は三村の前では嶋に注意を向けさせて、その三村がいなくなったとたん、あれは三村に対する方便としての嘘《うそ》だと披露して見せる。極端に言えば彼の会話は内容など意味がなく、散漫に言葉を並べ立てては相手を攪乱《かくらん》させて、しかしその発言の一つ一つは無秩序で無意味にみえて、漠然とした中にその趣旨をにおわせる。彼の否定は否定であるとは限らず、断定になんの意味もなく、しかし耳をそばだてて聞けばそこにははっきりとしたメッセージがある。そしてその暗黙の了解をもって意思の疎通をするということなのだ。そのような男が、高岡真紀のことを憑依だと断定してみせたのは、それ自身に一つの意味があるのだ。それについて答える気がないというような明確な意思表示が。

彼の目的は何なのか。

美智子は広瀬の目を見据えてゆっくりと言った。

「三村さんが来生恭子を殺してアパートに入り、『花の人』の原稿を持ち出したと言いたいんですね」

広瀬はちょっと微笑みをつくった。

「三村さんにそう切り出したことはありませんがね」

「三村さんという人はそんな器用なことのできる人だとは思いませんが」

広瀬は笑った。「人間、一度嘘をつくといやでも重ねていかないと仕方なくなるものだ。そうでしょ？」

木部美智子は広瀬という男の顔を改めて見た。彼は風を受け流す柳のように、何かしら摑み所のない顔をして、いま、少なくともいま、笑っているようにも見える。そのくせその瞳《ひとみ》は違うのだ。冷えて、疲れた目をしていると美智子は思った。疲れて、そしてなお何かに憑かれている。

「僕の顔に何かついていますか」

美智子はなおその顔を凝視した。

「消えた『花の人』に酷似した原稿を発見したとおっしゃいましたね。それを三村さんに発送したと」

「それがどうかしましたか」

「手許にはもうないということですか」

広瀬はクスリと笑った。

「見せて欲しいということですか。いいですよ。三村さんに送ったのはコピーです。あなたに見せるのはいいですが、一つ条件があります」

広瀬は美智子の顔を見た。「それを本郷素子に見せて欲しいんです」

来生恭子の残した『花の人』の原稿を盗作したと言われる本郷素子に見せる。広瀬が何を意図してそういうのか美智子にはわからなかった。しかしそれは確かに悪魔的な魅力のある試みだった。本郷素子はそれにどんな表情を見せるのか。それを思うと美智子に密《ひそ》かな興奮が起こるのだ。背徳感を伴う淫靡《いんび》な興奮。

美智子は努めて事務的に問うた。

「それが条件ですか」

広瀬は変わらず、飄々《ひょうひょう》として答えた。

「ええ。あなたのような仕事の人なら簡単なことでしょ。僕のような一介の医者には、興味はあってもなかなかそこまではねぇ」

この男は膠着したこの事件を無理にでも動かす気であるらしかった。理由はわからない。ただ、この魅惑的な行為を優雅に楽しんでいるように見せかけてはいるものの、実際には切羽詰まっているように思えるのだ。そして苛立っている。そういう不安を内包したまま、強引に突っ切ろうとしている。——その感情のささくれだちが渦中にいるはずの三村とは対照的で、美智子には不思議だった。美智子は黙ってその条件を呑んだ。

「どんな顔をするか、是非教えてほしいですね。僕もこの件についてはいろいろと骨を折っているわけですから」

広瀬がそう言った時、美智子の脳裏に高岡真紀の顔が浮かんだ。


三村はホテルの玄関でタクシーに乗ると、まっすぐに真由美の家へと向かっていた。

——『花の人』の原稿が彼女の家に残っていた。

三村は何度も考え直した。自分のしたことを、その手順を。それはたぶん、十年たっても一分一秒を間違いなく再現できるだろう。それでもそこにあの原稿があったというのなら、間違いを犯したのではなく、見落としがあったのだ。あの時すっぽり抜け落ちた何か——それがなんであったのか。

三村は真由美の家に着くと、いつもの硬質な物静かさを崩さずに、真由美に言った。

「お姉さんの原稿をもう一度確認させて欲しいのですが」

三村はそのまま明け方まで居すわった。途中で真由美が三度コーヒーを運んで来たが、その度に、口をつけられたあともないコーヒーを見ては、黙ってそれを下げていった。

「突然何をお探しですか」

足下にまつわりつくような陰鬱な気配はその時もまた気流を巻いていた。その気配が、ここそこと内緒話をしているような気もした。クックツと笑い声を漏らしているような気もした。

この中にあの作品たちがひっそりと眠っている。彼女の宇宙の中で歓喜の声をあげた彼ら。生きて踊りを踊り続けた彼ら。

紙が生命を持つのだと彼女は言った。紙の上に打ちつけられたその黒い文字が、ブラックホールのように人の意識を吸いこんで、命の中に人を引き込むのだと。

彼女は二百枚の原稿を三週間で仕上げることができた。その彼女が一年半かけて、完成することができるなら十年分の命をあげてもいいと神に祈ったという作品を、それほど壮大であるはずの作品を、三村には読んだ記憶がなかった。彼女にストーリーを説明された時、三村は「なんだ、あれですか。あの、わけのわからんおちゃらけた」と拍子抜けした声を出していた。その時彼女はクツクツ笑いだしたのだ。最後には声をあげて笑った。

「ああ、なんて素敵な」彼女は本当に嬉しそうに笑った。「こういう瞬間が最高だと思います。一年半の間没頭して、人からわけのわからないおちゃらけだと一蹴される作品を仕上げる。なんて贅沢なんでしょう。あたしは誰のためにも書かなかった。ただ、あたしと彼らのために、あたしの中の彼らのために、ただそれだけのために三百枚を十八作仕上げる時間を費やして」彼女は三村の顔を見て、ただ嬉しそうに笑いつづけた。——ああ、なんて素敵なんでしょう。なんて贅沢な。なんてすばらしい。最高の時間、最高の十八カ月。

なぜだろう、彼女は認められることをあまり喜ばなかった。あの日の彼女。今はいない彼女。

今、彼らは朽ちるまでここに幽閉されることを知っている。そしてここでクツクツと笑い声をあげている。

小説を書くとは心の中に怪物を一匹飼うこと。

その存在により書き続け、そしてそれに喰い尽くされる。

三村は残された原稿を眺め続けた。あの日見落とした原稿はなかったか。そしてフロッピィをなめるように確認した。眠りこけている原稿はないのか。あの日『花の人』がそうであったように。

何をお探しですか——

三村はそれに答える言葉をもたなかった。

彼女があの時あれを書いたのは確かだ。彼女はそれを見せた。そして三村はすべて消すように言った。すべて処分するように。

『花の人』が残っていたとすれば、そんな大きな見落としがあったとすれば、あれが残っていたとしても不思議はないのだろうか。

足元で彼らがクックッと笑う。密やかに内緒話をしている。彼女の気配がここに残っている。三村は思った。彼らは今、わたしを蔑《さげす》んでいる。

13

留守電の声が、どこかかったるく聞こえる。――あー…『花の人』の取材の件で、連絡をください――。

木部美智子はよからぬことだと直感した。真鍋がそういう気のない声を出す時にはろくなことはないのだ。

打ち切りという言葉が美智子の脳裏をかすめた。

真鍋はどこかから、その編集者というのが、現役の、しかも、編集長ポストであるということを聞き込んだのではないだろうか。そしてしり込みをした。

ことは彼が思っているよりずっと大きい。出版業界にとってみればとてつもないスキャンダルだ。調べれば調べるほどこれは打ち切りなのだ。証拠がなければただのゴシップとして打ち切り。証拠が上がればことが大き過ぎるからと打ち切り。そしてそれはどこの出版社に持っていっても事情は同じなのだ。

連絡をするのは明日本郷素子に会ってからにしようと美智子は思った。打ち切りを言い渡されるのはそれからでも遅くはない。もしかしたら、ストライクゾーンに入る程度の話に練り上げることができるかもしれない。出版社の名を伏せるとか、来生恭子の失踪《しっそう》に全く別の理由を匂わせるとか。黒に白を混ぜ、白には黒を混ぜ、良心の痛まぬ程度に境界線をグレイにする。

そんなことができるはずもないのに、美智子はそんなことを考えたりした。

だから本郷素子に電話した時、美智子には物事をうまく運ぼうという思惑はなくなっていた。純粋な好奇心によって、言い換えればなかば破れかぶれな心境で美智子は本郷素子に言ったのだ。

「『花の人』という作品のことで、少しお話を聞きたいことがありまして」

電話だったので実際にその顔色を見た訳ではない。ただ一瞬、本郷素子が気色ばんだのがわかった。

本郷素子は考えていた。それはじっと押し殺すようだった。そして突然、了承した。極めて素っ気なく、ほとんど喧嘩腰で。

自宅で美智子を迎えた本郷素子は電話に感じた殺気のようなものをそのまま発していた。挑戦的といえる眼差しで彼女を見据えていたし、そこには警戒心も見えた。その上ひどく顔色が悪かった。本郷素子は美智子を奥へと導き入れ、美智子は勧められるままに応接室の椅子に腰掛けた。

その目は何かに沸き立っているようだった。怒りだろうか、恐れだろうか、沸点ぎりぎりまで上がって、その形相にはただならぬものがある。考えれば『花の人』という小説についてインタビューを受けるだけのことだ。しかるにこの様子はなんだろう。この作家が何かを予感していることは確かだと思われた。そして自分の予感していることに対して興奮している。

美智子はしごく穏やかに切り出した。「電話でもお話ししましたように――」

彼女はただ美智子を見据えている。その沸点に近い視線で。美智子の言葉は、どこかを素通りしているようだ。彼女は何かを待っている。そう思った時、美智子は考えていた手順のすべてを飛ばして問うていた。

「来生恭子という女性をご存じですか」

本郷素子はイエスともノーとも答えなかった。ただ美智子をにらみつけている。しかしその目には確かに憎悪が現れた。いや、激しい怯《おび》えというべきかもしれない。美智子は気付かぬ振りをして続けた。

「神戸にお住まいになっていた、作家を志していた女性です。彼女は三年前に失踪しましてね。今も行方がしれません。その来生と言う女性の家から、この原稿が――」

美智子は鞄の中から、広瀬から預かった十二枚の原稿のコピーを取り出すと、それを静かに机の上に置いた。

それは恭子の原稿の特徴である、細長い字体を持っていた。そしてそれは本郷素子の名前で出ている『花の人』の一部分に該当していた。美智子はそれを、新幹線の中で五度も読み返したのだ。

コピーは立派な応接室の大理石まがいのテーブルの上にあり、あの日初めて真由美の家で感じた息づかいを発していた。まるでその原稿自身が魂を持ち意志と意識を持っているような。それは神聖さとか不可思議さなどではなく、ある種の邪悪を感じさせ、思えばそれまでがあの部屋に漂う感じそのものだった。

広瀬の言葉が浮かぶ。

乗り移りですよ。生きても死んでもね。思いがそこに留まるんだ。

彼は本気でそう思っているのではないだろうか。

本郷素子はそれを手に取ろうとはしなかった。その時の彼女の様子に美智子は不快感を感じなかった。彼女はそれを斜めに、それこそゴキブリの死体でも眺めるような目つきで、正視に耐えぬというようにしばらく眺めていたが、段々と息づかいは荒くなり、動悸《どうき》に胸が波うつようで、彼女は突然口を開いた。それはあたかも、限界点を超えた人間の雄叫びのようだった。

「あれはあたしじゃないわ!」

意味が判然としなかった。あれとはなんであるか。『花の人』を書いた人間ということだろうか。いや、その「あれ」は何かの行為を指すものであるはずだ。人ではなく、ものでもない。

ではなんの行為か。美智子は一瞬、彼女が殺人という行為を指しているのかと思った。しかし美智子は問い返すことを控えた。ただ心の裡《うち》が緊迫して、本郷素子の視線がその原稿を捕えて、いや、彼女の視線が原稿に捕えられて、原稿の持つ邪悪な存在感に責めたてられて身動きできないでいるその様を、ただ瞬きもせずに眺めていた。次の瞬間、本郷素子は座を蹴って立ち上がった。そしてすべてを拒絶するように、壁に向かって立っていた。

「あたしだって迷惑している。こんなことになるのなら——」

美智子に背を向けたそのままの格好で、その言いようは一人芝居の女優のようだった。

それからしばらく彼女はそのまま壁を見据えていた。それから美智子に向き直った時、彼女は美智子を見据え、そして口を開いたとき、それは憤怒とあきらめ、そして幾許《いくばく》かの自嘲を含んでいた。

「妙な電話がありましてね。あたしがその来生って女を殺して原稿を手に入れ、自分の作品として売り出したんだろうっていうんですよ。『花の人』がその来生恭子って女の作品である証拠を持っているってね」冷ややかな目には確かに疲れが見えた。「来生恭子は殺されている。もうすぐそれをスッパ抜かれる。あんたのファンだから言っておいてやるが、その後だと説明は面倒なことになる。騒ぎだされる前に告白するのが得策だって」

それともやっぱり自嘲だろうか。美智子は突然のことにぼんやりとそんなことを考え、本郷素子はもう矢も楯もたまらぬ風に喋《しゃべ》り出していた。

「『いいえ、僕がそう言っているんじゃないんです。僕はあなたの味方だ。だからね、こうやって御注進しているわけじゃありませんか。原稿がみつかったんですよ。その『花の人』のオリジナルが。それが来生恭子のものであるという証拠がある。あなたが殺したって証拠も摑んでいるって話ですよ。何かドジを踏みませんでしたか？　口紅を忘れたとか、名前の入ったボールペンを残していったとか』――あの男はふざけた口調でそう言いましたとも。そしてこう言うんです。『ただのゴシップじゃない。警察がうごきますよ。その時には相手方にばっちり証拠があるって寸法だ』」

それでも美智子には奇妙なのだ。その彼女の興奮の意味がわからないのだ。彼女はこのことに疲弊しきっている。しかし彼女はそんなやわな人間ではなかったはずだ。たとえ情事の現場を押さえられたって、平然と黒を白と言い通すことが出来る、その無神経さが取り柄の女性ではないか。

「知っている男性ですか？」

その時、本郷素子の表情が一瞬凍りついた。

「ファンだと言ったわ。一介のファンだって」

表情は嘘《うそ》を告白する。なんとわかりやすい例だろう。美智子はいつもの落ち着きを取り戻していた。「知っている人なんですね」

本郷素子はじっと美智子を見つめた。そして俯《うつむ》くと、頭を抱えてなんだか苦しそうに声を絞り出した。その所作がどこか高岡真紀を彷彿とさせた。

「仕事がら電話はあっちこっちからかかってくる。無言電話が続いた頃がありました。でもそれも収まっていたんです。初めは気付かなかった。その男は『僕ですよ』と朗らかに語りかけて」

美智子は理解し始めた。本郷素子は第三者に対して、自分の罪を隠したいと思いながら、同時に理解を求めている。その苦しい胸の裡が、あの極端な苛立ちに隠れていたのだ。しらばっくれて済むことではないことを、彼女は理解している。すなわちそこには逃れられない真実が含まれているということだ。

「『花の人』ですよ、『花の人』。いいえ、用件は実に簡潔なものです。あれの作者がわかったらしいんですよ。あなた、彼女を殺したでしょ。作者の来生恭子を。彼女を殺してその原稿を手に入れた——あたしはなんのことだかわかりませんでした。何かを言おうとしたけれど、さあ、なんだったか。ただ、男は素早くそれをさえぎった。もうすぐ記事になる。それも大見出しで。来生恭子の失踪に絡んで警察が動けば、やわな言い訳では通用しませんよ」

彼女は憎々しげに言い足した。「摑んでいるところは大きな雑誌ですよ、とも言った」

「その電話はいつごろかかったのですか」

「一昨日ですよ。土曜の夜の八時」

「二十六日ですね」

「ああ、日付までは覚えていませんとも！　あたしは来生恭子なんて女、名前も聞いたことはないんだから！」

二十六日の八時——美智子がこの原稿を受け取り、広瀬と別れた直後だ。

本郷素子は振り切るように視線を美智子に上げた。そして言葉が、肺の奥から飛び出すように美智子に対して一気に発せられた。

「あれはある編集者があたしの前に置いたのよ。ポンと、それこそさあ持っていけといわんばかりにポンと、テーブルの上に置いたのよ！　お金のやりとりはなかったわ、頼んだ覚えもない、あたしはその女を知らない」

美智子はその時やっと、あれはあたしじゃないと言ったその意味を理解した。あの時彼女は盗作の行為そのものを自分の意志に於《お》いてなされたものではないと叫んだのだ。盗作という行為。いや、作品を盗み出すという行為。

本郷素子は立ち上がった。そしてそのまま美智子を一顧だにせずに奥へと入っていった。そして戻った時には手に一束の原稿が握られていた。

彼女は黙ってそれを卓上に置いた。

「これが渡された原稿ですか」

来生恭子の原稿の特徴である細長い字体をしていた。美智子は手に取って、中を読んだ。あの透明感のある文章がそこには連ねられていた。天使のもつ魔性。無垢な心に宿る残忍さ。湧き水に差し入れた女の素足を見るように、その蠱惑《こわく》は心のどこかに忍び込み、人を密やかに放心させる。性的なシーンなどないのに、女の肌の匂いが立っていた。この本郷素子という作家にはこの作品の価値が理解できていたのだろうか。この濃密な描写に隠れたもう一つの色彩を、全く無関係に立ちのぼる不条理さを。

この習作には二重の主題が重なり合っているように見えてその実、お互いに全く無関心に同居している、その危うさと不条理さであり、どちらにしてもその根底にあるものは、性の不条理、その人格とかかわりのない所で発生する芳香の存在だった。この主人公の女はどこかで現実の女であることを否定している。何物かの化身になろうとしている。

一旦座っていた本郷素子はまた歩きだした。イライラと歩きながらイライラとしゃべる。全く彼女は、一人芝居でもしているようだ。

「暗黙の了解があった。人の原稿に手を加えて自分の作品として売り出すことなんて、今も昔も名の売れた人ならみんなやってることじゃありませんか。なぜあたしだけがこんなに――。彼はただ、これどうですかって、ただ、ただそう言ってあたしの前に投げ出したのよ！」

美智子は本郷素子から渡された原稿を静かにめくった。

来生恭子という女はこの目の前にいる作家と対極にあったような気がする。もしかしたら、それが、この原稿がこの作家に渡った唯一の理由だったのかもしれない。

この作品を彼女に渡した人間は、『花の人』を世間にだすための媒体が必要だった。いや、『花の人』でなくてもよかったのかもしれない。彼はただ、彼女の作品を本にして残すことにより来生恭子という人間の存在をこの世に留め、その本懐を遂げさせてやりたかった。いや、彼女にはその権利があると思っていたのかもしれない。しかしそれだけならば本郷素子に渡す必要はない。架空の作者を想定して発表すればそれでよかったはずなのだ。

しかし彼はそうはしなかった。そこに、ある苛立《いらだ》ちを美智子は感じる。本郷素子が作家として脚光を浴び、来生恭子が成し得ず朽《く》ちていった、その現実に対する、持って行き場のない憤りのようなもの。本郷素子を選んだその理由は、スキャンダルを狙ったというようなことではなく、ここにこんな作家がいたのだと叫びたいと思う、一人の編集者の自虐的な怒りのようなものがあるように思う。そしてこの作品が本郷素子という作家に帰属するものかどうかを世間に問いかける、冷たい挑発であったようにも思うのだ。

——あれはある編集者が私の前に置いたのよ。ポンと、それこそさあ持っていけといわんばかりにポンと、テーブルの上に置いたもの。お金のやりとりはなかった。頼んだ覚えもない。あたしはその女を知らない。

美智子は思う。もしこの作品が別の、中堅の純文学作家の名前で出ていたなら、この作品に別の作者の影を感じなかったかもしれない。すなわち相手が本郷素子だったからこそ、この『花の人』は筆者に帰属しない作品たり得たのだ。その人間にとって、『花の人』が本郷素子の名前で出ながら、作者不明の小説として扱われること、そして読む人が作者不明のままの『花の人』という作品を受け入れるということが、そのまま来生恭子という作家を受け入れたことを意味したのではないだろうか。それは来生恭子という人間への贖《あがな》いであっただろう。が、そして同時に、仕掛けた人間自身の意地でもあったのではないだろうか。

ポンと、それこそさあ持っていけといわんばかりにポンと、テーブルの上に置いたもの。あたしはその女を知らない——考えれば考えるほど、本郷素子のその言い分が奇妙に整合しはじめるのだ。

その編集者の名を問うて彼女は答えるものだろうか。お金のやりとりがなかったのなら、却《かえ》って本郷素子はその最後の仁義を守ろうとするのではないだろうか。そんなことを考えて、オリジナルの『花の人』をめくっていた美智子が、広瀬から渡された十二枚の原稿の部分に行きあたった時、奇妙なことに気がついた。

広瀬から渡された十二枚の原稿では時計が時間を刻んでいたのに、本郷素子が持っていたオリジナルの原稿にはそれがない。

やがて美智子は全体が微妙に違っていることに気がついた。

本郷素子が持っていた小説『花の人』の原型は改行は恣意的だった。ワープロの漢字変換ミスはそのままになっている。全体に荒っぽく、文章が飛んでいると思われる箇所もある。それは仕上がる前の彫刻を思わせた。しかし仕上がり原稿より力強く創作者の意図をはっきり示すものだった。広瀬から渡された原稿はそれを訂正した上で、文末の表現を微妙に変えている。それは本郷素子の持っていた原稿より明らかに老練だった。

すなわち本郷素子の持っていた原稿を「オリジナル」というなら、広瀬の十二枚は「オリジナル」ではない。手を加えたものだ。

「本郷さん。あなたはこの渡された原稿に手をいれましたか」

本郷素子は極度の不安からか、さっきからずっと煙草を喫《す》い続けていた。

「担当編集者がね、物はいいけど詰めの甘さが残っているって書き直した。それは書き直す前の原稿——渡された現物よ」

美智子はぼんやりとした。

よくみれば、本郷素子が持っていたオリジナルの原稿は広瀬から渡されたものと字体そのものもわずかながら違っていた。オリジナルの方がほんの少し幅が広く、使い古されたように字がひしゃげている。そして少し目が荒い。これは感熱紙の印刷ではなく、インクリボンを使った印刷、おそらくは旧型の機種で書かれたものなのだ。すなわち本郷素子の持っていたこの原稿こそが五年前に書かれた本物の来生恭子の原稿であり、この十二枚は――。

美智子はぼんやりと考えた。

この十二枚は広瀬がすでに刊行された『花の人』を写しただけなのではないか。広瀬は原稿を発見したのではなく、字を似せて作成したのだ。

なぜなのか。

なぜ広瀬はそんなことをする必要があったのか。

なぜ『花の人』の原稿が見つかったなどと言わねばならなかったのか。

作家はひっきりなしに煙草を喫っていた。先をほんの少し喫っただけで灰皿にこすり付けるものだから、折れた煙草がみるみる灰皿にいっぱいになる。美智子はその灰皿から本郷素子へと視線を上げた。

今日ここを訪れたその時から、本郷素子は興奮状態にあった。そして盗作を認めた。それは彼女の罪を告発する電話があったから。手回しよく、その電話がかかっていたから。

美智子は十二枚の原稿を、本郷素子の目から隠すように、そっと鞄《かばん》にしまった。本郷素子はそれをとがめはしなかった。興味も示さなかった。忌むべきものを視界から消されてせいせいしているようでもあった。

「おたずねしたいんですが――」美智子は本郷素子の視線をしっかりと摑んでから、切り出した。

「あなた、五月十三日はどこにいましたか」

本郷素子はじっと美智子をみていたが、すぐに鞄を引き寄せて、手帳を開けてみようとした。美智子はあわてて遮った。

「いえ、三年前の五月十三日です」

本郷素子は啞然《あぜん》とし、やがて声を荒立てた。「そんなことがわかるはずがないでしょう！」

「そうですか。でも調べておいた方がいいかもしれませんよ。聞かれるかもしれませんから」

本郷素子は顔色を失った。警察沙汰になるということが彼女には致命的なのだ。本郷素子はすぐに立ち上がり、自分の事務所に電話をかけた。秘書かマネージャーに連絡を取っているのだろうと思われた。そしてすぐに、美智子に返答した。

「南伊豆です。取材で」

「誰か同行していますか」

「編集者とカメラマン」

五月十三日とは、広瀬が美智子に告げた、『花の人』らしき原稿がフロッピィから消された日付だった。その日に集中的に消されている。すなわち彼女は『花の人』を盗み出した直接の人間でないことは確かだ。

「電話をかけてきた人間について心当たりはないんですね」

美智子はじっと本郷素子を見据えた。

「あなた、かかってきたのは無言電話だと言った。でもその後にこう言った。『初めは気付かなかった。その男は「僕ですよ」と朗らかに語りかけて』。あなたはその男の声を知っていた。話したことがあるんでしょ。何か心当たりがある。ちがいますか」

本郷素子は今度は目を逸《そ》らさなかった。肩を張っていた彼女が少しずつ弱さを見せ始めていた。はじめから見え隠れしていた素直さが、ゆっくりと体を伸ばしたかのように。

「初めはその声の主が誰なのかわからなかった。その男が声にならない含み笑いを漏らした時、やっと気付いたんです」

そういうと本郷素子は顔を上げ、遠くに視線を泳がせた。美智子はもうそれを、妙に芝居がかっているとは思わなかった。

「その時初めてその男のことを思い出した。生体実験を楽しむような乾いた好奇の目をしていた。あたしが覚えているその男はちょっと野暮ったさの残るかわいい男だったのに、あの時思い出したその顔の中にある目は、記憶の中のその男の目とは違っていた。暗い酒場の中で見た、あの男の目とはどこか違っていた」

そして美智子を見た。

「待ち伏せされていたことがある。初めはファンだと言って近づいてきた。そしてあの『花の人』のことを……」やがて本郷素子はぼんやりと虚《うつ》ろな目をした。「誰から受け取ったのかと……聞いた」

あの男だと思う。背の高い、四十前後の男。一介のファンですよと言った、あの男の柔らかく優しげな声が頭から離れない。そう言えば左眉の中に小さな傷がありました——本郷素子がそう言った時、どんな顔をするか、ぜひ教えて欲しいですねと言った広瀬の言葉が蘇《よみがえ》った。疑似餌《ぎじえ》のように十二枚の原稿を自分に手渡したあの男の顔が浮かんでいた。

木部美智子は原稿を彼女に手渡したその編集者の名前をたずねたが、本郷素子は答えなかった。彼女は頑として、それだけは話そうとしなかった。本郷素子は最後にこう言った。

——バサリと無造作に目の前におかれたあの原稿。あたしは不思議なほどにあれを書いた人間がいるということを考えなかった。そんな人間の存在など、考えたことがなかった、と。

14

『荒れる学校と子供の討論会。方向性のない語録の集大成』美智子はそのメモを自分の手帳の中に見つめた。

学校崩壊は家庭崩壊の上に立ち、家庭崩壊は民族意識喪失の上に立ち、すなわち国家のアイデンティティー喪失の上にたっている。五十年かけて壊してきたものを、いまさらどうしようもあるものか。ある時代、みんながこぞって日本人であることを棄てたがった。そのつけが今、子供に回ってきている。欧米的倫理観と民族文化が本音と建前の二重構造を成して、日本文化が一貫性を失い、子供たちは帰属すべき文化を得ることができず、二つの間の割れ目に取り残されている。それだけのことだ。その後に、高岡真紀と会うこと、広瀬医師と会うこと、来生恭子の原稿を確認することという項目が読める。美智子はその文字をぼんやりと眺める。

美智子の意識は、学校崩壊はもとより、すでに本郷素子からさえ離れていた。野原悠太の行方不明事件から無意識に離れたように、高岡真紀から離れたように。

美智子は「週刊フロンティア」の編集部に電話を入れて、ただ、今日は寄れないとだけ告げた。真鍋編集長は美智子が、『花の人』の盗作事件の打ち切りを嗅ぎとって、結論を先のばしにしようとしていることに気付いていた。

真鍋はその電話口で言い放った。「無理だよ。新文芸社の編集長でしょ、相手は。聞いたよ。君が聞き込みをしてるってこと。そんなの無理だよ。上が調整できないって。うちでは駄目なんだ。わかっていたでしょ、木部くん」

——わかっていた。わかっていたような気がする。綺麗《きれい》な手の女と聞いた時から、どこまでも、どこまでも混迷して、出口がなくなっていくことを知っていたような気がする。言い訳をたくさんまき散らしながら、野原悠太にかこつけ、高岡真紀にかこつけ、そして小説の盗作事件の調査などという大義名分を掲げ、そして自分は今も、幼児の前にそっと屈《かが》んだ女の影に突き動かされている。

あの日、幼児の前に屈んで優しげに話しかけていた一人の女。

来生恭子という女のその存在感が、いまもなお自分を、そして人を突き動かしているのだ。消えた今もなお。

ならば三村に、どんな選択があっただろうか。生身の彼女とかかわった彼に。

美智子は身震いした。自分がいま、直感していること。それを今、あたかも既成事実のように認識しているということに身震いしたのだ。

広瀬の身元を調べる時、美智子は医療関係の出版社から資料を取り寄せた。あの時、探せば写真も手に入ると思うと言われた。美智子はあとから連絡すると言われてそのままになっていたのを思い出し、電話を入れた。

打ち切りと決まった今、これ以上の調査は意味のないことだった。それでも美智子は、たとえ半歩でも真実に近づきたいと思うのだ。先方は、ああ、と思い出したように呟《つぶや》いた。

「ええ、広瀬医師の写真はあります。でも今うちにはないんですよ。実はその先生、ある雑誌のインタビューに載ってね、その記事に彼の写真が載っていたんです。それを渡そうと思っていたんですがね、ところがその雑誌、医学関係の雑誌じゃなかったものでうちじゃ処分してたんですよ。広瀬医師の写真を取り寄せるんなら、出版社よりインタビューを取材した企画プロダクションの方が確かだと思いますよ。実は木部さんに頼まれて手に入れようと思ったんですけど、その雑誌そのものが廃刊になってましてね。出版社には催促したんですけどなしのつぶてで、それで返事が遅れたってわけなんです。すいません」

美智子は手間をかけさせたことに対して丁重に礼を言った。

「自分でとりにいきます。その企画会社の名前、教えてもらえますか」

向こうはメモの用意はいいかと念をいれて、言った。「桃源《とうげん》企画」

ペンを摑んでいた美智子の手が止まった。「なんですって？」

「ええ、桃源郷の桃源ですよ。桃源企画。ふざけた名前だがその名の通りきわどい雑誌の企画なんかが多い所でね。電話番号と場所を」と言いかけた相手の言葉を美智子は遮っていた。

「いつの雑誌ですか」

相手は驚いたように、えっと聞き返したが、すぐに返答した。

「半年前ですよ。結婚情報誌」

その時美智子には全体がぼんやりと見えた。半年前――桃源企画。

先方に住所はと促されて、美智子は「いいんです。そこなら」と告げた。

「なんだ木部さん、知っているんですか」――

美智子はその足で桃源企画の入っている雑居ビルに行った。小さな企画社で社長を含めて従業員三名、突然空いた穴を埋めるような低予算の仕事が多く、風俗の取材からAVビデオの女優の派遣までなんでもこなしている。

電話中の社長は顔を上げ、美智子の顔を見るとちょっと手を上げて合図した。部屋には社長とアルバイトらしき細身の男の子しかいなかった。美智子が半年前の結婚情報誌の取材の記事をと言うと、社長はそのまま電話を中断して、アルバイトの男の子になにか指示した。そして美智子に対して、彼について行ってとでもいうように男の子をゆびさし、また電話に戻っていた。雑然と積まれたファイルの中から、アルバイトの男の子は一冊のファイルを抜き出した。そこには雑誌のカバーと自社の企画だけが切り抜きでファイルされていた。男の子はアルバイトで入ってまだ間がないのだろう、それを慣れぬ手つきで不器用に繰っていき、終《しま》いに美智子が取り上げて探した。

一定の学歴と身長と年齢制限をクリアした男性だけが参加するお見合いパーティに参加しませんかと大見出しがついている。雑誌のカバーは冬の露天風呂だった。雪景色の露天風呂で、端っこに赤い南天の実が写っている。発行は去年の十一月になっていた。

その切り抜きのなかに広瀬の写真があった。

「シリーズ全国独身医師マップ」と見出しがついて、そのくせ広瀬のインタビューの内容はいやに医学的で、「病院経営と老人介護のあり方」などをインタビュアーが問うたりして、それに広瀬が生真面目に答えていた。記事の最後に、小さく記述があった。

取材担当――高岡真紀　桃源企画。

美智子はその切り抜きを借り受けると、ビルを出た。

美智子は携帯電話のボタンを押した。彼女がかけた先は、三村が訪ねたという高岡真紀のマンションの管理室だった。

「お宅に高岡真紀さんて方、お住まいですね」

管理人は、はあと答えた。その声は確かに初老の男性の声だった。美智子は問うた。

「つかぬことをうかがいますが、お宅のマンションの管理人さんておいくつくらいの方ですか」

彼はなんのことやらわからぬようにぼんやりと答えた。「わたしですが。六十二です」

「あなたお一人ですか。もっと若い、中年の男性の管理人さんておいでになりません？」

先方はますますぼんやりと答えた。「お宅さん、なんですの」

高岡真紀の部屋を開け散乱した部屋を見た時、三村は、中年の管理人が部屋を開けたと言った。広瀬が連れて来た男は迷惑そうに鍵を取り出したといったのだ。

「管理しておいでなのは、あなた一人ですか」

初老の男はため息まじりに困惑した声を出した。

「はあ。そうです。わたし一人ですけど」

美智子は携帯電話を切ると、広瀬の写真を鞄に入れて本郷素子のマンションへと戻った。

「この男性でしたか、あなたに声をかけたその男というのは」

本郷素子は美智子の顔を茫然《ぼうぜん》としてみていたが、素直に答えた。

「ええ。この男性でした」

「この男から初めて接触があったのはいつごろでしたか。無言電話はいつごろから始まったんですか」

本郷素子が半年前だと答えた時、美智子は全容が、少なくともその一部の姿が明確に浮かび上がるのを見ていた。

来生恭子のマンションの管理人は、美智子で三人目だと答えた。その前の二人は一人が男で一人が女。そして男が来たのは二年半も前だと言った。二週間前に来生恭子のマンションを訪れた男は存在しない。だとすれば、高岡真紀との接触の中でほんの二週間前に来生恭子の存在を知り、その旧住所を訪ねて真由美に行き着いたという広瀬の話は根底から覆《くつがえ》える。そして広瀬は自分を本郷素子に会わせるように仕向けた。彼女が崩れるタイミングを狙《ねら》い澄ましていたかのように。

木部美智子は新幹線に乗った。今度の行き先は京都だった。

その大学病院は、そびえ立つ建物は古く、大正時代の建築物を思わせる。植え込みには手入れされた樹木が夏の光を照り返し、人が行き過ぎる。パジャマの上にカーディガンを羽織っただけの人、白衣の人、医者らしき人、外来患者らしき人、そして見舞い客らしき人。その間を、車寄せからタクシーがゆっくりと動いている。

十五年前、広瀬はここで内科医をしていたのだ。当時彼は二十七歳だった。美智子は一人の婦人から当時の広瀬の話を聞くことができた。かれこれ六十歳になろうかというその女性は三十年間この病院で雑務をこなしてきた。夫はタクシーの運転手で、酒の好きな夫が肝硬変で入院した時、広瀬によくしてもらったのだという。

「死にかけてましたんです、うちの主人は。ベッドがいっぱいでな。あの先生は気の毒におもて、便宜を図《はか》ってくれました。気取ったとこのない、ええ先生でしたで。若い女の先生やら、看護師さんやらに人気がありましたわ。ここの教授のお嬢さんと結婚しはるはずやったんですがな。はあ」

彼女はため息をつき、その口調には、在りし日の不幸に心を痛めるような響きがあった。

「そら頭のええひとらですから、医者なんて。そやから打算とか計算はちゃあんとできはったんでしょうがね。広瀬先生のことを計算高い人やいう人もいましたよ。そやけどないやろ、教授先生の娘さんのほうが、あの先生をええわぁいわはったんですから、まあ、広瀬先生のほうからてんごしはったんとちがいますからな。自分がええと思う男の人は、他の女の人から見てもええと思われるわけですから。それでも、ま、広瀬先生も考えが足らんわな」

彼女はなかなか核心に触れようとはしなかった。

「何があったんですか?」

婦人は美智子の顔をじっと眺めて、ポンと、手の平に蜜柑でものせるような具合に言った。

「素行不良で婚約破棄ですわ」

美智子はおうむがえしに問うた。「素行不良」

「まあ前々から、あっちゃこっちゃに手ぇ出しはるて噂《うわさ》はありましたわな。そやけど看護師やの女の研修医やのとややこしいことになっても、まあ、そんな話はようあることでっさかい。皆、心得てますしな。少々のことやったら、まあ、身辺整理しはったら問題なかったんでしょ。その教授先生自身がいうてはったらしいですから。まじめなだけが取り柄でもしかたがないて」

どういう素行不良だったのか、いまだ話は同心円で回り続けていた。人から話を聞き出すには忍耐と根気なのだ。そして核心に入る時は、なんの前触れもなく突然なものなのだ。その女性もそうだった。彼女はふいと美智子を見ると、言った。

「お嬢さんのお友だちとややこしいことになりはってな」

美智子はうめいた。自分の婚約者が自分の友だちとややこしいことになったら、それは収まるものではない。

「女のプライドってもんがね、ありましたんやろ。またそのおなごいうのが、どないにいうのか」と彼女は顔をしかめて考えた。「こんな女にひっかかったらいかんでぇて百も承知でそれでもやっぱりひっかかってしまうような、なんやそんな女やったていう話です」

広瀬は一九八二年、二十五歳の時にその病院の医師となり、二年後の二十七歳の時に二つ年下の教授の娘と婚約した。彼女は広瀬が自慢で、友達連中に見せびらかすように連れ回していたという。美人で、特にどこといって非のある女性ではなかったので、お似合いでもあり、広瀬自身も得々としていた。日取りも決まって、彼女が何かのパーティ——婦人はそれを明確に覚えていなかった。誕生日か、ピアノか、バイオリンの発表会か——とにかく、その教授の娘が主役のパーティに、その女が呼ばれてきていたというのだ。広瀬は彼女に一目惚れした。

「その女性は、もちろん広瀬先生が友人の婚約者ってことは知っていたんですね」

「そりゃそうでしょう。見せびらかすために人を呼んではるんですもん。そやけどその女性は奪《と》るとか奪《と》らんとか、そういうことには全然頓着せんというような具合やったようです。お嬢さんはあの女が色目をつこたいうてえらい剣幕やったみたいですけど、全く相手にしてなかったいいますからね。そらなんぼキイキイいうてもどないもなりませんわ。当の先生がぞっこんですから」

悪魔に見入られたんでしょうかなと女性は呟いた。

「お嬢さんも散々自慢して回っての挙げ句にとんびに油揚てな具合で、それも広瀬先生、お嬢さんに隠してつきあってはったんです。お嬢さんもおかしいな、誰かおるんかなとはうすうす感じてたらしいですけど、いうても自分は親の後ろ楯がありますから、よもや自分を捨てでまでとはおもいませんがな。その女が相手やと知って、お嬢さんかんかんになりはって。それで大騒ぎになりまして。そやけど当の先生は案外、しらっとしてはりましたわ。あれはもう、なんの計算もたたんようになってはったんですなぁ。とにかく、男好きのする女やったそうですから」

「それで破棄ですか」

「はあ、手の施しようもないです。教授先生は元の鞘《さや》にと思てはったらしいですけど、先生の方が悪びれもせず認めたっきり、平然としてはったから。お嬢さんは、相手がその女でなかったらまだなんとかする気やったらしいです。そやけどそれがもう」

美智子は問うた。「なんでその女性にそれほど敵対心を持っていたんですか」

それがな、と興に乗ってきた婦人は声をひそめた。

「お嬢さんは金持ちで美人で、父親は大学病院の教授さんで、子供の頃から怖いものなしですわ。それがなんかのきっかけでその女が自分の友だちの輪に入ってはってな、その女には自分のそういう権威が通用せんかったらしい。まあ、そういうことに無関心というのか。その上自分の取り巻きやった女のお友だちまで、彼女と仲良うなりたがるような気配で、自分の影が薄くなるというんかなぁ。一番ええ男から取っていくような女やったみたいです。それも別に自分から言い寄るふうでもなく、気がつくとその男を付き従えているみたいな。それがまた厭味《いやみ》ものうて、人からも一目置かれるもんやから、腹いせに裏で陰口をきくのもはばかられるというんですかな。まあ、お嬢さんにしたら、ええ面《つら》の皮ですわな。

お嬢さんな、前にも自分のつきあっとった男がほんまはその女のほうが好きやったていうことがあったらしいです。その女がくるととたんに影が薄うなって、二番手ですな。それがまた、広瀬先生の相手がその女やったもんやから。それも一生の出世を目の前にぶらさげられてもやっぱり自分なんかおらんみたいな無視のしかたやから。どうあっても勝てんとなると女に対する怒りもあるやろうけど、とりあえず屈辱感ですな。そら力ずくでも広瀬先生を自分の方に向けさせようとしてはったみたいで、えらい騒ぎになりましたんや」

そこで彼女はプツンと言葉を切って、まるで話は終わってしまったような具合だった。待てど暮らせど続きはでない。美智子はそっと促した。

「それでどうなりましたか」

「どうなったって。しようがありません。先生は悪い思てはらへんのですから。そやから、賢い人やのに計算はどこへいったんかいなて、わたしらは思うたわけです。そんなもんあやまって、一旦元の鞘に戻っといて、浮気やったらあとでしたらよろしいやないですか。そやから、皆がえらい噂にしたんです。一切、申し訳ないことをしたとはいわんのですから。それで全く当たり前に病院に来て仕事しはるんですから、大騒ぎになってる最中でも。かっこええという看護師もおれば、醜聞やいうて顔をしかめはる人もあって、結局京都の医師会に居りづろうなったんですがな」

老婦人は、ええ先生やったがなとつぶやいた。美智子は問うた。

「相手の女性はどこの人ですか」

彼女は即座に返した。

「神戸やいう話です。仕事が終わると神戸に車を飛ばしてたって」

いつかのタクシーの運転手の言葉が蘇《よみがえ》った。――大阪でも京都でも、このままさぁっと一本でいけまっせ。

「神戸のおなごさんはなに考えてるかしれん、奇妙な品があるからいうて、看護師らがいうてましたわ。あそこはお嬢様の街ですからな。うちの主人なんか、そんなに男を本能のままにさせる女、欲しい言うたって手に入るものやない、一回顔を拝んでみたいなんていうてましたけど、わたしもあの先生の一生をあないに簡単に棒に振らした女の顔をみてみたい」

それで広瀬は兵庫県医師会に移籍したのだ。

老婦人の休憩時間は終わろうとしていた。彼女は時計を見て立ち上がっていた。氷が溶けて二層に分かれたオレンジジュースを前に、美智子は病院内の喫茶室に一人で座りつづけていた。

――ビンゴ。

広瀬は来生恭子の恋人だった。おそらくは、広瀬が高岡真紀と交わしたと三村に言った会話のほとんどが、実際に彼と来生恭子との間に交わされたものだったに違いない。医者と患者としてではなく、恋人同士として。そしてだからこそ三村は危機感を持ったのだ。そこに本物の来生恭子の影を感じたから。

しかしそれでもなぜ広瀬が、三村と恭子の間でしか交わされなかった会話を、喫茶店で座った位置までも、明確に知ることができたのか。その答えにはならない。

乗り移りという言葉が再び美智子の頭にひろがった。広瀬がなんの臆面もなく言った、あの言葉――美智子はそれを振り払った。

論理的な答えがあるはずだ。

美智子は携帯電話を取り出すと、番号案内で帝京出版の番号を聞いた。そして美智子は嶋を呼び出した。

来生恭子という女性の作家の件でと美智子は切り出した。嶋はしばらくぼんやりとしていたが、美智子が神戸の人だ、と言うと、ああと膝を打つように声をあげた。

「よく覚えていますよ」

「一九八九年の夏にあなたの所に千枚の原稿を持ち込んだ女性ですね」

嶋は怪訝《けげん》そうな声を出した。「ええ。それが何か」

「いえ、事実かどうか確認したいとおもいまして」

広瀬の言った通り、嶋は彼女のことをよく覚えていた。向かいの蒲団屋の公衆電話から電話を掛けてきたこと、それが生まれて初めて書いた原稿だったこと、三、四部の原稿を持っていて、一束が二十センチほどあったこと。

「年内に返事をするとおっしゃった」

「ええ、そうです。その年の十二月二十四日に返事をしました。見どころはありましたよ。金脈だと思った。それで言ったんです、顔を上げて書きなさいって。プロになれる力はあったと思います」

美智子はそうですかと言った。すべては広瀬が話した通りだった。

「暑い日でね。それでもきちっとした身なりでしたよ。あの懸命さには胸を打つものがありました」それから彼は問うた。「その女性がどうかしたんですか？」

「ええ、実は」と言いかけて美智子は言うのをやめた。失踪そして盗作。しかしそれはもう記事にはならないのだ。ここで話すのは無責任にゴシップを流すというだけのことにしかならない。他に聞くこともなかった。

「三年前に恋愛ものを持ち込んだということはありませんでしたか」

嶋は不思議そうな声を出した。「いえ」

語尾が少々上がって、心の動揺を隠しているというような感じはなかった。この男は『花の人』の盗作にかかわっていない。ありがとうございましたと言った時、嶋は言った。

「彼女の名前を聞くのも十年ぶりだ。ずっと気にはなっていたんです。しかしジャーナリストのあなたが彼女のことを調べているというのは、どういうことなんでしょうか。何かあったんですか？」

美智子は受話器をもちなおした。「十年ぶり？」

「ええ。その後、何か書いたらはがきを寄越すように言いました。力になれるかもしれないと思ったんでね。でもそれきりでした」

「失礼ですが、彼女のことを問い合わせる電話はありませんでしたか？」そして畳みかけた。

「つい最近、この三週間ほどのことです」

嶋は怪訝そうに「いいえ」と答えた。

美智子はそれでも問うた。「どこからも？」

嶋はしばらく考え込むようだったが、はっきりと答えた。

「いいえ」

「正徳病院の広瀬先生、神戸の広瀬という医師から、来生恭子さんのことで問い合わせの電話は——」

嶋が、誰ですってと問い返す。美智子はもう一度受話器を握りしめた。

「会社の前の蒲団屋の前から電話をしたと彼女が言ったのは事実ですね」

「はい」

「新文芸社では受け取ってくれなかった、お宅に持ち込み課というのがあると聞いて持ってきたが受け付けで断られたというのは。彼女はそういいましたか」

嶋はしばらく考えた。「——そう言ったような記憶はあります」

「そしてあなたはクリスマスの前日、つまり十二月二十四日に彼女に電話を入れた。何か書いたらはがきで知らせるように。その時大きな賞を三つ、彼女に教えましたか」

嶋はええ、そういいましたと言った。

「それを誰かに話したことはありますか」

「なんですって？」

「彼女との話の内容を、その時の彼女の様子を、その後誰かに話したことがあるかとおたずねしているんです」

何か考え込むようだった。が、やがて彼は神妙に答えた。

「いいえ。その女性のことを人に話すのはこれが初めてです」何かあったんでしょうかと電話の向こうで彼は問うていた。

「いえ」と美智子は言った。

「あたしの思い違いです。たぶんわたし、来生さん本人から聞いたんです」

なぜそんな風に取り繕うのか、自分でもよくわからなかった。ただそう言いながら、美智子は本当に怖気《おぞけ》を感じていた。

本郷素子はこう言った。あたしが覚えているその男はちょっと野暮ったさの残るかわいい男だったのに、あの時思い出したその顔の中にある目は、記憶の中のその男の目とは違っていた。暗い酒場の中で見た、あの男の目とはどこか違っていた——左眉の中に小さな傷。

美智子は覚えている。広瀬の左眉の中には小さな傷があることを。髪に隠れるような位置に、その古傷は細く眉を横断しているのだ。

嶋は言った。「あの人、どうしていますか。いまでも書いていますか」

懐かしむような、愛情深くなんだか切ない声だった。

突然消えた女は、誰にも顧られることなく、三年を過ごした。三年経って広瀬がそれを掘り起こした。

彼がありし日の来生恭子をこの世に蘇らせたのだ。

しかしなぜ、突然それを思い立ったのか。あの小説、『花の人』の中で二人の恋人たちは決別している。あれは作り物ではない。来生恭子は確かにとうの昔に広瀬とは終わっていたのだ。それもなんという理由もなく、強いていえばあなたが窮屈になったから——現実感を失って漂流しようとする女は、将来を棒に振ってまで彼女と共にあろうとした男を、哀れみながら切り捨てた。

美智子の頭はぐるぐると止めどなく回っていた。何を起点として何を考えようとしているのか自分でもわからないのだ。美智子は高岡真紀から話を聞きたいと思った。広瀬がなぜ突然来生恭子のことを調べ始めたのかを、彼女だったら知っているかもしれない。そしてホームレスの一件を思い出した。

美智子は病院を出て駅に向かって歩き始めていた。

真紀のマンションの部屋を開けたのは本物の管理人ではない。その男は真紀のマンションの鍵を持っていた。マンションを借りていたのは広瀬であり、だから広瀬の連れてきた男は鍵を持っていた。

広瀬は偽物の原稿を自分に渡して本郷素子を触発させた。そうするしか凍りつきかけた事態を動かすことができなかった。すなわち彼は、残された作品とフロッピィをどんなに調べても、あの『花の人』が来生恭子のものであるという確証を得られなかったのだ。にもかかわらず、彼は計画を実行した。

美智子は手帳を開いた。美智子が弁護士に電話をしたのは、広瀬に連絡が取れないとやっきになっていた日。記録によると六月二十六日の昼前。

美智子は兵庫県警に電話をした。そして六月二十五日にホームレスの轢《ひ》き逃げ事故がなかったかと問うた。二十五日午後九時四十三分、西区でホームレスが一人、轢き逃げで死亡していた。

「彼はどこの病院に――」

「正徳病院です。十時に運び込まれ、死亡確認は翌日の午前三時」

「担当医はわかりますか」

「お宅さん誰ですか」

担当医など聞くまでもないことだった。あの日二十六日の昼過ぎ、正徳病院を訪れた美智子が広瀬と連絡が取れなかった不満を洩らした時、事務員は、きのうは救急の患者があって、先生は忙しかったので、連絡をとるのを忘れたんでしょうと広瀬の弁護をしたのだ。その救急の患者の一人がホームレスであり、真紀はその日の朝、美智子の友人の弁護士に、ホームレスを轢きころしても警察はあまり真剣に調べないというのは本当かと電話をしてきたことになる。

真紀にいらぬことを喋らせないためには、真紀の弱みを握ることが必要だ。そこへ真紀が轢いた人間が搬送されたというのはあまりに出来過ぎた話ではないか。

美智子は京都駅へ向かっていた。タクシーの中で、ここから神戸まで車でいくとどれくらいの時間がかかりますかと問うた。運転手は、深夜だったら一時間強ですなと答えた。

「近いですよ。神戸も場所によりますけどな」

「週刊フロンティア」の真鍋が、三村がパーティを抜けだしたのが一九九六年の三月十二日だったと知れば、なんというだろうか。その日がなんであるかを説明すれば、彼はどんな反応を見せるだろうか。それでも調査を打ち切らせただろうか。

綺麗な手の女――。

来生恭子の失踪後『花の人』の発表に踏み切った人間は、すでに来生恭子がそれに抗議をしない存在であると確信していたのか。それとも一つの賭け――『花の人』を発表すれば、それが自分の作品だと気がついた来生恭子から連絡が入るかも知れないと思ったのか。

あの小説をもう一度読まなければならない。あれは本当に遺書の役割を持っていたのか。そこに死の意志はあるのか。

神戸につくと美智子は真っ直ぐに真由美の家へと向かった。真由美は驚いて美智子を迎えた。

「何事ですか」

――嘘がある。この女性にも嘘があるのだ。

「お姉さんの最後の原稿、もう一度見せてもらってもいいですか」そう言うなり美智子は部屋にあがりこんでいた。

「構いませんけど」遅ればせに困惑した真由美の声がする。あの日、広瀬のこととなると突然言いよどんだ。真由美は広瀬と口裏を合わせていたのだ。

最後に来生恭子の部屋の卓上に残っていた七枚の原稿は、彼女の小説『自殺する女』の後半の一部分であると思われた。しかし七枚がわざわざ選ばれて置かれていたということから、書きかけの原稿というより遺書の意味合いを持っていたのではないかと憶測されたのだ。その七枚の原稿を、真由美は透明なファイルに挟んで大切に保存していた。

正確にそれは原稿の一部と思われるものが六枚と、原稿とかかわりがあるかどうか定かでない独立した一枚からなっている。


大丈夫だと登紀子は思った。

あたしが死んでも誰も悲しまない。あたしはどこにも帰属していない。社会的にも、愛情的にも。だから死んでも大丈夫なのだ。

登紀子は思い残すことはないかと一つ一つ考えた。しかし何一つ、彼女をこの世に引き止めてくれるものはない。死にたくはないのに、何一つ自分が無になることに異議を唱えない。すべてが整然としていて、無関心だった。唯一彼女の中で騒ぎ回っていた彼らも、今は眠りこけている。

そっと置いていくのよと彼女は言った。

彼らは貪欲《どんよく》だから、決して同意なんてしない。説得なんてできない。同情もしてくれない。自分たちが解放される窓口を失うと知れば、狂ったようにあなたを中から掻きむしる。でもそれに心をまどわされてはだめ。

彼らはあなたに何も還元してはくれない。

貪《むさぼ》り、床を踏みならすだけ。

あれは化け物が見る夢なのよ。わたしが母の体内で生命を得たその時、天がわたしの中に種を植えつけた化け物。

衰退はしない。老化もしない。ときおり赤ん坊のように眠りこけるだけ。

だまし討ちにして、眠っている間に置いていくのよ。

登紀子はもう一度、すがるように考えた。考え落とした事はなかったろうか。わたしが水をやらなければ枯れてしまう観葉植物はなかったろうか、仕上げてしまいたかった編みかけのセーターはなかったろうか。

女は笑った——ないでしょ。

そして女は、冷たい泡のような声を出した——ないのよ。

誰もあなたを待ってはいない。愛されているかもしれないなどと、滑稽な幻影。

あなたがこの世にいるということを知っているのはあなただけ。あなたが死ねば、あなたが存在したということを知る者はいない。

長く生きれば長く苦しみ、すなわち死は判断でしかない。

登紀子は体の半分がドロリと溶けだすのを感じていた。緊張の糸が切れて、自分を人間の形へとかがっていた糸が溶け落ちて、自分の体が固体としての姿を失い、重力の赴く方へと流れだす感じがして、すでに始まったことを知った。

死が始まっている。

彼女がわたしを解体し始めている。

わたしは刻一刻と人であった記憶をそして生への執着を失っていくのだろう。

彼らがそれを見ている。

両側の多くの目がそれをじっと見届けている。

登紀子は道を歩きだした。

目の醒めるようなスカイブルーのスカートに白いレースのカーディガンを羽織った女は岬のてっぺんに立っていた。遥か向こう、人の姿は辛《かろ》うじて人だとわかるほどに小さくしか見えないのに、女の姿ははっきりと見えた。それはまるで自分の眼球の中に立っているようだった。淡い茶色い髪をして、その髪は風に気持ちよさそうに浮いていた。空に向かってまっすぐに顔を上げ、登紀子のことなど気にする風もない。まるで神の懐に帰るその時を歓喜して待っているようですらあった。それでも登紀子は知っている。

その瞬間の闇――その瞬間彼女が見た闇の世界を。

寄せて引くその水の間にあった黒い闇。華やかに舞う金粉を思わす湖面の、その下にあった漆黒の闇。

浮遊する魂。

わたしは今、あらゆる思いから引き離されて、疼く本能を抱えた骨一本となって、ここに破滅する。漆黒の闇に呑まれて、漂う海原に無形となり、わたしの思いは永遠に流浪する。

誰に愛されることもなく、誰にその存在を知られることもなく。

晴天の空のような鮮やかな青いスカートがスカーフのようにひらりと舞った。真っ白なレースのカーディガンがその空に浮かぶ雲のようにくっきりと白く、輝くようだった。影は両手を広げ、まるで待ち焦がれたものの胸に飛び込もうとするように晴れやかに身を躍らせた。登紀子ははっきりとそれを見たのだ。

なぜ人は死を負というのか。

登紀子の思考がゆっくりと動きだす——あの男は嘘つき——あの男は偽善者。

母体は静かにその舳先を上げる。

登紀子は書き散らした原稿に一瞥《いちべつ》もくれずに立ち上がった。

ここで朽ちていくがいい。

愛するものたちよ。わたしは今、お前たちの重圧から解放されるのだ。

お前たちに捧げてきた人生を海へと放り投げるのだ。

幾千、幾万の命の一つが海へと消える——そう。誰に遠慮がいるものか。

彼は三日でわたしのことを忘れるだろう。

悲しむふりは一カ月ほど忘れないかもしれないが――いや、怠らないかもしれないが。

これは遺書だろうか。この中にある「あの男」とは誰なのか。彼女を絶望させたものはなんだったのか。真由美の言葉が蘇る。多くの男性が姉とつきあいましたが、みな結局退散したものでした。

一方的に追いかけて、持て余して放り出す。『愛されているかもしれないなどと、滑稽な幻影』――来生恭子にそう言わしめた男たち。美智子に広瀬の顔が浮かび、三村の顔が浮かぶ。愛情からも社会からも孤立した彼女は、たった一人で自分の空間に浮かび続けた。

この原稿の中にいる女は我が身が死へと崩れていくさまを克明に見ている。そして死への恐怖を感じる自分をはっきりと自覚している。この中には小説上の、作られた狂気はあっても、著者は冷静なのだ。すなわちこの著者は異常ではない。彼女が自己愛の果てに男性たちを断罪しているとは思えない。

男たちの言葉にならない裏切りを彼女は見続けていた。だから彼女は決して三村に、いや人間というものに心を開こうとはしなかった。そして初めにその人間不信を決定的に植えつけたのは真由美のいうような多くの男性という漠然としたものではなく、それは広瀬に集約されるのではなかったか。そして広瀬はこれを読んだ時それに気付いた。

彼女は『花の人』の中で男の醜さを一行も書かなかった。しかし今、この残された原稿を読む時、あの恋愛にあったものはそれだけではなかった気がする。美智子が経験的に知る限り、男性の愛は献身ではなく、自己愛の変形であり、男の献身は自己実現の一環なのだ。

美智子は今、改めて思う。『花の人』の中で男は、なぜ、女を現実に立ち戻らせようとしたのか、なぜありのままのあの女ではいけなかったのか、と。

あの小説は、天衣無縫な女が男の愛情を惜しげもなく振り切ったように形を整えているが、視点を変えれば、男が自分の望む形に女を変形しようとし、女がそれを受け入れることができなかったのだと読み解くことも可能だ。女が哀れんだのは、男の本音に根付く価値観の貧弱さではなかったか。そう考えるとそこには全く別の男女の形が見えてくる。

しかし彼女はそんな男の潜在的エゴイズムに触れようとはしなかった。広瀬はそこに、いまなお彼女の中にある自分に対する愛情を見たのではないだろうか。繊細に語られた自分たちの日々——そしてその物語は決して男性を非難することなく閉じられていた。

広瀬は残されたこの一節を読んでなにを感じただろうか。そして今その苦悩が三村への憎しみに転化していったとすれば。恭子に対する消えない思いが彼を駆り立てたとすれば。

彼は三日でわたしのことを忘れるだろう。悲しむふりは一カ月ほど忘れないかもしれないが。いや、怠らないかもしれないが。そう言わしめた男たち。そして彼女はある日三村に電話をした。その九六年三月十二日は、野原悠太が行方不明になったその日なのだ。

美智子は真鍋の電話番号のボタンを押した。

「さっきの件なんですけど」

なぜそうしようとするのか、美智子は自分でもよくわからなかった。

「殺人がからんでいるんです」そう言った時、美智子は頭がクラッとするのを感じた。何かに似ていた。そして思い出した。――急性のニコチン中毒に似ている。昔、禁煙の途中にがまんができなくなって吸った一本の煙草。あの時の眩暈《めまい》に、意識のふらつきに似ている。なんだってという甲走った声が、霧の中にあるようにポツリと遠くに立ち迷う。なぜ彼にこの報告をしようとするのだろうか。これで彼の気が変わるなどとは思ってもいない。誰かに訴えたいんだろうか。この事実を。いや、この不安を。このまま闇に葬られるしかないのかもしれない事実があるという不安を。

真夜中にあなたを見る目。
あなたは言語というものが存在すると思っているでしょ。
でも本当はそんなものはないのよ。
あれは幻想――あれは幻覚。

「ええ。そう。殺人です。犠牲者はたぶん二人。真相に限りなく近い人物がいます」

今、その言葉が美智子を見上げている。

兵庫県警はその日の報告書について、木部美智子の調査に協力的でなかった。彼女は、交通事故者の死因について統計をとっていて、その日の深夜に起きたその事故が大変に象徴的であるので、ぜひとも報告書が見たいのだと言い、その場で真鍋編集長に電話をかけた。美智子は電話口でそれらしい話をでっち上げ、警察の担当者に受話器を渡したが、編集長がうまく口裏を合わしてくれるかどうか自信がなかった。記事は打ち切りになっていたし、彼にそんな義理などなかった。

警官は黙って聞いていたが、やがて気難しい顔をして受話器を置いた。そしてその日の事故報告書を彼女の前に置いた。

「なんかあると思われてもつまらんですからな。隠さんならんことはなんにもありません。見るだけにしてくださいね。写しは取らないで」

真鍋は何の前触れもなく降って湧いた「交通事故の死因調査」というテーマに、冷や汗をかきながら必死の辻褄《つじつま》合わせをしてくれたのだ。

身元不明男性とされたその検視報告書には、被害者は車に二度轢《ひ》かれていると書かれていた。おそらくは二台の車であり、多少の時間差が認められた。死亡確認は深夜の三時。病院に運び込まれたのが前日の午後十時となっている。深夜路上で寝入ったものが車に二度轢かれることはめずらしくはない。車に重量があれば、轢いたことに気付かぬドライバーもいるという。それ自体は不審には当たらない。

死亡報告書には正徳病院の判が押され、担当医の欄に広瀬の朱印があった。

「何やってんですか」美智子が警察署を出たあと、事情説明に真鍋に電話をかけた時、彼女が名乗ったとたんに真鍋の厳しい一声が飛んだ。

「記事になるならないは別にしてね、木部ちゃん。何をやっているかを知りたいわけよ」警察から突然あんな電話を受け、彼は怒っているのだ。

「あの、『花の人』の盗作の件でしょ」

本当は怒っているのではなく、心配しているのだということは、美智子にはよくわかっていた。美智子がいつもの判断力を失っているように見える、それに真鍋が反応しているのだ。彼の危惧は当たっている。美智子はただ黙って小さな電話機を握りしめていた。

美智子は不安だった。色と欲の果てに――犯罪の経緯を説明する時、よく使われる言葉だ。しかしこの事件に於《お》いてはそこにあったものが色でも欲でもないような気がして、一人の女の狂った行為に見えて本当は決してそうではないような気がして、それが怖いのだ。すべての「なぜ」に答えを張り付ける、そういう行為に意味があるのだろうか。

彼女は狂気の人ではない。来生恭子は正常な精神の持ち主だ。それも極めて聡明な。おそらく最後の瞬間までその聡明さをどこかに保ち続けていた。

美智子は、来生恭子がそういう人間であったことが恐ろしいのだ。一連の事件の「なぜ」に答えを書き込むことができるのはおそらく、美智子ではなく、その行動の当人ですらなく、それは来生恭子ではなかったか。恭子の言葉はいつもある種の罠《わな》を含んでいた。

決して逃れることのできない論理性――彼女の妹はそう言った。その蜘蛛《くも》の巣のような論理に取り込まれた人間がいまだ抜け道を持たずその迷路の中でうごめいている。広瀬や三村は自らの行動の起源を知り得ているのだろうか。彼らはそれを、怨念と表現し、心残りと理解している。彼女の言葉は魔力を持ち、聞く者に一つの世界を残した。しかしそれは決して真理ではなく、彼女の遊びに過ぎなかった。美智子の中で、来生恭子が、時を経れば経るほどに鮮明になっていき、強く意識に働きかけたのと同様に、その来生恭子の残した世界は、二人の男の中でそれぞれに鮮明になり洗練され、そして時間を経過するにつれて成長したのではないだろうか。

彼女が消えて、二度と確認することのできなくなった彼女の世界は、広瀬と三村のそれぞれの思いを温床としてそれぞれその中で次第に絶対化された。そして彼女の残したねじれた時空を内に抱えこむことにより溜まっていく精神疲労が、結局彼らを破壊へと導くのではないだろうか。ある種の清算の手段として。それは来生恭子の、作家というものは内に抱えた化け物から解放されるために結局死を選ぶものだといった言葉に限りなく近いものではなかったか。

ある種の清算の手段として。

化け物から解放されるための手段として。

だとすれば、来生恭子の失踪は、自殺であるのだ。彼女は死によって自らを解放したのだ。

それがあの遺書の意味なのだ。

そう。あれは、遺書なのだ。

そして彼女は誰かを道連れにしようとした。

あの遺書の中で、彼女は水の冷たさを知っていた。その闇を知っていた。彼女は本当はそれを恐れていた。人知れずその世界に滑り込むのがいやだったのかもしれない。

それに手を貸すことをその男が望んでいたとすれば。

彼女がそれを見抜いていたとすれば。

自分の死んでいく姿を相手の記憶の中に封じ込めることで、その男に生涯消えない傷を残すことができる。それが死を覚悟した女の仕掛けた最後の罠だったとすれば。


浮遊する魂。

わたしは今、あらゆる思いから引き離されて、疼く本能を抱えた骨一本となって、ここに破滅する。漆黒の闇に呑まれて、漂う海原に無形となり、わたしの思いは永遠に流浪する。


彼女はその時笑っていただろうか。

15

三村が高岡真紀からの電話を受けたのは、木部美智子が恭子の遺作の中にうずくまっている時だった。その電話は会社にかかって来た。

本郷素子の所へ木部美智子が『花の人』のオリジナル原稿を持って現れたことは本郷素子から聞いていた。彼女は三村の名前は出さなかったと言ったが、いまさらそれにどんな意味があるだろうか。三村はもういいんですと言った。

「話したかったら話してしまってもいいですよ。あとはもう、自分のことだけを考えなさい」その声は本郷素子がここ数年聞いたことのない優しい声だった。

「わたしは『花の人』に関しては満足しています。あなたには悪いことをしたのかもしれない」

本郷素子はぼんやりとその声を聞いた。なんと理解していいのか、見当もつかなかった。心細くなり、この先どうすればよいのかたずねたかった。しかし三村はただ、優しげに繰り返すだけだった。あとはもう、自分のことだけを考えなさい。

「来生恭子って誰なんですか」

本郷素子が最後にそう聞いた時、三村の胸にポツリと言葉が浮かんだ。

――災い。

彼女は災いだったのかもしれない。順調に積み上げてきたはずの人生をひっくり返した女。

ふと、涙が出そうになった。記憶の中の女の姿が悲しげに見えた。悲しげに、じっと自分を見つめている。三村はその彼女の姿を見ながら、ぼんやりと返答していた。

「あなたの知らない人ですよ」

だからその翌日に真紀から電話があった時、三村はひどい混乱の中に放り込まれたわけではない。何かを予期していた。誰かが何かを仕掛けていることを、それが誰であるのかも。『花の人』の原稿はまだ届いていなかった。そんな原稿など残っているはずもない。細長いあの字体を真似していたとすれば、その執念のある人間は一人しかいない。思えば彼が手紙の束を見つけたと言った時、なぜ気付かなかったのだろう。三年前、彼女の遺品に手紙の下書きなど含まれてはいなかった――。

その日の朝、三村が出社したのは十時だった。電車は比較的すいている。三村が駅で下りた時、男が一人彼に従《つ》いて降りた。

交番の角を曲がって目抜き通りを少し上がる。趣味のいい店が両側に並んで、空気のように存在感のない身ぎれいさだ。急な坂を慣れた足取りで上がっていく、その三村のあとを、電車から付いて降りた男は少々あわてて追いかけていた。ハンチング帽を目深にかぶっていて、少々時代錯誤な格好ではあったが、誰が何をしても無関心なこの街では何ということもない。三村は駐車場の横の路地を慣れた足取りで曲がる。一瞬見失いかけた男があわててそこを曲がった時、三村は急な坂道をテンポよく降りていた。体操服姿の高校生たちが逆行してくる。男は慣れない足取りで、汗くさい彼らの脇をすり抜けて、三村の後を追いかけた。

聞いていた住所に一番近い駅なら下見していたのだが、いかんせんこの男、乗り換えのいらない線の最寄り駅でおりてしまった。その上、足が早いときている。五十二の割りには動きが機敏、ああ、こんなことをメモしてもしかたがないか。

三村が社のビルに裏口から入って行った時、ふうと一息ついて石垣に腰掛けた。見回せばほんの十メートルほど向こうに清涼飲料水の自動販売機があった。中で缶コーヒーがお行儀よく並んで、一本いかがとさかんに百十円の休息を誘惑したが、いつ彼が出て来て移動を開始するかもしれないので男は気を引き締めて、居すわった場所から動かなかった。

三村は実際何も考えないでおこうとしていた。雑念を締め出すのは慣れていた。雑事を以て雑念を締め出す——彼は普段よりなおかたくなに生真面目さを貫いた。ミスが多いほど能率が下がり仕事が増えて一日が煩雑になる。そう思うと雑誌の誤植も不愉快ではなかった。販売部長からの小言にも根気よくつきあったし、わがままな作家の世迷いごとに誠実に対応する彼の姿はさながら苦行僧のごとくであり、注意して眺める者がいたならばそれは仕事熱心というよりむしろ奇妙に映ったかもしれないが、彼を特別に観察する者もいなかった。そうやって彼は、静かに日常の中に埋没しようとしていた。その電話が鳴ったのは、そんな時間のことだった。

「あたし。高岡真紀です」

彼女は三村を確認すると、前置きなしにそう言った。

三村の心臓がピクリと鳴った。


真紀の声はもうまるで聞き覚えがないような気がした。そして美智子の言葉が思い出された。フリーの雑誌記者。正確に言うと、週刊誌ネタを雑誌社に売りこんで生計を立てている人間。ゴシップ屋。あの日恭子と見違えた女だと思うと、忘れていた嫌悪感が迫り上がった。

「あたし、あなたが探している原稿を持っているの」

背中をネクタイをゆるめた編集者がゆきすぎる。日常の中に、突然、非現実が割り込んだかのように、そこにあるすべてが一瞬遠い風景に思えた。三村は静かに答えた。

「なんのお話ですか？」

真紀は繰り返した。「原稿よ。あなたが探している原稿」

三村は電話線一本向こうの、彼女の意図を嗅ぎ取ろうとした。しかしその押し殺した息づかいと抑揚のない声色は、おおよそ話に聞く高岡真紀とは思えなかった。揺るぎない口調を持ち、臆するところがない。前の机で校正刷りに手を入れる男の、そのペンの赤が妙に目に焼きついた。

「なんのことだかわからないんだが」

三村は頑強な口調を崩さず、そこに威嚇を含み、それにより真紀のその取り繕った壁が崩れることを期待した。しかし真紀は、まるであらかじめインプットされているように、同じ新陳代謝の低さで言った。

「あなたがわたしを葬った所へ来なさい」

プツリと電話は切れた。それに続く発信音が鮮明に拒絶を告げた。

男を思わせるその語調――三村はイタコという言葉を思いだした。彼はそれをテレビでしかみたことはない。大体がヤラセだと言われていた。突然人格が変わり、声が変わり、唐突にしゃべり、果てる。最後の言葉は、全くそれを連想させた。

あなたが探している原稿。

凪《な》いだ海が見えた。そこに立つ女が見えた。岸壁に立ってまっすぐに空を見上げ、その足下に満々たる水などないかのように。水は断崖の足元に寄せては打ち、寄せては打ち、永遠の戯れを繰り返していた。

時計を見た。午後の一時を回った所だった。三村は鞄を持ち上げると席をたった。

打ち合わせ　帰社せず。伝言用ボードにそう書き込んだ時、それに目を留めた編集者が言った。

「いまからどこに行くんですか」

三村は「ちょっと人と会う」と言い残すと、部屋を出た。短い言葉はいつもと同じく事務的だったが妙な硬さが耳に残り、しかしその言葉の調子に彼の後ろ姿を怪訝そうに見上げた者も、ほんの数秒で小さな違和感を曖昧にして、視線は机上へと戻っていた。そして次の瞬間には、そこに三村という男がいたという事実そのものが部屋から消え去っていく。三村は背中にそのすべてを見るようだった。日常的な煩雑さの中に、すべてが埋もれていく。そして今、雑然としたその日常がカッターナイフで切り裂いたようにずれ、傾いてそのまま崩れていく。

その時、三村の心に娘たちの顔は浮かばなかった。ただ妻の顔が浮かび、瞬間のその顔は、まるで遠い記憶の中のそれのように遠く不確かで、消え失せたあとには、電話の音と人の声とその他の雑然とした音の集合体がいつ果てるともなく続いていた。

ハンチング帽の探偵が依頼者と結んだ契約期間は、依頼者がよしと言うまでだった。その依頼者が何を持って契約を打ち切るのか、聞かされていなかった。二週間ぶりの仕事だったので、今朝「今日の朝からお願いします」と電話で言われた時には、三村の家回り、職場回りは完全に把握しているつもりだった。実際にはしょっぱなから知らぬ駅で翻弄されたのだが、彼は、それほどにこの仕事をありがたがっていた。できれば三週間ほど延々と続けばよいのにと思っていた。依頼者は金に糸目は付けなかったし、依頼はすこぶるシンプルで、しかも、対象をカメラで撮るなと言われたので、荷物がなくて爽快だった。

対象は午後一時過ぎに会社を出た。探偵は追いかけた。対象が朝下りた駅まで歩いて戻るのを、彼は必死について歩いた。走っていたかもしれない。急な坂道を今度は駆け上がらなければならなかったし、無個性な目抜き通りを駆け降りる時には、勢い余って人にぶつからないように神経を使わなければならなかった。交番の前を曲がって駅に着き、対象が電車に乗って席に座るのを見届けて、隣の車両の中から窓ガラス越しに監視する。品川で私鉄に乗り換えて、対象はまた席に座る。よくみれば品のいい、少々気難しげな男性だった。彼は朝の勢いを失って、ぼんやりとしたその様子はまるで夢の中を漂うようだった。

探偵は彼の職業も年齢も聞かされていなかった。出版社に通用口からすんなり入ったところをみると、出版関係の人間には違いなかろうが、どちらにしても尾行を続けていればおいおいわかるだろうと考えているうち、対象は羽田空港で下りた。

――移動があれば知らせてください。

――移動とはどの程度のことを指すのですか。

――都内から大きく出る時です。

いつどこで誰とあったかは毎日連絡すること。とメモに記している。朝の歩調を取り戻して闊歩《かっぽ》する対象のあとを探偵は懸命に追いかけた。

移動――移動――大きな移動。

対象が飛行機の国内線のチケット売り場にたった時、探偵は後ろにぴったりとついて肩をねじ込むようにしてその行く先に耳を澄ませた。

「和歌山まで」

さながら新聞記者のように、出発時間と便名を記録して、探偵は待合席に座った対象を横目で見ながら依頼者に連絡を入れた。

「和歌山に向かいます。午後二時二十六分発ＪＡＬ１３７便」

――ああ、そう。ありがとう。依頼はこれで打ち切ります。ご苦労さま。料金と経費を後から請求してください。

プツリと携帯電話が切られる。飛行機が飛び立つのを見送りながら、彼は二度指折った。朝の八時から待ち構えたけれど、やっぱりどう数えても六時間なのだった。


「なにがあったんですか。三村さんも朝方まで姉の原稿を眺めていましたけど」

広瀬の言った、空洞のできているフロッピィというのはすぐに見つかった。シールに『消去原稿あり』とメモが書きつけている。美智子はそれを読み出した。文書目録のなかに確かに空欄文書が存在した。空欄文書は一続きに全部で八カ所ある。広瀬のいう通り、原稿用紙サイズで換算すると百五十枚相当の文書が欠損しているということだ。

広瀬は、文書の先頭ページよりなお『前ページ』を指定すると、画面に最終更新日付が現れたと言った。空白になった文書を読みだした。それから『前ページ』を押した瞬間、白紙だった画面一杯に文書情報が映し出された。

広瀬の言った通り、その最後の行に更新日付けが記録されていた。

１９９６年5月13日午前1時12分――。

美智子はその次の空白文書を読み出して『前ページ』を指定した。

１９９６年5月13日午前1時13分――。

その次の文書は午前一時十五分だった。そしてその次は二十一分。八個の空白の文書は一分から十分の間を空けて短時間に更新されていた。そして八個目の空白文書の更新時間は午前一時五十七分になっている。すなわち八個の文書は一九九六年五月十三日午前一時十二分から一時五十七分の間に白紙状態に更新されている。三年前の五月十三日の深夜、誰かがここで、四十五分間の間に八個の文書を消していったということだ。

美智子は消されていない文書を読み出した。「壁の中の声」と銘打たれたその作品は文書数十三を費やして書かれていた。画面一杯に文字が連ねられ、最下段に『文書オーバーにて読み出しができません』と警告が出ている。美智子は『前ページ』を押した。

最終更新日付1991年8月22日午前2時8分。

美智子はその小説の次の文書を読み出した。

最終更新日付1991年8月25日午前3時22分。

その小説の最後の文書の更新日付は九月十二日だった。来生恭子がその小説を二十日程の日数で書き上げたということがわかる。美智子は同じフロッピィから別の文書を読み出した。「人形」という題のその小説の初めの文書の最終更新日付は一九九一年十月三日午前三時二十二分。そして最後の文書の更新日付が十月二十四日――すなわち三百枚程のその小説を、彼女は三週間あまりで文書に記録している。彼女は書き終えた三日後には新しい作品に手をつけていた。発想から脱稿まで、三百枚で二、三週間。その速さに、美智子に戦慄が走る――彼女は神の手を持っていたのだ。疼《うず》く本能、永遠の流浪という言葉が脳裏を過る。誰に愛されることもなく、誰にその存在を知られることもなく――美智子は霧のようにまつわりつくその言葉を振り払った。

その記録によるとこのフロッピィは一九九一年の後期に使われていたと考えられた。では消された文書もその頃の文書であったということだ。それがすべて一九九六年の深夜に消去されている。

フロッピィには男の字で日付が打たれている。美智子は一九九一年とメモの入ったフロッピィを拾いだして『書き込み目録』を読み出した。

白く光る画面の中には、確かに空白文書が点在している。

彼女は文書のすべての最終更新日付を呼び出した。

1991年6月23日午後8時18分。

1991年6月24日午前3時26分。

1991年6月28日午後3時12分。

1991年7月2日午前1時25分。

1991年7月2日午後5時46分。

1996年5月13日午前4時3分。

1996年5月13日午前4時4分。

1996年5月13日午前4時6分、そして1991年7月2日午後10時41分――。

文書が空白になっているところだけがすべて一九九六年五月なのだ。

それはその後も同じだった。記録の残っている文書は更新が一九九一年後半であり、削除された文書だけが判で押したように一九九六年五月、それも十三日の深夜——いや、早朝だった。一九九六年五月十三日午前四時三分から午前四時六分の間。

誰かが消したのだ。ここに入っていた原稿を、消した。

鞄から彼女の部屋の鍵を取り出して、部屋に入った。そしてここに入っていた原稿を読み出して、消し続けた。初めに仕上がり原稿を午前一時十二分から五十七分の間に、そして下書きを探し出して同日午前四時三分から六分の間に。二つのフロッピィの消去時間に二時間の間が空いているのは、その男が下書きの入っているフロッピィを探し出すのに二時間かかったということだ。そうやってその男は関連するものを消し続けた。

美智子はぼんやりとその画面を眺め続けた——広瀬はこの原稿をすべてチェックした。それでも彼は『花の人』の原稿らしきものを、確実な証拠を発見することができなかった。あらゆることが憶測の域を出ることができなかった。それで彼は『花の人』を写してわたしに渡した——。

「三村さんが数日前にこの原稿を朝まで見ていたんですね。何か探していたと」

真由美が不安げに、ええと答える。

三村はここに『花の人』の原稿など残っていないことをよく知っているのだ。広瀬が残っていた原稿の話をした時、三村は顔色一つ変えなかった。では数日前、彼は何を探していたのか。

った日。

来生恭子が三村を呼び出したのは一九九六年三月十二日。それは野原悠太が行方不明にな

『文書オーバーにて読み出しができません』美智子は画面の下に出たその表示をぼんやりと見つめていた。三村は何かを探していた。何かを。それは『花の人』にかかわるものではない。なぜなら彼はそれに関してはひどく吹っ切れていた。にもかかわらず彼はここで何かを探していた。

文書オーバーにて読み出しができません——その文字がいやに目に焼きついた。美智子は、容量がオーバーになるほど何を書き込んだんだと独りごちていた。消してしまえば早いのに。メモを消してしまえば容量がもどるのに。

広瀬も三村もここに何かを探していた。広瀬は『花の人』にかかわるものを。そして三村は別の何かを。そして二人とも、目的とするものをここに発見することはできなかったのだ。

このフロッピィと原稿の中には、なにも発見できなかった。

このフロッピィと原稿の中には、なにも。

——文書オーバーにて読み出しができません。

美智子の思考がとまった。

美智子はこの機種と同機種のワープロを持っている。十年も前に普及したこれは、原稿用紙サイズなら十七枚が限度だ。来生恭子は一つの文書に三十四×四十でほぼ五枚から六枚を打ち込んでいる。二十×二十に換算すれば、原稿用紙二十枚に相当する。すなわち来生恭子

は許容限界まで打ち込んでいたことになる。

美智子は容量オーバーとなっているその表示を見つめ続けた。

文書オーバーにて読み出しができない――それは全文を画面内に表すことができていないという表示であり、この状態では文章の移動などの操作ができない。文書が作成できない状態になっているということだ。ということは、制作時にはオーバーしていなかったはずなのだ。容量オーバーで全文が画面に出なくなったのはこの文書が作成されたあとなのだ。今、容量オーバーと表示されている原稿の末ページは四だった。おそらく彼女はいつものとおり、五から六ページの原稿をここに書き込んでいたにちがいない。すなわち来生恭子はのちに四百字換算で五、六ページ相当の領域をメモに費やしたことになる。

そう。メモだ。

フロッピィではなく、機械本体の記憶。メモに使用された領域だけ、通常使える画面領域は狭くなる。だから画面に表せない部分が発生する。そしてあの警告、『文書オーバーにて読み出しができません』の文字が現れる。

広瀬は早い時点で同機種の機械を購入した。彼はこの機械で文書確認をしなかった。彼の新しい機械は領域が狭くなっていなかったから、この表示が出なかった。そして三村は、この意味するところに気付かなかった。

美智子はメモを読み出した。

『文書オーバーにて読み出しができません』

機械の表示は消えず、画面にメモは出てこなかった。

美智子は一旦文書を消して画面を白紙に戻した。

誰も気がつかなかった。機械の中に封じ込められた五枚分の記憶――。

メモを呼び出して実行キーを押した。

その瞬間、白紙の画面いっぱいに文字が現れた。

ことは少年がピンクの消しゴムを落としたことから始まっていた。お菓子のおまけについていたと思われるロボットの形をしたピンク色の消しゴム。彼女はそれを拾ってやった。そして隣にぼんやりと立つ幼児の顔を見て、ほんのりと微笑する。親にしか愛されることのない存在であると彼女はそこに記述していた。この世から消え去ってもどうということのない子。将来の税金納付者になるとか、年金制度を支えるという意味でしか認知されることのない存在だと書いている。彼女はその幼児を、心に痛みを感じる感受性のない子供であるとし、こう総括していた。

――劣等分子。

彼女は子供の前に屈み、消しゴムを手渡した。幼児は彼女の前に立ち、なぜだか動こうとしなかった。

彼女はそこで幼児に優しい声で話しかけている。幼児の顔が奇妙に高揚するのを見ながら、彼女は幼児から視線を逸《そ》らさなかった。

彼女は言葉巧みに幼児を自分の車へと連れ込んだ。

「そんな消しゴム、たくさん持ってるよ。ほら、あの車の中――ボク、車好き？」

彼女の車は目と鼻の先に止めてあった。幼児はそれを見ても、表情が乏しく、しかし彼女から離れる気配もなかった。幼児が消しゴムを受け取った時、そのぎこちない動きを見た時から、彼女の意志は確定していた。彼女は車の中で、助手席に乗った幼児と優しげに会話を交わしながら思っている。わたしはこの子を殺してみようと思う。


わたしはこの子を殺してみようと思う。


美智子は画面を見つめて、思考が凍りついたようだった。

彼女は幼児を自宅へと導き入れている。そしてその間の幼児の表情の乏しさを好んで書いていた。幼児が顔色を探るように彼女を盗み見ていること、その上目遣いの表情。

人は殺人を悪だと言う。ヤハベの会の勧誘者達は、いやなことのない世界に住みたいと思いませんかとにこやかに言う。悪のない世界に。――彼女は子供の小さな手を見ながら、その皺に、また爪の間に、油染みた泥が粘土のように練り込まれているのを見る。その指をさすりながら、これを逆方向にポキンと折ったらどんな泣き声を上げるだろうかと想像することは悪だろうかと夢想していた。

うちには包丁は一つしかない。刺身包丁だの菜切り包丁だのとあるわけではない。ノコギリもない。それでも昔話のおばあさんは夜中に包丁を研いだと言うから、包丁一本で済むのだろう。

そこで彼女は考える。いや。あの昔話のおばあさんはただ、食べるために解体するだけだから、果物ナイフでだってできる理屈だ。そうじゃない。あたしはこの骨をプツリとやって見たいのだから。——彼女は幼児のたよりない首筋を優しげにさすりながら考えていた。——ほら、ブリのあら煮ってあったでしょう。昔おばあさんが、鯛の骨は切りにくくてたまらないとぼやいているのを聞いたことがある。スティーヴン・キングは子供の骨の折れる音を「枯れ枝が折れるように、ポキリと音がした」と書いていた。でも彼だってやったことがあるわけじゃない。ブリのあら煮のように切ってみたわけじゃない。血管、血の色、その匂い——それを知ろうとすることは罪悪かしら。スーパーには死んだ魚がラップにくるまれて陳列されている。人はそれを取っては眺め、時に目玉を覗《のぞ》き込み、あら、ずいぶんと古そうねと陳列台に戻していく。あの魚の目はどんよりとして、知性のかけらもないけれど、この子も同じ目をするような気がする。ものぐさな目、うざったい目——

幼児は彼女の隣に座り、コップに入れたオレンジジュースにストローを突き刺して飲んでいた。珍しげに部屋を見回し、親のいることなど忘れたように。

彼女は幼児の頭を撫でながら、名前を聞いた。そして年齢を聞いた。彼はどんよりとして、明確には答えなかった。彼女はその様を楽しんだ。

彼女は幼児の、ジュースを飲み込む度《たび》にゴクンと動く喉仏を見つめ、それはあたかもレーサーが一秒が十秒にも感じるという、見えるはずのない観衆の一人一人の表情までもを克明に見極めることができるのだという、その永遠の時間の中にいるようだった。

三村さんに電話をしてみよう。ブリのあら煮——子供のあら煮。イルカは保護するけれど、誰もイワシは保護しないのよ。アジアのストリートチルドレンをかわいそうだというけれど、ホームレスは汚いというのよ。

あの喉仏の潰れる感触——あの人に教えてあげよう。いまなら——まだ会社かもしれない。

メモはそこで終わっていた。

美智子はぼんやりと座りこんだ。心が石のように凝り固まって思考を受け付けない。——野原悠太の失踪を知ってから、それを元に彼女が創作したということはない。——ピンクの消しゴム。ロボット型のその消しゴムのことを書いた記事などない。あのあと幼児の友人が、母親に、ずいぶん口惜《くや》しそうに言い続けた。

ゆうたくんに返してもろて。ピンクの消しゴム、ぼくんやのに。

美智子はゆっくりとメモを先頭まで戻した。そしてその上で、なお『前ページ』を指定した。

最終更新　1996年3月12日午後7時56分。

三村に電話があったのは一九九六年三月十二日午後八時。その日神戸に行ったのかどうか、彼はただそれだけは返答を避けたのだ。

新幹線で四時間。この原稿を書いた四時間後、来生恭子の部屋はどうなっていただろうか。三村がそこに駆けつけた時、そこでは何が起こっていたか――。

彼女は殺してはいない。殺した記述はただの一カ所もない。美智子は心の中で繰り返した。

携帯電話が鳴った。チリリリリと低い音がして、美智子の胸が跳ねた。

「今どこですか」

その軽快な声に、美智子は問うた。「広瀬さんですか」

彼は楽しげだった。「ええ。そう。僕です」そして同じ調子で繰り返した。

「今どこですか」

「真由美さんの家です」

広瀬はああと言った。そして呟いた。間にあうかなと。

「――今三村さんがね、和歌山に向かって動きましたよ。おもしろいものがみられる。こっちに来ませんか」

その瞬間、美智子は本郷素子の言った意味を理解した。生体実験を楽しむような乾いた視線。その乾いた残忍さの気配。

「どういうことですか」

広瀬は瞬間に切り返した。「高岡真紀さんてご存じでしょ」

受話器を握った手に力がはいった。美智子は慎重に答えた。「あなたの患者の高岡真紀さんでしょう？」

広瀬はいいえと答えた。

「あなたの知っている高岡真紀さんですよ」広瀬は美智子の様子をうかがうように一息置いた。いや、美智子が彼の言わんとすることを咀嚼《そしやく》する時間を与えるかのように。

「下品で、金儲けの好きな」

その声だけが暗い、苔の生えたところから響くように耳にはっきりと余韻を残した。そして彼は瞬間に切り換えて軽快な声を出した。

「彼女が三村さんに電話したんですよ。あなたが探した原稿を持っている。私たちを葬ったところに来てくれって」

美智子は息を止めて耳を澄ませた。「それで三村さんが和歌山に向かったと？」

「ええ。飛行機のチケットを和歌山空港まで買っています」

「三村さんに尾行を付けていたんですか」

彼は軽快に答え続けた。「こっちにいたんじゃ動きは読めませんからねぇ。ただ探偵社に尾行を依頼しただけですよ」

美智子はその時、記憶の中で広瀬の目が底光りするのをみていた。

「広瀬さん、あなたは行ってどうするつもりなのですか」

「別に。ただ行って見ようと思っているだけでね。彼が何をするか」

「たったそれだけのためにあなたは六カ月もの歳月をかけたのですか」

広瀬は笑った。「他に何がありますか」

広瀬は知っているのだ。三村が本郷素子に『花の人』を手渡したことを。そして復讐《ふくしゅう》しようとしている。

美智子は目の前の画面をじっと見ていた。そして目をつぶり、深く息を吸った。

「広瀬さん。あなたのことは調べました。大学病院をやめた訳、こちらに移って来ざるを得なくなったその訳。あなたは婚約者の友人を好きになってしまった。それがばれて、京都の医師会にいられなくなった」

広瀬は一息置いて、醒めた声を出した。「ええ。おっしゃる通り。でも下らんことです。今思えばあんな病院の中でがんじがらめにされるより、ずっと賢い選択だったと思っていますよ」

「あなたはその女性の行方を追った。そしてその失踪に疑惑を持った。雑誌の取材で知り合った高岡真紀を呼び込むことで、やっと計画が実現した。半年前——本郷素子は写真を見て、クラブで自分に接触した男はあなただと確認しました」

「原稿を受け取ったことも認めましたか」

「ええ」

広瀬はかすかに乾いた笑い声をあげた。「そりゃお手柄だな。初めから真紀なんかではなく、あなたと知り合っていればよかったのに」

「ホームレスは生きていたんですか」

広瀬は笑った。「そんなことまで調べたんですか。やっぱり真紀でよかった。あなたが相手じゃ話が面白くならない」

「殺したんですか」

広瀬は一息置いた。

「とんでもない。彼は十二時に死亡しました。手は尽くしましたよ。これでも医者ですから。ただ、搬入された時から、助かる見込みはないことはわかっていましたけど。前から、そろそろ真紀を脅《おど》しておく必要があるとは思っていた。それで、手あてをしながら考えたわけです。もし死亡したら、申し訳ないけどこの人を使おうって。

死亡したあと、『君のBMWが必要になったから至急、車で病院の裏に来てくれ』と電話で真紀を呼び出した。それから死体にシートをかけ、ストレッチャーにのせて、救急搬入口から持ち出して、病院の裏の路上に置いた。そしてその死体の上を、車で通過したんですよ。夜間の病院は特にぎりぎりの人手で動いていますから、呼ばれない限り、寄ってくる看護師もいない。あんな田舎町の深夜なんて、人っ子一人通らないことも知っていましたから。でもそうはいうものの、誰かに見られはしないかと、さすがにドキドキしましたけどね。

彼女は助手席に座っていましたが、何が起こっているのかもわからない様子でしたね。

『ねえ、さっき、何かに乗り上げなかった?』——彼女の認識はその程度でね。

説明してやりましたよ。今轢《ひ》いたのは人間だよ。轢き逃げの被害者。僕が匿名の電話をかけて、轢き逃げの犯人はあの車だと教えれば、今の警察は優秀だから、この車が轢いたことはすぐにわかる。だって現実に轢いたんだから。君が事情を説明するのは勝手だが、もちろん僕は君の話を否定するし、どちらにしても面倒なことになるってね。僕はあの馬鹿女の首に鎖をつないだだけのこと。そんなことのために人一人殺したりするものですか」

なぜなのか。彼をそうまで追い詰めるものは何なのか。

「目的はなんですか」

美智子の心臓が早鐘のように打つ。広瀬は笑った。

「謎の追及ですよ。誰が来生恭子を殺したか。下手な本よりおもしろい」

「自殺だとは思わないんですか」

答えるに間があいた。まるでその問いを無視しようとするようだった。それは美智子が感じる、広瀬という男の初めての動揺だった。そして美智子はそこに、彼女がそれを持ち出したことに対する強い抗議を感じた。美智子は畳みかけた。

「『自殺する女』を読んだでしょう」

広瀬は軽侮するように言った。

「あの小説が机の上にあったから自殺だって? ばかばかしい。僕が高岡真紀に仕掛けたよりもまだちゃちなトリックですよ」

「彼女が、ある狂気の中にいたことは認めますね」

「心の中に怪物を飼うことで小説家たり得、その怪物に喰われていくことで破滅する。彼女のセリフでしたよね」

「だったら——」

広瀬は美智子の言葉を強く遮った。

「彼女は自殺なんかしやしない。自殺するわけがない。来生恭子って女性はね、生きることになんの未練も持っちゃいなかった。生に執着しない人は死を選ぶこともない」そう一気に言って、広瀬は呟いた。「僕にはわかるんですよ。あれは負けることの嫌いな女だった」

負けることの嫌いな女——美智子には重みに歪んできしみを上げて崩れていく女の姿が見えるようだった。誰の助けも求めない。求めることができない。彼女はぎしぎしと軋みを上げながら、毅然として幻想の中に住み続けようとする。そしていつしか扉は開け放たれて、意識と無意識の間を彷徨《さまよ》い始めた——広瀬は語調を変えて、彼の言葉はまた軽やかなものに戻っていた。

「あなたは三村さんがそんな人じゃないと言った。どんな人か、その目で確かめてみればいい」

「三村さんが来生恭子を殺したというんですか」美智子は目の前のそのメモを見続けていた。

「——動機は」

広瀬は黙った。広瀬には動機がみつけられないのだ。だからこんな手の込んだことをしなければならなかった。そして今も、動機には行き着いていないのだ——美智子は携帯電話を握りしめ、ゆっくりと、彼が聞き違えないようにゆっくりと言った。

「『花の人』は来生恭子の作品ではない。あなたがわたしに見せてくれた原稿はオリジナルとは違う。あれは本になったものを写しただけ。あなたはオリジナル原稿なんか発見してはいない。来生恭子の部屋のどこにも、『花の人』の原稿などなかったのよ」

本郷素子の持っていた原稿は、確かに来生恭子のワープロで打たれたものであり、あの原稿が来生恭子の作品であったことは、おそらくは紛れもない事実だ。しかし彼はそれを知らない。彼はただ、あれが来生恭子の作品であろうという仮定の上にいまだ話を組み立てているに違いないのだ。

しかしその時の広瀬の声は静かな怒りに満ちていた。

「あれは来生恭子の作品だ。しかしそれについてあなたと口論する気はない。興味がないなら結構だ」

脅しでも駆け引きでもない。屈辱感——広瀬の声には美智子との意志の疎通に対するはっきりとした決別があった。美智子はあわてた。

「広瀬さん、三村さんは一九九六年の三月十二日に突然パーティから姿を消している。それがなんの日か、あなたは——」

しかしその時、広瀬の電話は切られていた。

最終更新　１９９６年3月12日午後7時56分。

美智子はじっと画面を見た。

これが彼女のフィクションである可能性はない。警察通報が夜九時であり、七時五十六分にはまだ、親でさえ誘拐の認識がなかった。原稿は、事件が報道される前に書かれているのだ。

——わたしはこの子を殺してみようと思う。

気が付くと真由美は美智子の後ろに立っていた。ただその様子から、彼女がそのメモに気付いているとは思えなかった。

「感熱紙、ありませんか」

美智子は真由美の差し出した感熱紙をワープロに差し込んで、メモに残された来生恭子の告白を印刷し始めた。

しかしなぜ広瀬はそれほど和歌山にこだわるのか。美智子は『自殺する女』の全文を読んだ。しかしどこを読んでもその小説の舞台が和歌山であると限定できる記述はなかった。冒頭にその場所についての記述はある。しかしそれだけでは、すなわちその小説だけからでは、その場を和歌山と特定することなど到底できないのだ。なぜ広瀬は場所を和歌山と限定するのだろう。まるでその場を知っているかのように。

「真由美さん」と美智子は声をかけた。

「あなたがお姉さんに最後に会ったのは九六年の三月の終わりごろだと言いましたね。正確には三月二十五日。あなたはその年初物の苺を買ってお姉さんの所へ持っていった。息子さんを連れて。そして家計簿に苺を買った日付が三月二十五日となっているからその日に間違いないと」

「ええ」

「その時、彼女、息子さんにお土産《みやげ》をくれたって」

「ええ。ガラスで出来たイルカの文鎮でした」

「どこのお土産ですか」

「わかりません」

「聞かなかったんですか」

「息子が聞いたんです。おばちゃん、どこに行ってきたんって。姉は秘密だって笑っていました。でも」と真由美は突然言葉を曇らせた。

「……和歌山だと思います。広瀬先生が」と真由美はぼんやりとそう言ったが、その後、はっきりと言いなおした。

「文鎮の裏に和歌山県白浜ってシールが張ってありましたから」

広瀬先生が——失われたその言葉の先を美智子は知りたかった。

「彼もそれを確認したんですか」

真由美はバツが悪そうに言った。「ええ。そのシールに気がついたのは先生でした。見せてくれって、そう言って」

「三月二十五日だということも確認したんですか」

真由美は、はいと答えた。だから真由美ははっきりと日付を覚えていたのだ。美智子が訪ねる前に広瀬に促されて家計簿から苺を買った日付を確認していたから。

しかし広瀬には、彼女が三月二十五日に和歌山から帰っていたという事実にはなんの意味もなかったはずだ。彼には、彼女の失踪と二カ月の隔たりがあるその「和歌山行き」を、繋《つな》いで考える事はできない。彼が知らないその意味を、美智子は今ここで、すぐそこまで引き寄せている。そしてその最後のピースをはめた時、そこには広瀬の知らない絵柄が浮かび上がる。おそらくは彼の決して望まぬ絵柄が。三村が必死に隠そうとする絵柄が。

最後のピース――彼女の行為の全容を確定する最後の接続部。

三月十二日と、真由美が来生恭子が和歌山から帰ってきたと確認した三月二十五日の間にある二週間の時間。

「お菓子ももらったんですよ。その時に。買ってもらったんだけど、食べなくて、賞味期限を過ぎているかもしれないんだけど、よかったら食べてって」

真由美が思い出しながら言ったその言葉に、美智子は顔を上げた。

美智子はよく葛西弁護士に饅頭《まんじゅう》を買っていく。葛西は甘いものが好きで、彼を訪れる人は皆手土産《てみやげ》に胸が悪くなるような甘いお菓子を持っていく。美智子が事務所を訪れると、葛西はそういう、人からもらった箱入りの菓子を無造作に彼女に勧める。「大丈夫ですよ。最近のお菓子ってね、何を入れているのか知らんが長持ちします。喰ったって死なんですよ」昔ばあさんが作ってくれたおはぎなんぞ、ものの三日でいたんだもんだがと、葛西はありがたがるような懐かしむような声を出す。

　昔のおはぎは三日だった。が、観光地のお土産用のお菓子は、生菓子でなければほとんどが二週間だと葛西は言った。職場や親戚へ配るものだから、賞味期間を長く取れるものでなければ売れないのだと。

　――二週間。

「過ぎていましたか？」

　メモが印刷されてせり上がってくる。それに顔を上げようともせず、ぼんやりとどこか一点を凝視した美智子の、その表情のきびしさを、その背に立つ真由美は見ることはなかった。

「いいえ。二日前でした。まだ二日あるから大丈夫と言って鞄《かばん》の中にいれたんです。真空パック入りの、パイ地に餡の入った菓子でした。その日のうちに家族で全部食べてしまいました」

　十四日に二日前だったということは買ってから十二日経《た》っている。二十五から十二を引くと製造日は三月十三日。

　頭の芯まで血が突き上げた。

「その広瀬さんですが」と美智子は真由美を振り返らずに問うた。「お姉さんと別れたのは正確にはいつですか」

　真由美が言葉を呑むのを感じた。

「先生とお姉さんとのことは、大学病院まで行って調べたんです。なぜ別れたのですか」

美智子は真由美を振り返らなかった。

「広瀬さんは、当たり前のお嫁さんが欲しくなったんだと姉は言いました。あたしが聞いているのはそれだけです」

「いつですか」

真由美は言いよどんだ。「はっきりとは……」

「九二年以前ですか、以降ですか」一九九二年は恭子が『緑色の猿』を書いた年だった。

「九三年ころだったと思います」

来生恭子が『緑色の猿』を書いた時、広瀬は彼女の傍《そば》にいたのだ。

彼が当たり前の女という言葉を、どういう意味で使ったのかは定かではない。いや、そう言ったかどうかさえわからない。ただ彼が恭子という女を当たり前の世界へ引き止めようとしていたことは確かだ。そしてその真偽はどうあれ、広瀬はあの残された一節を読んだ時、自分の棄てた女のたどった、その末路を見た。しかしそこには、広瀬の知るべくもない真実がある。

「お姉さんはお土産を、買ってもらったって言ったんですね」

買ってもらった——買い与えられた——一緒に行ってお土産を買ってくれる人。

来生恭子は子供が失踪した翌日の三月十三日、三村と共に和歌山に行った。そして彼はそのまま彼女を東京に連れ帰ったのだ。

——わたしはこの子を殺してみようと思う。

今、美智子はなぜ三村が彼女を東京に連れ戻らねばならなかったかを理解した。電話を受けて飛び出した三村が彼女の部屋で見たであろうものもまた、美智子には見えるような気がした。

美智子は吐き出された五枚の印刷物をていねいに畳むと、真由美からそのメモを隠すために画面表示を解除した。

「――お姉さん、車を持っていましたか」

「ええ。持っていました。大阪の友人に譲りましたが」

美智子は目をつぶった。


ここから和歌山まで車で飛ばせば二時間強だった。広瀬が電話を切ってから小一時間が経つ。美智子はタクシー乗り場に向かうと、ドライバーに交渉して言った。――二時間で和歌山空港まで行ってくれれば倍額払います。

中年のドライバーが了承した。タクシー乗り場から美智子を乗せたタクシーが飛び出した。


和歌山空港の前で広瀬はレンタカーを借りた。

「東京発のＪＡＬ１３７便はどこにつきますか」

グランドスチュワーデスはていねいに指さして教えてくれた。広瀬はその場所がよく見える場所に陣取って飛行機が到着するのを待った。飛行機が到着してランプが点《つ》くと、吐き出された人々がゲートを通過していく。広瀬はそれをじっと見ていた。そしてそこに壮年の紳士を見た時、彼についてゆっくりと動きだした。そして彼がレンタカーを借り、受付嬢から何かを受け取るのを確認した時、広瀬の携帯電話のベルが鳴った。

「広瀬さん、木部美智子です。あなたにお話ししたいことがあります」

三村は従業員についてゆっくりと歩きだす。広瀬は見失うまいとその後を追った。

「ええ、かまいませんよ。ただ、いまは取り込んでいましてね。五分待ってください。こちらから掛け直します」

三村がレンタカーの従業員に付いて空港を出ると、従業員は車回りの前で三村を待たせて足早に立ち去った。それを確認すると広瀬は自分の車に戻った。目の前五十メートルほどの所に三村が立っている。広瀬は美智子に電話を入れた。

「今どこですか」

「今そちらに向かっています」

三村の前に車が一台止まった。白い中型のセダンだった。広瀬はそのナンバーを書き留めた。レンタカーの店の制服を着た若い男が降りてきて、三村にキーを渡す。

「どれくらいかかりますか」

「二時間ほど。今、出発した所ですから」

三村が車に乗り込んだ。エンジンがかかり、方向指示器が点滅する。三村が大きくハンドルを切るのが見えた。ゆっくりと車が発進する。

「とりあえず近くまで来てください。そう、空港の入り口まできたら連絡してくれますか。あとは指示しますから」

広瀬は電話を切ると、白いセダンの後について、静かに自分の車を発進させた。

美智子は電話を切ったあと、ひたすらに湾岸道路を疾走させていた。運転手は速度違反を承知だから後ろめたいのか美智子にあまり話しかけなかった。ただ覆面パトカーを気にしてしきりに後ろを注意していた。幸いそれらしい車の影はない。ただＢＭＷが付いてくるだけだ。外車の覆面パトカーなど聞いたこともない。タクシーのドライバーは念のため少し減速してその車の接近を待った。小柄な女性がその運転席に座っている。黒いサングラスを掛けて——彼がそう確認したとき、突然の減速に気付いた美智子は席から身を乗り出してそっと耳打ちしていた。

「運転手さん、二時間で着いたら三倍払ってもいいんです」

彼はその車から注意を逸《そ》らせると、俄然加速した。一台二台と追い越して先へと車を走らせる。

——広瀬も行き先を知らない。三村の行き先を、そしてそこに何があるのかも。

広瀬さん、それはあなたの間違いよ。そこにあなたの大事な彼女はいない。

美智子の後方で、紺のＢＭＷが懸命に彼女の後を追いかけていた。

三村はガソリンスタンドで車を停《と》めた。広瀬は近くの路上に停めてそれを見ていた。スタンドの若い従業員は助手席を開けると、ガソリンを一缶車に運び入れた。広瀬はそれを見ながら、美智子に答えた。

「いえ、空港までいかないで。どこかでタクシーを乗り換えてください。地理に詳しい人じゃないとね」

広瀬は自分の借りたレンタカーのナンバーを言って、グレーの中型セダンであると告げた。美智子は約束通りドライバーに三倍の金額を払うと車を下りた。それから再び道を流しているタクシーをつかまえた。

――ええ、乗り換えました。どうすればいいんですか。

――さあ、僕もここがどこだかわかりません。「内堀橋」と書いてある橋を東に折れた、すぐのガソリンスタンドにいるんですがね。そう言えば運転手さん、わかりませんかね。

ドライバーはああ、それやったらと言った。「シェルのスタンドとちがいますか」

美智子に聞かれ、広瀬はそうですと答える。広瀬の目の前で三村の車がゆっくりと道に乗った。

「三一七号線です。今標識があった。それを東の方向へ」

美智子のタクシーのドライバーは呟いた。「それやったら山の方へ向こうてはるな」夕闇《ゆうやみ》が迫りだしていた。

三村のレンタカーは山へと上がっていた。古い鳥居を目印に大きな道路を左に折れると、舗装のない悪路に入る。

広瀬は苦労してその道を説明した。美智子のドライバーはここしかないなと呟いた。

「お客さん、えらいところに入り込みはりますなぁ。この先は道なんかあらしまへんで。深い山ですわ。あとはただ、熊野の深い山です」

目印になるものもなかった。ドライバーは不安がった。「間違いとちがいますか」

「三一七号線をまっすぐ東に行って、三つ目の店屋の先の、角に朽《く》ちた鳥居のある道っていったらここしかないでしょ」

「そやけど二つ目の店は閉まってましたからなぁ。あれも一軒て数えはったんやろか」

「とにかく、グレーのレンタカーです。番号も聞いているんです。行ってくださいな」

携帯電話の受信状態はすこぶる悪かった。「やっぱ山に入ってはるな」ドライバーはその音を聞いてそう呟いた。

あたりは暗くなり始めていた。悪路に入り込んだ美智子のタクシーは、それでもしばらく走っていた。

「今日、雨降る言うてましたで」ぽつりとドライバーが言う。

広瀬から電話は入らなかった。そして美智子の携帯電話はガーガーというばかりですぐに切れた。近くを沢が流れているのか、水の音がした。左側が崖で、右側が鬱蒼《うっそう》とした山森だった。

突然車の速度が落ちた。

「お客さん。やっぱり道、間違えたんとちがいますか」

運転手が怪訝に前方を見ている。美智子は身を乗り出した。

「ほれ」と彼は前方を指さした。そこには道の上に土砂が流れ出ていた。

美智子は前方を見据えた。しかし二百メートルほど先、そこは確かに土砂に埋もれて、普通乗用車一台が通れる状態ではない。道は行き止まりだった。

美智子は外を見た。

広瀬の車はどこへ行ったんだろう。間違えたんだろうか。それでも三一七号線から三軒目の店の先の鳥居を左に取るというと、ここしかないではないか。朽ちて斜めにかしいだ鳥居。

美智子はその時、唐突にある情景を思い出した。そこは鳥居ではなく小さな祠《ほこら》だった。中には赤いエプロンをつけてなければ、ただの石にしか見えないほどに風化した地蔵が一体座っていた。そしてその回りに多数の地蔵がある。つけているエプロンが朽ちて千切《ちぎ》れかけているものはまだましで、ほとんどはそれすらつけていない。座っているというより捨ておかれているようだった。寒々しい野ざらしの風景。どこで見た風景だったろう。いや、見たのではなかったかもしれない。一体なんの記憶だっただろうか。

「あそこでUターンしませんか」運転手がそう言った。前方をみれば、そこには少し広くなった所があるように見受けられた。彼がゆるゆると車を進め、その入り口でとうとう車を停めた時、美智子は途方にくれた。

やっぱりまちがえたんだろうか。

二年ほど前の大雨の時、あちこちで土砂が崩れましたんや。そんときやられたんやろ。こいらはもう直す人もおらんしな――広瀬への電話はまだかからなかった。歩いて元の道路に向かうとすれば、一時間では戻れない。携帯電話も通じにくいこの山の中で、今夜は雨だと聞かされると、ここで一人、車を降りるということが途方もなく心細く思われた。引き返すとも引き返さないとも言いかねて顔を上げた時、美智子は目と鼻の先に車の影を見た。

「……あれとちがいますか」

ドライバーがぼんやりと言う。そして彼は不思議そうな声を出す。

「はて。グレーいいませんでしたか。あれ、白やで」

広場と見えたそこは採石場の跡のようだった。錆《さ》びついた土木重機が雑草に埋もれて片隅にある。そしてその広場の向こうの端に白い車の影が見えた。

美智子は大急ぎで車を下りた。確かめるためにそこへ行きかけて、そこにもう一台、グレーの車が止まっているのを見つけた。

美智子は近づいて確認しようとした。森の空気は薄く色が付いたように薄暗くてよく見えない。タクシーが近づいてライトを当ててくれた。番号は、広瀬の言ったものと一致していた。

美智子がここで下ろしてくれと言った時、ドライバーは立ち去りがたいような顔をした。美智子は礼を言い、懐中電灯を売ってくれないかと言った。

「獣は出んけど。狸くらいやったらおるかもしれませんで」

タクシーがＵターンしていく。広場にたった一人残って、美智子は懐中電灯を点《っ》けた。水の鳴る音に加えて、森からシーンと音が染み出ているようだった。

タクシーの運転手は残してきた客のことが気がかりだった。それでもものの一分も過ぎないうちに、ちょっと安心した。向こうから車がやって来たのだ。行き交うのに十分な幅がないのですったもんだしたが、やっと横に並んだ時、向こうの車の窓がスルスルと下りた。

「おじさん。さっきのお客さん、どこで下ろしたの？　女の人乗せていたでしょ」

若い女性だった。見れば高そうな外車に違いない。

「なんや。前後ろになったんかいな。先の広場で下ろしましたで」

彼はふと不思議に思った。あの客は、グレーの車と言った。そして番号も確認した。だから前後ろになっていたわけではない。いや、考えればあの紺のＢＭＷ、あそこで自分を待っていたような気もする。

はて。何事だろうか。

三一七号線に戻った時には、あたりは薄闇に囲まれていた。

16

一人残されて森を見上げた時、木部美智子は薄気味悪いと思った。山の湿度の高いひんやりとした空気は、匂いを持っているように思える。

何かに上から押さえ込まれているようだった。

首筋にまつわりつかれている——幾千の瞳《ひとみ》から視線を発せられている。

澱みだろうかと美智子は考えた。星の光が何億年もかけて大地に届くように、森の空気は百年もここによどんでいるのかもしれない。生臭いような樹木の口臭——シーンと鳴いているような静寂、耳鳴りのようにやまぬ沢の音。

この圧迫感にはなにか記憶がある。

なんだろう、この高い木々のもたらす圧迫感、いや、空気そのものから感じる視線。実体のない生命感覚。

美智子はドライバーから買い取った懐中電灯を点《つ》けた。それからそれをたよりに広瀬の携帯電話の番号を押そうとして、手を止めた。

彼女ははっとして顔を上げた。そして深い山を見上げた。

死が始まっている。
彼女がわたしを解体し始めている。
わたしは刻一刻と人であった記憶を失っていくのだろう。そして生への執着を。
彼らがそれを見ている。
両側の多くの目がそれをじっと見届けている。

美智子はその言葉を突然理解した。『両側の多くの目』の意味するところを。『自殺する女』の舞台はここではなかったか。いや、彼女はそこを海に立つ絶壁だとしている。それでも彼女がそこにイメージしたものは、この木々の持つ、この森の持つ生命感ではなかったか。体が半分溶けだして、やがて生への執着が失せる。彼女は幾多の「両側の目」に見つめられた時、はっきりと人間であることから自分が剝離《はくり》していくのを感じ取っている。そして神の懐《ふところ》へと突き進んでいく。

彼女はここへ来たのだ。ここが彼女の死の起点となったのだ。そして美智子は、先に突然思い出したたくさんの地蔵の情景がなんであったかを思い出した。

あれは『自殺する女』の中で女が海に飛び込む時、その傍《そば》にあった祠《ほこら》だ。そこには石の地蔵を祀《まつ》った朽ちた祠が描かれている。無数の墓標が腐って黒く変色していた。そしてそれに続く道の中に、彼女は死のイメージ、そして両側の視線を感じている。

この森の存在感と断崖の朽ちた祠が一体化して彼女にあの小説の冒頭を書かせた。自滅と回帰――三月十三日に彼女はここに来た。そしてその数カ月後、海へ。絶壁の海へ。

――浮遊する魂。

わたしは今、あらゆる思いから引き離されて、疼く本能を抱えた骨一本となって、ここに破滅する。漆黒の闇に呑まれて、漂う海原に無形となり、わたしの思いは永遠に流浪する。

そこには降り積もる雪に似た、しんしんとした闇がある。

広瀬の車は鳥居のある角から三一七号線を折れると、三村の通ったと同じ悪路へと入り込んだ。行き交うのもままならぬ細い一本道なので、見失う恐れは少なかった。広瀬は間を空《あ》けてそれを追いながら、美智子になんども電話を入れた。しかし広瀬の電話はビービーと不愉快な音を鳴らし、その間に美智子の声がきれぎれに入ってくる。広瀬は車を乗り捨てる時もまた美智子に電話を入れたが、呼び出し音さえ不安定で、相手が出ることなく切れた。

三村は途中で金物屋によってスコップを一つ買った。彼はその広場でスコップを担いで車を乗り捨てた。三村は飛行機から下りた時と服装が違っていた。車の中で着替えたのだろう、カジュアルなパンツに長袖のポロシャツを着て、靴もスニーカーに履き替えていた。彼はその姿で、沢に沿って道を歩きだした。

　車を駐《と》めておける場所は近くにはそこしかない。広瀬は三村の姿が見えなくなると、車を同じ広場に乗り入れて止めた。

　沢の音は耳障りなほど大きかった。それが広瀬には都合がよかった。広瀬の電話が再び繋《つな》がった時、美智子は迷子が親に出会ったような嬉《うれ》しそうな声を出した。

「ああ、そう。車を発見しましたか。そこから歩いてください。僕とあなたの差は二十分程ですよ。僕らがそこを出たのが六時五十分だったから」

「その耳障りな音はなんですか」

「水の音でしょう。三村さんは沢に沿って道を上がっています。一本道だから間違えません。それから、懐中電灯か何か持ってますか？　そうですか、それはなるべく使わないでください。気づかれますから」

　美智子は目印を残してくれと言った。広瀬は道を外れる時には考えますと言った。それから三十分も歩いただろうか。美智子は広瀬に追いつくべく、ひどく急いで歩いたつもりだった。追い抜いたはずもなかった。人影はなく、気がつくと山の中で独りぼっちで歩いているのだ。日が暮れかけている。

　小一時間も歩いた時だろうか。ふいに三村が立ち止まった。道を沢の方へ歩み寄り、下を見下ろした。それからまた山の方へと歩くと、山の中を透かし見た。

山中をじっと眺める。それから三村は斜面に足をかけ、道から山へと上がり込んだ。広瀬は彼が消えたあとをじっと見据えた。今歩いていた道から一メートルほど高くなり、その奥は平坦だったが、もうそこには道らしい道などない。しかし草が生い茂って歩けないという具合でもない。湿った落ち葉が地面を覆い、所々に倒木があって、しかし植林された山らしく、歩行は困難ではないように思われる。スコップをぶら下げて、三村はゆっくりと奥へと踏み入った。広瀬は美智子を呼び出した。

「道から外れて山にはいります。もう連絡はできない。電話なんかすると勘づかれそうなんで」

「どうするんですか」

慎重に歩く三村が小さくなっていく。広瀬は呟いた。

「さあ。入り口の木の枝にハンカチを結んでおきます。できるだけ連絡はしますが、迷ったら車の所に戻っていてください」

「待ってください、広瀬さん。わたしも行きます」

ええ、できればそうしてくださいと口早に言って広瀬は電話を切った。ここで彼女を待つわけにはいかなかった。彼が掘り返すものを見届けなければならなかった。広瀬はハンカチを木に結びつけると、三村を追って山の中へとその長身を折って木の茂みをくぐった。

三村はそれからほんの五分ほどしか歩かなかった。

少し視界が広がって、下草には覆われてはいたが、そこには小さなスペースがあった。伐採したあとを植林し忘れたような、そんな不自然な空間だった。三村はそこで立ち止まった。広瀬は彼が立ち止まったことを見届けると、二歩ほど下がって木に寄り添った。

三村は背を伸ばしてあたりの地面を見回した。それからじっと一点を見つめると、おもむろにそこに手を伸ばした。

三村が手を伸ばしたのは落ち葉と朽ちた倒木の間のように見えた。彼は手を突っ込むと、そこから長細いものを引き出した。薄闇の中ではっきりとその形は見えなかった。しかし、三村がくっついた湿ったものを手で払いのけた時、つるはしだと、遠い広瀬の目にもはっきりと見えた。彼の手の中で元の姿をしっかりと留めている。

暮れかかった森の空に鳥の声が響く。三村はそのつるはしをじっと眺めていたが、やがてどっかりと木の根に座り込んだ。

夕闇が闇へと推移するのは恐ろしくはやい。もうすぐすっかり暗くなる。三村はじっと座り込んでいた。

それからどれほど時間が経過しただろうか、山はとっぷりと闇に塗り込められた。遠くになっていた沢の水音が再び耳に聞こえるようになり、喬木《きょうぼく》に囲まれて月明かりはほとんど三村の元まで届かなかった。

三村はその薄明かりの中で立ち上がった。

彼は懐中電灯を取り出して、自分の座っていた木の根元に置いた。

横倒しに置かれた懐中電灯の光は苔と下草に覆われた地面を丸く照らしだし、そのまま斜めに上方へと拡散していた。つるはしを持ってその淡く広がっていく光の中に立つ三村の姿に、広瀬は墓荒らしを連想した。彼の体躯は大きくはない。そして俯《うつむ》いて地面を眺めるその表情が見えるわけでもない。それでもその姿は狂信的なエネルギーで膨れ上がっているような気がした。彼はそれを待っていたのだろうか。ただ夜の闇が降りるだけではなく、そのエネルギーが忍び寄り、足元からはい上がって彼自身を蹂躙《じゅうりん》するその時を。

三村はつるはしを振り上げた。そしてその切っ先を地中に突きたてた。

美智子はすっかり迷っていた。広瀬が結んだハンカチを見つけはしたが、山の中に分け入ったあと、その先がわからないのだ。彼女はなんども電話のボタンを押した。しかし広瀬の携帯電話は電源が切られていた。彼女は懐中電灯をできる限り低く持ち、ほぼ垂直に地面に当てていた。暗闇の中に自分の足元だけが丸く照らしだされている。目の前に誰がいてもわからぬ具合だった。美智子は時折、顔を上げて回りをみまわした。迷ったら車の所に戻るようにとは言われたが、もうそれも無理なような気がする。美智子は心細くて、自分がもと来た道に戻れるものかどうか後方を振り返った。沢の水音が小さくなっていた。あれを手がかりにして進めば、あの廃道に戻れるかもしれない。

そう思った時だった。前方にポツンと光のともるのを見た。

美智子は自分の懐中電灯を消した。

その光はとても低い所から発せられ、そして横へと拡散していた。美智子はその光源を見据えると、懸命にそこに向かって歩きだした。さっきまでの不安と心細さはどこかに飛び散ったようだった。

光は規則正しく強弱を繰り返していた。光の中に人影がある。そしてそれが光を規則正しく遮っている。美智子は目を凝らして見た。近づくにつれ、自分が発する足音が、木の葉をこする音が気になった。一歩進むごとにカサコソと音が立つのだ。それなのに気がはやって、歩調をゆるめることができない。美智子は張り出した枝の間を泳ぐように前へと突き進んでいた。光が近くなっていく。そして人影が鮮明になっていく。

美智子は木の陰に身を寄せた。

三村が土を掘っていた。

つるはしを満身の力で土に突き立てている。

動きに無駄はなかった。彼は土を掘り返すと、つるはしを横に置き、土をスコップで掘り出していく。スコップの皿に足をかけ、体重をかけて踏み込むのだ。そしてまた、つるはしに持ちかえる。木の根がそこまで張り出しているのか、彼は何度も同じ所につるはしを振るわなければならなかった。それでも苛立つ風もなく、休むことも眺めることもせず、まるで思考を置き忘れて来た人間のように、いや、思考を拒絶する人間のように、彼はただ黙々と行為を続ける。

――広瀬はこの光景を見ているのだろうか。

掘り出された土が横に小さな山を作り始めていた。そして足元にできた穴はかなりの大きさになっていた。そこへまた、三村はつるはしを突きたてた。

何時間そうやって立っていたのかわからない。途中で二度ほど三村は手を休めた。高かった月は西に傾き、そして沈み、ふいに三村が動きを止めた時、夜は白々と明けかかっていた。

彼はしゃがみこむと、ゆっくりと穴の土をさすった。――彼は何かをさすっている。さすって、やがてその端を握りしめた。

彼は掘り起こしたのだ。

美智子がそう思った瞬間、広瀬の声がした。

「やっぱりあなたがやったんですね」

決して満足げな声ではなかった。張りつめた声。寂しげな声。そして女性的なほど繊細な声だった。「やっぱりあなただったんだ――」

広瀬は美智子のすぐそばの木の陰に立っていた。


三村が掘った穴は五十センチ程の深さになっていた。そこに何かがある。三村が握りしめているものは黒いビニール袋の端ぎれだった。そしてそのビニール袋のほとんどはまだうっすらと土をかぶっていた。

三村はそこにしゃがみ込んだ姿勢のまま、ぼんやりと広瀬を見上げていた。

「あなたはたった一本の小説のために彼女を殺したんですか。――それでも僕にはわからない。なぜそんなことをする必要があったのか」

土をかぶった袋──そこから覗いた黒い端ぎれ。

「なぜ殺したんですか」

その時の三村の顔色は美智子から窺《うかが》い知ることはできない。ただつるはしが重量感を持って三村の手の中で鈍く鋼を見せているのが見えるだけだ。広瀬は笑っていた。

「僕を殺したって無駄ですよ。木部さんがね」広瀬は微笑《ほほえ》みかけた。

「彼女、僕があなたを追ってここにきていることを知っているんですよ。僕が戻らなければ警察に通報するでしょう。そして知っていることをすべて話す。今度は殺人を隠蔽《いんぺい》できませんよ」

三村の手の中でつるはしはその鋼に土をつけたままどんよりと光を発していた。彼が土にそれを突き刺す、そのどさりと重い感覚が美智子の脳裏に蘇《よみがえ》った。三村はいま、その手に凶器を持っているのだ。

それでも広瀬はひるまなかった。彼はゆっくりと彼との距離を縮めだした。慎重に、まるで追い詰めた動物に網をかけようとするように。

「あなたが恭子を殺したんだ。そして袋に詰めて、埋めた。それから彼女の部屋に戻って『花の人』を抜き出した。そしてそれを本郷素子に渡した。でもなぜなんですか。……理由がわからないんだなぁ」

降りだした雨がポツリポツリと黒いビニール袋の端に当たって弾けていた。

「彼女が何かをごねた。あなたをゆすった。あなたが彼女と手を切ると言った。あるいは彼女があなたと手を切ると言った。――いろいろ考えたが殺すに足る理由とは考えられなくてね。あのインチキ作家に原稿を渡す、その間に発生した何らかのトラブルかとも思ったが、あなた、あの女流作家に『花の人』を渡してなんの得があったんですか。あなたがやったのはわかっていた。でも」と広瀬は心底不思議そうに三村を見た。

「なぜだったんですか」

広瀬は距離を半分にまで詰めていた。そしてなお近づこうとする。三村は彼を見据えていた。

袋の端が裂けていた。そこから白いものが見えた。ただ袋が――

袋が異様に小さいことに広瀬は気が付いた。

あまりに小さい。それはスーパーの買い物袋ほどの大きさしかないのだ。広瀬の顔に困惑が広がった。

袋を弾いていた雨が破れた袋の端の泥を洗い流していた。破れた端から少しはみ出したその白いものは、ちびて使えなくなった鉛筆ほどに小さい骨だった。

それを見たとき広瀬は後ずさった。

二人の間で言葉が切れた。

雨音は沢の発する音に吸い込まれて消えていく。風もないのに木々がざわざわと鳴いているような気がする。腐った落ち葉が濡れて膨らんで、臓器のような滑りを持つ。木に張りついた苔がホタルのように青光りしていた。

「広瀬さん。その死体は来生恭子ではありません。野原悠太くん――一九九六年の三月に神戸で行方不明になった男児の死体です」

美智子は、自分の言葉が森の中に響くのを聞いた。

美智子の言葉に三村の手がぴくりと痙攣《けいれん》したように動いた。そして彼女を顧みた広瀬の目は、困惑と憎悪に照り輝いているようだった。その時、美智子は自分が、広瀬と三村の二人の男たちに対してではなく、彼らがそれぞれに抱えた来生恭子の呪縛に対して言葉を発しているのだということを静かに理解した。

「野原悠太くんはあなたが行った時、もう殺されていた。おそらくはばらばらにされて。彼女は処分しきれずに困っていた」

広瀬は美智子を見ていた。美智子は三村を見つめたまま、広瀬に語りかけた。

「九六年の三月十二日、神戸市西区で三歳十カ月になる男児が行方不明になりました。幼児ばかりを狙《ねら》った、連続して四件目の事件でした。先の三人は無事戻って来ましたが、悠太くんだけは戻ってこなかった。容疑者は三カ月後に逮捕されましたが、悠太くんの誘拐についてのみ否認してきました」

そして美智子は三村に向かって言った。

「彼女が殺したんですね。そしてあなたが処分して、ここに埋めた」

山全体がさわさわと鳴っていた。遠く、近く、さざ波を繰り返すように。三村は茫然《ぼうぜん》として美智子を見た。

三村さんはわたしが野原悠太くんの事件を調べていたことを知らなかった。そしてわたしが来生恭子という女性が、幼児行方不明事件に関連があると考えていたことに、まるで気付いていなかった。わたしの口からその男児の名前を聞くなどと、彼は考えもしなかったのだ。彼は今、わたしが野原悠太の事件を探るために自分に近づいたと思っている——。美智子はそれを強いて否定する気はなかった。来生恭子の影が自分を追い立ててここに導いたなどと、どうして言えようか。

彼女はここに男児の死体を運んだ。彼女は狂ってはいない。なぜなら彼女の罪悪感はここに死の影を見ている。

死が始まっている。
彼女がわたしを解体し始めている。
わたしは刻一刻と人であった記憶を失っていくのだろう。そして生への執着を。
彼らがそれを見ている。
両側の多くの目がそれをじっと見届けている。

あの文章にあった彼らの視線とは、彼女が失いかけた彼女自身の視線であり、彼女は人でなくなっていく自分を克明に見届けようとしていた。それは良心の呵責《かしゃく》などという言葉で済まされるものではない。彼女が陥った自己崩壊への憧憬を蔑《さげす》む、もう一人の自分がその中にいる。そこには自滅という言葉に甘美さを感じる彼女がいたはずだ。そしてそこへと逃げ込む自分自身を蔑む彼女も、また、いたはずなのだ。崩壊していく自分、それを押し止めようとする自分、そしてその双方を蔑む自分——彼女は死によってそのすべてを自己から切り離した。水の下には永遠の暗黒があるだけだと知りながら、彼女は最後の一瞬そこに解き放たれる夢に自らの最期を封じ込める。

わたしは今、あらゆる思いから引き離されて、疼く本能を抱えた骨一本となって、ここに破滅する。

疼《うず》く本能——作家的本能。肥大する化け物。彼女はそれをわたしが母の胎内で生命を得た時、天がわたしの中に種を植えつけた化け物と言った。そして自らの創作活動を化け物が見る夢と言ったのだ。『衰退はしない。老化もしない。ときおり赤ん坊のように眠りこけるだけ』

彼女は本当は死など望んでいなかった。冷たい世界を恐れていた。それでも軋みを上げて歪《ゆが》んでいく自分を見ながら、もはや他に選択肢のないことを悟った。ここに自分が弄《もてあそ》ぶように殺した子供の死体を運びながら、彼女のどこかがそれを理解した。人間として罪を罪と認めるか、本能に蹂躙されて、狂気の中に生きていくか——彼女はそのどちらも選択しなかった。彼女は最後までその身の内に宿った彼を愛し、そして彼を抱えて自滅した。彼女を放さなかった神のようなその本能と、彼女は運命を共にしたのだ。誰からも愛されていないという幻影の中で。おそらくはその化け物たちから見せられたその孤独の幻影の中で。

来生恭子という個人は常軌を保ちつづけていたのだ。

美智子はポケットから真由美の家で印刷した恭子のメモを取り出した。

「これは今日真由美さんの家で発見したものです。彼女のワープロでフロッピィを読み出していて気がつきました。容量が小さくなっていることにね。わかりますか。メモ機能に文章をいれると、その分だけ使える画面領域は減るんですよ。わたしは今でも彼女が使っていたのと同じワープロを使っているんです。二人ともフロッピィは何度も見たんでしょうけど、メモの存在には気がつかなかった。彼女はそこに五枚の記述を残していました。

記入日時は一九九六年三月十二日七時五十六分。三村さん。彼女があなたに電話をした時間です。最後にこうありました。『今からこの思いつきを三村さんに電話してみよう』」

広瀬がぼんやりと三村を見た。しかし美智子はそれにには構わなかった。

「彼女、その時、なんて言いましたか」

三村は黙っていた。美智子はそれにも構わなかった。彼女はただ三村を見据えて言った。

「一九九六年三月十三日、来生恭子は白浜にいた」

三村は茫然として美智子に顔を上げた。

「パーティに出ていたあなたが電話を受けた翌日です。三村さん、あなた彼女にお土産を買ってあげたでしょ。イルカの文鎮と、箱入りのお菓子。三月二十五日、真由美さんが彼女の家に行った時、そのお菓子の賞味期限は切れる二日前だった。場所は白浜。イルカの文鎮の底にそれを示すシールが張ってあった。すなわち、一九九六年三月十三日に彼女は和歌山、いいえ白浜にいたんです。来生恭子は子供を殺し、あなたはその子をバラバラにし……」

目の前で黒いビニール袋がパチパチと雨を弾いている。「……おそらくは袋に詰めて」美智子は一瞬言葉を呑み込んだ。

「来生恭子の車で彼女のアパートを出た」

深夜にそっと滑り出すその様子が、美智子には見えるようだった。

「来生恭子はトランクに子供の死体が入っていただろうに、あなたにお土産を買ってもらっていた。帰ってその話を真由美さんにしている。恭子さんをその直後、東京に連れ帰っていますね。常軌を逸していた。だから目が離せなかった。子供を殺して動揺していたからじゃありません。彼女は初めから殺すために悠太くんを連れ帰ったんです」

美智子はポケットから折り畳んだその原稿を読んでみせた。ほんの五行ほどだったがそれで十分だと美智子は思った。

わたしはこの子を殺してみようと思う――そう思わしめたものはなんだったのか。彼女が取り憑かれた自己崩壊への憧れはなんだったのか。ビニールを弾いてたてる雨音がパチパチとあまりにも単調で、その音はどこにも吸い込まれることはなく、響いては返り、それはまるで永遠に反射する物理運動のようで、どことも融合せず、余韻も残さず、ただ重なって、重なって、重なっていく。

美智子の耳に当たり前の女でありたくてもあり得なかった女の慟哭《どうこく》が聞こえる。

しかしその時、広瀬は血流が戻ったようにその顔に冷笑をたたえていた。

「彼女は作家ですよ。ワイドショーのニュースを一時間みれば二、三本は小説が書ける人だ。彼女が作品の中で、一体何人の人間を殺したと思っているんですか」

この男には来生恭子という女が見えていた。あの『緑色の猿』を書いた頃の恭子を彼は知っていた。現実の中に生きることを拒絶しようとする女が現実にはどんな苦悶の中にいるかを、この男はつぶさにみていたはずなのだ。その危うさを彼は知っていた。知っていながら放棄した。——この男が卓上に残されたあの一節を読んだ時の苦悩を思う時、美智子は理解した。広瀬にとって、彼女は被害者でなければならないのだ。そして彼女を死に至らしめた加害者を必要としているのだ。危なげな彼女を自分の人生から排斥した、その罪の意識を忘れるために。

彼女は広瀬を顧みて、ゆっくりと言った。

「三月十二日は、まだ悠太くんの行方不明は事件として認識されてなかった。記事にもなっていないし、テレビでも報道されていないんです」

広瀬は愕然《がくぜん》として美智子をみやった。そして低い声で突き刺すように言った。

「だからって彼女が殺したとはかぎらない」

来生恭子の影を美しいままに守ることで救われるのは、広瀬だろうか、それとも恭子自身なのだろうか。美智子は広瀬の疲れて、寂しげで、残酷なあの目を思い出していた。無神経で明朗な表情の下に隠れて消えたあの一瞬の表情――。彼女は広瀬の言葉を復唱した。

「かぎらない」

そして広瀬の顔を、今はただ、憎悪を持って美智子を見据えている彼のその顔を見た。

「野原悠太を誘い出したのは間違いなく来生恭子なんですよ、広瀬さん。そして殺人の意志を明確にしたメモを書き、これから三村さんに電話すると書き残したのが一九九六年三月十二日七時五十六分、三村さんが携帯電話で連絡を受けてパーティの会場を抜け出し、いや走り出したのは同日の午後八時です。誰もまだ、家人でさえ事件の認識のなかった時間」

そして美智子はじっと三村を見つめた。

「三村さん、あなたはなぜ『花の人』を持ち出したんですか。子供の死体の始末までしてやって、それなのになぜ二カ月も後になって来生恭子を殺したんですか」

三村は放心したように黙っていた。ただその虚《うつ》ろな目は、まだ美智子の話を逆転させる糸口を探っているようにも見える。それが美智子には悲しく見えた。

この男もまた来生恭子の影を守ろうとしている。彼女が子供に手をかけたことを闇に葬りたいと思っている。彼女のことはまだ過去ではない、と言った三村の言葉が鮮明に蘇った。

「……メモに記録が残っていた。わたしはその意味を考えました。広瀬さんの言う通り、彼女はなんでも小説にできる人だった。――彼女は神の手を持っていたのです。その本能があの子を殺した。だとしたら、彼女がそれを書かずにいられただろうか。絶望の中で意識と無意識の間を漂い、存在の意味を問い、言葉の無力――すなわち理解とは錯覚であるという、人間の永遠の孤独に突き当たりながら、それでも内なる力に突き動かされた彼女。――彼女はそのすべてを書いていたんじゃありませんか。

　あなたは五月十三日、彼女のフロッピィから『花の人』を抜いた日、本当は殺人の記録が残っていないことを確認していたんじゃありませんか。あなたが反応した『あなたが探している原稿』というのは、『花の人』のオリジナル原稿のことではなく、野原悠太くん殺しの一部始終を書き記した原稿のことだったんじゃないんですか。――そしてそこには最後の死体の処理まで書かれていた」

　三村の張りつめていたその気配が急速に収束していくのが感じられた。

「あなたは和歌山に土地勘があった。あなたの奥さんは和歌山の資産家のお嬢さんです。たぶん、何度も和歌山を訪れたことでしょう。だからあなたはこの土地を知っていた。いや、ここしか知らなかった。あなたはすべてを処分したことに確信を持っていたはずだった。それがなぜ今になってその原稿の存在にそれほどの脅威を感じたのですか。なぜ高岡真紀が持っているかもしれないと」

　三村はかすかに笑った。そして初めて口を開いた。

「持っているとは思いませんでしたよ。あなたの言う通り、わたしはあの日、すべてを完璧に処分した。ただね、あり得ないことが続くと、人間、次に何が起こるんだろうかって、そんな疑心暗鬼にとらわれるものでね。真紀が持っているとは思わなかった。ただ事態はもうわたしの理解を超えていた。――真紀の部屋の気配は、恭子のものだった」

広瀬は静かに言った。

「あの部屋はただ、『自殺する女』を再現してみせただけですよ。あの中の狂気をね」

三村は広瀬に向かって顔をあげた。

「あなたは一体、なんなのですか」

広瀬は黙っている。かわりに美智子が答えた。

「広瀬さんは高岡真紀とは半年前に雑誌のインタビューで知り合ったんです。それが今度のことを実行に移す発端でした。高岡真紀があのマンションに入り込んだのは、あなたに原稿を送りつける日取りが決まったあと。広瀬さんはただ、高岡真紀という女性が半年前からあの病院に通院していたという彼の作った嘘が破綻《はたん》しないように、半年前から借りていただけです。高岡真紀はおそらくあの病院には行ったこともなかったと思います」

そして彼女は二人を交互に見やった。

「ある編集者が色と欲の挙げ句に一人の女性作家を殺した。こんな記事、欲しくないですか——おそらくそう言って広瀬さんは真紀を事件に誘い込んだ。本郷素子の小説は盗作だ。その真相を知り得れば、あなたの記事が週刊誌のトップを飾れますよ」

広瀬は黙ったまま、三村を見ている。

「広瀬さんはあのマンションの鍵を持っていたからなんだってできた。あなたが来る直前に、ワープロ画面に、あなたが必ず反応するであろう来生恭子の初めての作品を打ち出しておいたのも、その原稿をまき散らしたのも広瀬さんです。高岡真紀に恭子さんに似せた芝居をさせたのも彼。何もかも、あなたを追いつめるために広瀬さんが仕組んだ芝居だったんです。真紀に来生恭子の真似がそれほどできたとは思えない。それでもセリフを言わせ、くせを真似させるだけで、あとはあなたの中の来生恭子が目覚めて、あなた自身が真紀に恭子を重ねていた。そしてあなたは、結局、広瀬さんの読み通りに動いていったんです」

広瀬は嘲《あざけ》るように口を開いた。

「あの女は情報を得るためだったら、なんでもする女でしたよ。真由美さんは初めからあの女を信用しちゃいなかった。女のカンとでもいうんでしょうかね」

三村は啞然として言った。「じゃ、真由美さんも――」

広瀬は平然とそれに答えた。「あなたが僕の借りた真紀のマンションに行った時、鍵を持って現れて管理人の役をしたのは真由美さんの御主人ですよ。あの日は土曜だった。覚えていますか？　あの部屋を見せるのは、夜か土曜か日曜、彼女の御主人が帰っている時じゃなきゃならなかったんですよ」

三村はぼんやりと問うた。「なぜですか。一体あなたは何者なのですか」

広瀬は答えなかった。ただ、笑った。侮蔑を込めて。悲しみと寂しさかもしれない。あの日ホテルのロビーで見た広瀬の顔がはっきりとそこにあった。

「この人は来生恭子の恋人だったんです。恋人なんて今どき古い言い回しですけどね。彼は記憶の中の来生恭子を死者として葬ることができなかった。記憶の中の来生恭子――わかりますか、三村さん。帝京出版の嶋さんは、広瀬なんて医者から電話を受けた覚えはないそうです。あの話はすべて、広瀬さんが来生恭子本人から聞いた話だったんですよ」

美智子はじっと三村を見た。

「広瀬さんは恭子さんが初めての作品を書き上げ、あなたに原稿を持ち込んだ頃の本人を知っていたんです。七年前あの『緑色の猿』を初めて読んだのも、あなたでなく彼だったんです」

三村は茫然として広瀬の顔を見た。やがて広瀬が口を開いた。

「僕はあなたの仕打ちを暴くためにはどんなことも厭《いと》わなかった。あの女に恭子との記憶を語ってきかせた。小さな癖まで。

『あたし、喫茶店で会う時、入ってきたことが見えるように入り口の正面に座ったのよ。いろんな人が入ってきたから、その度に顔を上げて。どきどきして。しかたがないから別の作品を読んでいた。あんまりおどおどしているのもみっともないでしょ――』

帝京出版の前の蒲団屋の公衆電話から嶋って編集者に電話した話はそれこそ耳にタコができるほどきかされましたよ。あの人は今年中に返事をくれるって言った。あたしが原稿を机の上に置いたらびっくりして。目をまるくしてた――彼女は思い出しながら、何度もその話をした。彼女は夢見ていた。成功を信じて疑わなかった。正直言って僕は自分の影が薄くなるのを感じましたよ。日が経《た》てば収まると思った。でもそれも淡い期待だとすぐに気が付きましたよ。

彼女の情熱は大地から噴き上がるようでした。自分が遠い存在になっていくのを感じた。

あの時安っぽい自尊心を捨てていれば。

　僕は女なんていくらだっていると自分に言いきかせました。みっともない話です。愛情なんて、なかったんですね。僕はただ、彼女が自分の思う形でいてくれないことに癇癪《かんしゃく》を起こしただけだ。現実には僕より高い所に行こうとする彼女に耐えられなかった。

　それでも好きだったんですよ。

　僕にはついていけないが、彼女が望む所に行き着くことを望んでいた。彼女には、彼女をサポートするにふさわしい人がいるだろうなんてねぇ。身勝手だけど。僕は彼女に飽きたわけでも愛情がなくなったわけでもない。ただその拒絶が耐えられなかった。

　あなたのことは、だから知っていたんです。僕が彼女と別れる時には、彼女はまだあなたに長い手紙を書いていました。彼女はその下書きを見せて、これでいいかしらなんて心配そうに僕に意見を求めたものです。ちょうどあの『緑色の猿』を書き上げた頃でした。

　彼女はほんとうにあなたを信頼していた。あなたが自分をあるべき世界に導いてくれるものと信じていた。そしてあなたはそれを裏切った。

　あなたはあの日の彼女を、あの情熱を裏切ったんだ。電柱の影でじっと涙の乾くのを待ったあの日の一人の人間の情熱を。安定した生活を顧みることを許さない、その本能を受け入れた一人の人間の哀しさを。見知らぬ都会の片隅で独り雨に濡れた靴先を見つめて、それでも顔を上げた彼女——僕の中で彼女はあの時のままで止まっている」

　広瀬は三村を見据えた。

「何一つ証拠がなかった。それでも僕には確信があった。やったのはあなただ。動機にひっかかりましたよ。『花の人』の出版であなたには何も利益がない。あれはあなたの社ではない、別の出版社から出ている。一介の医者としては調べようのないことばかりでね。高岡真紀ってのは大きなことを言うんでちっとは使い物になるかと思ったが、なんのことはない、口ばっかりの女で、何一つ役に立つことは拾ってこなかった。それでもやったのはあなただ。あなたが殺してそこに——」

広瀬は雨に打たれた穴を見つめた。しかしそこに見える骨は、大人のものにしてはあまりに小さ過ぎた。

「——そこに入っているのはあなたが守り得なかったもの。あなたはその中に彼女の狂気を封印しようとした」

美智子は三村に言った。

「それは野原悠太くんの死体ですね」

どこにも届かぬ雨音だけがパチパチとビニールの上で踊っている。穴を見つめる広瀬はゆっくりと青ざめてゆき、顔を上げようとはしなかった。

三村はその様をじっと見ていた。

三村はあの日の恭子を思い出すのだ。——彼女はあの時電話でこう言った。「親が子を愛するなんて幻想よ。彼らは家庭の形の一つとして健康でかわいい子供が欲しいだけ。子供を愛しているんじゃない、自分を愛しているのよ。子供はお気に入りの家具と同じ。ただ欲しいのよ」――あの時まだ、男の子は生きていた。彼女は子供の相手をしながら、そう言ったのだ。そのお菓子の中にはシールが入っているのよ、などと声を繕いながら。そしてあの時には、すでに殺すつもりでいたのだ。彼女は言った。「かわいくない子よ。微塵《みじん》の哀れも感じないほどにね」

三村はその夜その足で新幹線に乗った。それがパーティの夜だったなどということは、もはや記憶にはない。その時ほど東京と神戸の距離を遠いと感じたことはなかった。

「やってみたかったのよ、一度」彼女は陶酔したように言った。

「小説は現実と妄想の境目を見えなくする」あたしはその境目を見てみたかったと彼女は言った。

「作り物でない、現実を。誰にでもふりかかるかもしれない現実の残酷さ。あたし、それが見たいのよ」彼女は電話の向こうでクックツと笑った。

骨を切る時ってどんな感じかしら。この子小さいから、案外あっけないかもしれない。

三村がタクシーで彼女の家に乗り付けた時、子供の姿はすでに原形をとどめていなかった。

彼女はバスルームに血まみれになって、疲れ果てた顔を彼に上げたのだ。

「どうしよう。思ったよりめんどうねえ」

三歳の子供の小さな体は手足をもぎ取られた人形のようだった。左手はまだ体にくっつき、左足は足の付け根で骨の所まで切り込みがはいり、枯れ木のような細い骨が白く覗いている。シャワーのザーザーという音がいつまでも続くような気がした。

子供は絞殺されていた。喉にあざがくっきりと残っていた。三村は彼女に代わって子供を解体した。そして黒いビニールの袋につめて、浴槽に水を張り、その中に沈めた。まだ三月の半ばだった。水は冷たくて、冷蔵庫の役目をしてくれるはずだった。

翌日、三村は恭子の車の後ろに小さなビニールの包みを積んだ。三村は助手席に彼女を乗せて、あてもなく走った。彼女と子供の間にはなんの関連もない。死体さえうまく処理すれば、隠しおおすことができるかもしれない。

道は海に突き当たった。

左に曲がると、道はまっすぐに和歌山に向かっている。

木部美智子が言ったとおり、妻は和歌山の出身だった。実家は広大な山林を持ち、彼女はその土地に縛られることを嫌った。あそこには森閑とした深い山がある。しかしそれの記憶ももう、二十年も昔のもの。三村は当時のおぼろげな記憶にすがった。

彼は途中で、山中の農具小屋からスコップとつるはしを盗んだ。あの日、あの廃道は通行不能ではなかった。車はこの穴のすぐそばまで乗り入れることができたのだ。

彼は用心して車のライトさえつけなかった。真夜中に灯る車のライトを見とがめられるのが怖かった。あの時彼女さえ連れていかなければ、それにさえ気付いていれば。

深い森林の中で穴を掘ることは思ったより困難だった。土の下には木の根が張っていて、簡単に掘り起こせなかった。彼は衣服に泥が付くことを恐れてシャツ一枚になった。そして汗だくになりながら掘り続けた。恭子はそばに座り込んでその一部始終を見ていた。

ビニール袋を埋めて、土を元通りにして、顔を上げた時、すでに空は白んでいた。温泉に入って休みたいという彼女をなだめすかして一目散に神戸に帰った。パトカーが怖かった。泥だらけの足を見られることが本当に怖かった。一晩中、山中で穴を掘っていた彼の靴は泥にまみれていたのだ。

三村は恭子のアパートで休もうと思った。しかし興奮して一睡もできなかった。彼女はいつものように睡眠薬を服用してぐっすりと寝入っていた。三村はその時、彼女を東京に連れて帰ろうと決心した。死体を埋めた帰路、和歌山の海を見てそこで遊びたいと言った彼女――彼女は和歌山でおいしいものを食べさせてもらえないことにも不服そうな顔をしていたのだ。せっかくなのに。せっかく和歌山まで来たのに。

朝まだ彼女が眠っている間に、三村は車をガソリンスタンドに持っていって洗車した。それから彼女を東京に連れて帰った。彼女の神経が正常に戻るまで、いや、自分の神経の昂《たかぶ》りがおさまるまで。彼は事件に一切関心を持つまいと決めた。

一カ月経ち、二カ月経ち、事件に進展はなかった。三村は少しずつ心がほどけていくのを感じていた。うまくすれば、このまま何事もなく済むのかもしれない。

二カ月経ったある日、恭子から一束の原稿が送られてきた。それが三村のささやかに育ちかけた安堵を突き崩した。

彼女はその一部始終を小説に仕上げていた。

美智子は神の手と言った。神の手――静かな山に響く、ザクリというささやかな音、積み上げられた土の下でつぶされた湿った落ち葉の様子。その中で淡い月明かりを受けて土を掘る男の姿に彼女は滑稽さを重ね見る。

愛だと信じていることが、本当は自衛であることの滑稽さと悲哀――。

狂気だっただろうか。それとも現実から切り離された魂の見る風景だったのだろうか。静かな森の中で死体を埋めるために汗まみれになって土を掘り返す男の姿は、悲しくも滑稽で、月明かりを浴びた森が静かにその男を、掘り返される湿った土を、その光景のすべてを見ていた。そしてその小説の中で、犯行の場所と時間の一つ一つが克明に書き残されているのを見た時、三村は体の芯が凍りつく思いがしたのだ。

手直ししましょうか、と彼女は言った。三村はこれは発表できませんよと言った。彼女にはその意味が理解できただろうか。すべて処分してくださいと三村は重ねて言った。

よく書けていると思うのにと、彼女はポツリと言った。

あれは正気だったのだろうか、狂気だったのだろうか。

彼女はそれを別の編集者に見せると言った。

「フロッピィは処分しました。下書きも全部、処分しました。あたしはあなたの言ったことに逆らったことなど一度もないでしょ？」軽やかに彼女はそう言い、それと同じ軽やかさで彼女は、でも仕上がったこの原稿は処分したくないと言い張ったのだ。

「これは子供と同じ。授かり物です。抹殺するなんてあたしにはできません」

――あれは正気だったのだろうか、狂気だったのだろうか。

三村の思考に滑り込むように美智子はゆっくりと言った。

「あなたがなぜ来生恭子に手をかけたのか。そしてなぜ『花の人』を本郷素子に渡したのか」美智子は静かに語りかけた。

「あなたはどんな形ででも、彼女の存在をこの世に残したいと思った。彼女の才能をどんな形ででも人に見せつけたいと思った。彼女自身を見せつけたかった。彼女を葬り去りたくなかった」

そう、彼女の死を認めたくなかったのだと、三村は思った。ふいに電話口に出るかもしれない。三村はテープが一杯になるまで彼女の留守番電話に電話をかけ続けた。来生恭子がもう二度と電話には出ないのだということを、そうすることによって理解しなければならなかったのだ。あの部屋にはもう誰もいない。彼女が自分を包みこむ胎盤だと称したあの部屋に宿るものはもういない。

無人の部屋に、それでも電話を鳴り響かせ続けた男——美智子は思うのだ。そのすべてを来生恭子は見通していたのではないかと。

最後の彼のこの破滅を、彼女はどこかで感知していた。

「来生恭子は人間の営みを軽視していた。いや、軽視してみようとしていたというべきかもしれない。子供を殺すこと、そしてあなたを巻き込んでみること。わたしにはそこに共通したものがあるように思えてならないんです。絵巻物のようによどみなく繰り広げることができた物語に彼女自身が呑まれていった。そして崩壊する自分にあなたを付き合わせた。あなたという現実を巻き込んでみた。彼女の、神の手を司る内なるものは、崩壊していくものを見たがった。そして一方で、来生恭子という生身の人間は、それが妄想の世界でなく現実であることを、あなたに見せつけたかった。

彼女は残された文章の中にこう記しています。『死が始まっている。彼女がわたしを解体し始めている。わたしは刻一刻と人であった記憶を失っていくのだろう』人はみな、そういう言葉を聞けば作家的妄想だと思うのです。そして結局はあなたもそう思っていたのです。しかし来生恭子には現実だった。

肉体関係をもって恋愛関係といったなら、彼女は怒るでしょうねと、三村さんあなたは言いましたね。彼女が自分に対して距離をとっていたことも認めた。内なる自分に突き崩されて崩壊していく自分を見ながら、彼女があなたに憎しみを感じていたとは思いませんか。十年前に出版社に原稿を持ち込んだ、あの日の情熱に報いることができなかった無念があなたに向けられた」

しかしそれでも広瀬は、美智子が三村に発していた言葉をさえぎり、冷たく言った。

「恭子は責任を他に求めるほど愚かしい女じゃない。いつも自分の行為の意味を知っていた。そしてそれに言い訳はしなかった。人を責めもしなかった。君が思うほどに薄っぺらじゃなかった。君に彼女のことがわかるわけがない」

魅入られた男たち。二人は恭子を理解し、愛したかもしれない。それでも彼女は、彼らが愛したものがそれぞれの中の来生恭子であり、決して生身の来生恭子本人でないことを知っていた。それが彼女の孤独であり、おそらくは、彼らとて、それを知っているのだ。

「彼女は狂っていました」美智子は静かにそう言った。そして三村を見つめた。

「食べて寝て性欲を満たしてやがて死ぬ。それに不安や不満を感じていても、結局そうして生を費やすしか能がないのが私たち人間です。それを否定したいから文学が生まれる。生存と生殖、いわば自衛的本能だけが自分たちの姿ではないと言ってくれるものがほしい。しかしそれは同時に人であることを否定することでもあった。

彼女自身はそれを望んだわけではなかった。それでもそうせざるを得ない何かが体の中に潜んでいた。それが彼女を駆り立てる。彼女はそれを『化け物』と呼んだ。そして自分を支配するそれを恐れていた。

それでも普通の人は、その化け物の存在に憧れるのです。

——あなたは小説家というものをよく知っていると自負していた。プロの編集者としての自負があった。小説というものは、小説家にとって、親しい人へのメッセージでもあるんです。彼女の作品は日を追うごとに奇矯になっていった。死をあつかい、生を愚弄し、愛情を蔑《さげす》んだ。それは助けを求めたあなたへの悲鳴でもあったはずなんです。あなたはそのメッセージを刻々と受け取り続けていながら、何もしようとはしなかった。そこにあったのは、編集者の目でなく、一人の男の独占欲だった。そして彼女はあなたの目の前で、予告された手順で崩れていった。

あなたは野原悠太の死に責任を感じていた。そして彼女も、あなたにその責任を見ていた。

そう言えば言い過ぎでしょうか」

三村はじっと袋の端を見つめていた。

——あれは狂気だろうか、正気だろうか。

懐に飛び込むように散っていった。

あの和歌山の断崖で、彼女が連れて行ってくれとせがんでみせたあの断崖の上で、あの時彼女はその背にわたしの指を感じただろうか。

——あの時彼女はわたしに何を残したかったのだろうか。

自分の死の記憶。それとも自分の生の記憶。

彼女は待っていた。わたしがその背を押すその時を。あとにはただ暗い世界があるだけ。彼女はそれを知ってその闇に戻っていこうとしていた。彼女がその断崖の端から落ちて行ったのは私の指が彼女の背に触れたと思った瞬間だった。彼女は微笑んで、空の空気を胸いっぱいに吸い込んで、静かに自分の物語を完結させた。

彼女はその時、神に祈っただろうか。それとも神を嘲ったのだろうか。

三村はポツリと呟いた。

「『花の人』のオリジナル原稿などなかったはずだ」

その目は広瀬に注がれた。

「あれが来生恭子の作品だと断定する根拠など、どこにもなかったはずなんだ」

広瀬はぼんやりと穴をみていた。

「あれは――」

そして広瀬は顔を上げた。

「あの中にある会話は僕と彼女の間で交わされたものだった。あれを書くことができるのは、彼女だけだったんだ」

高岡真紀は三人の話をずっと聞いていた。

見つからないように身を屈めていた真紀からは、三村の掘り返したものは見えなかった。三人の話は、雨に打たれていることも忘れてしまうほど刺激的だった。

子供の骨――そこに三年前の行方不明になった男の子の死体がある。

広瀬の最後の言葉を聞き終えた時、真紀は、告白はこれで終わりだと判断し、飛び出した。三村の足元にしゃがみこむと、破れた黒いビニール袋の端に手をかけて一気に引き破った。

真紀には、それは死体どころか、骨にさえ見えなかった。それに向かって真紀は夢中でカメラを構え、シャッターをきった。それを誰も止めない。

彼女の放つフラッシュの光に、広瀬の左の眉の中の小さな傷が浮かんで消えた。


三村は警察で、自分が幼児を殺したと言った。動機については語らなかった。子供を殺したことに気付かれて来生恭子も崖から突き落としたと、彼は語った。

和歌山の断崖でした。古い祠がありました。石の固まりになったような地蔵が色あせた赤い前垂れをぶら下げてね。じっと並んでいました。

海に向かって立つ彼女の背を押しました。彼女は綺麗に落ちていきました。あそこは自殺の名所だったんですね。

広瀬さんと木部さんに真相を嗅ぎつけられそうになって、怖くなって死体の場所を動かしにいきました。野原悠太くんを家に連れて帰ったのは来生恭子でした。でも手を下したのはわたしです。


一ヵ月後、葛西弁護士は木部美智子の許《もと》を訪れた。彼は、一体いつから来生恭子という女性と今度の誘拐を結びつけていたのですかと、彼女に問うた。

彼女は答えるにしばらく間をおいた。

最初から最後まで恭子に導かれて、真実に辿《たど》りついたような気がしたからだ。

「三村さんはどうなりますか」

「さあ。情況証拠から、おそらく死体損壊、死体遺棄と、もしかしたら自殺幇助《ほうじょ》くらいでしょう。あの自白は取り上げられないでしょうな。それよりじらさないで教えてくれませんか。野原悠太行方不明事件と『花の人』の盗作を結びつけた、その推理を」

美智子は微笑んだ。

「そんな立派なものではありません。あの事実につきあたったなら、誰だってそう確信したでしょう」

美智子は思い出す。あの時——それは青島真由美が、来生恭子が神経を病んで左足を引きずっていたと言った、その瞬間だった。

「来生恭子は左足を引きずっていた。野原悠太くんがいなくなる直前、彼女の姿を見た女性がいたんです。彼女の記憶には男の子の存在はほとんど残っていない。ただ、ずいぶんあとにその年齢と服装がいなくなった幼児に酷似していると思い出しただけでね。ただ、彼の手を引いて立ち上がった女性の姿を覚えていたんです。克明に。

彼女の言によれば、その女性は不思議なほどに美しい感じがしたといいます。手が格別に美しかった。まるで魔物のような手——別の生命を持って生きているようだったのでしょう。主婦が振り返った時、小さな男の子を連れて歩いていくその女性の後ろ姿を見た。

足を引きずっていたと、彼女は言っている。ほんのすこし、足を挫《くじ》いたのかと思う程度に、左足を引いていたと」

——突然見知らぬ作家が自分の恋の一部始終を本にした。書店に並ぶ。ずっと心の奥に大事にしていたものが見知らぬ者の手で汚されていく。その時の怒りがどんなものか、あなたにはわからないでしょうと、広瀬は言った。手紙の下書きなどは初めからなかった。三村に語った話は彼が自分の記憶の中に残っているものを結びつけただけだった。しかし調べ始めた彼がホテルの領収書を発見したというのは事実だった。広瀬はその時、この計画を思いついたのだ。高岡真紀を使い、作品をばらまいて、彼は来生恭子を再びこの世に蘇《よみがえ》らせた。

——三村さんが和歌山に詳しいとは知らなかった。あの和歌山の断崖には恭子と二人で行ったことがあるんですよ。彼女はあそこの地蔵を異様なほど怖がりました。誰かがここにいるのを見た時、僕にはわかったんです。彼女がどうなったのか。まるで見えるようにね。彼女はそう言って僕からはなれようとはしなかった。だからあの場面が最後の作品にある。

葛西は首をひねった。

「しかしなぜ三村という人は、来生恭子という作家を、あの『花の人』という作品でデビューさせなかったんでしょうね」

美智子は答えた。

「『花の人』は三村さんは見ていなかったんですよ。その理由は、広瀬さんの言ったとおり、来生恭子は彼に私小説的恋愛ものを読ませることを避けていたんでしょうね。あれは広瀬さんとの思い出として、自分のために書いたものだった。だから会話は現実に取り交わされたそのままだったし、小説として完成されていたわけでもなかったんです。野原悠太殺害の原稿がどこかに残っていないかを確認しに戻った三村さんは、フロッピイの中のすべての原稿を調べていて、あの『花の人』を見つけた。彼は持ちかえって最低限の形を整えて、それを本郷素子に渡した。わずかでも、来生恭子の遺恨を晴らしてやりたかったのでしょう」

「しかしなんですな、用意周到というか、なんというか。あの最後の原稿に三村さんの身の潔白を残していったとはねぇ」

美智子はさびしく微笑んだ。

「あれが遺書にみえるか小説の一部として理解されるか、誰にも決めようがないことは、来生恭子の計算に入っていたと思います。

三村さんは来生恭子の背中を押しています。しかし彼女が死にたがっていたことは感じていたと言いますが、殺してくれと言われたことはないんです。その上、三村さん自身、彼女を殺す意志があったことをはっきりと認めていますからね。その意味で検察側としては殺人罪を適用できるということなんでしょうが。しかしその、彼女を殺す意志にしても、実際に背中を押した行為にしても、なぜそうしたのかということになると、はなはだ説得性を欠くんです。彼女が子供殺しを喋ってしまうかもしれない、そうすれば、自分が共犯となる。だから殺した——そういうことなら、本郷素子に『花の人』の原稿を渡すなどという、危険極まりない行為をしたことが理解できない。

要するに来生恭子は、子供を殺した彼女自身の身の始末を三村さんにさせたんです。彼に、自分を殺すように仕向けた。殺人の意志も、行為も、三村さんの自発的なものであったかどうかは、当の三村さんにさえ、もはや判然としない。しかしあの残された一節に、彼女は、それが自分の意志であると書き残していた」

葛西は黙って続きを聞いていた。美智子はそれに促されるように、また話し始めた。

「あの最後の原稿ですよ。その中で、女は海にそそり立つ絶壁から自ら身を投げる時、ブルーのスカートに白いレースのカーディガンを着ているんです。明確に、その衣装が描かれている。三村さんは、来生恭子を断崖から突き落とした時、彼女がブルーのスカートに白いレースのカーディガンを着ていたと言っています。目の醒めるようなスカイブルーのスカートに真っ白なレースのカーディガン。

五月十三日、三村さんは来生恭子に誘われてあの和歌山の絶壁に行っています。三村さんはそうとは言いませんが、あの一節を見せられて、そして彼女がそれと全く同じ衣装で和歌山の岩壁に彼を誘い、そこにまっすぐに立った時、その意志を理解したことでしょう。彼女が自分に何を求めているかを。

彼が本当にその背を押したかったのかどうか。

三村さんは確かに彼女の背中を押した自覚を持っている。しかしその時、あの断崖で、彼女が原稿にあるのと同じ服装をしていたというのなら、あの文章は来生恭子の自殺予告であり、すべては彼女の予告通りに行われたことになる。すなわち卓上に残された七枚の原稿は遺書であり、彼女は突き落とされたのではなく、予告通り飛び込んだのです。

『あらゆる思いから引き離されて、疼く本能を抱えた骨一本となってここに破滅する』――原稿にある通り、彼女は自分の意志で破滅した。そして彼女は自分の死の一端を三村さんに担わせることで、三村という男の中に自分の生を永遠に刻んだのです」

来生恭子が子供を殺したという証拠は残されてはいなかった。三村が子供の骨を取り出してガソリンで焼き、海にまいてしまえば、メモの中に隠れていた五枚の文章になんの効力があっただろうか。もしあの場にいたのが広瀬一人なら、広瀬はここに子供の骨があったという事実を封印することに合意しただろう。そして二人の男は二度と顔を合わせることもなく、秘密を共有したまま生きていっただろう。しかしあの場所に自分が居合わせたこと、それ自身が来生恭子の意志であったように、美智子は思うのだ。

広瀬は四国の実家に帰り医院を継いだ。

事件は高岡真紀の手によって記事にされた。

三村は、葛西弁護士の言う通り、子供の死体損壊、遺棄、自殺幇助の三件に問われ、ことの起こりである死体損壊時にその行為が彼自身の利害に全くかかわりがなかったことから、かなりの情状酌量がつくと思われた。しかし肝心の野原悠太の殺害については、三村から真実が語られないために、真実の特定が困難とされた。来生恭子が残した五枚の告白文——これを裏付けるものが何一つ発見できなかったのだ。

「まあ、死人は裁けませんからな」

葛西がポツンとそう呟いた時、美智子は不意に気がついた。三村が、来生恭子に関して殺人の意志をはっきりと認めている、その理由。

彼は本当に、来生恭子を殺したかったのかもしれない。肯定するべき殺意を、三村は彼女に持っていた。だから自殺であろうとほぼ明確に人が判断してもなお、殺意を認め続けている。

彼は、彼女の神の手を、誰にも裁かせたくなかったのだ。

来生恭子の小説にかけた情熱。自分の中にある恭子のさまざまな記憶、初めて三村の許を訪れた時の、彼女の初々しさ——来生恭子は最後に、言葉が存在すると思うのは錯覚、すなわち相互理解は幻影だと言った。三村は、そういう彼女が社会規範の中で異端として裁かれていくことを受け入れることができなかった。死人にしなければ、彼女を守ることができなかった。そこに三村の、殺人の動機があった——。

ならば三村は、野原悠太の殺害の真相を、決して語ることはないだろう。

美智子は海を見下ろした。岸壁に波が当たってはしぶきをあげる。鼻が欠け、顔の輪郭が崩れた地蔵が数体、時の移ろいに身を委ねるように立っている。赤い前垂れの朱は褪せて、祠は朽ちて倒れそうになっていた。

わたしはこの光景を見たことがある。わたしは彼女の文章の中に、この光景を見たのだ。

——神の手。

彼女はその神の手を抱えて海へと身を投げた。

　晴天の空のような鮮やかな青いスカートがスカーフのようにひらりと舞った。真っ白なレースのカーディガンがその空に浮かぶ雲のようにくっきりと白く、輝くようだった。影は両手を広げ、まるで待ち焦がれたものの胸に飛び込もうとするように晴れやかに身を躍らせた——。

美智子には今、その光景が目にみえる。そして広瀬もまた、その光景を彼女の紡《つむ》いだ言葉の中に見たのだ。彼女の最後を。その最後の悲しみを。

彼女の残した原稿の一言一句が頭の中を駆けめぐる。

来生恭子は読み解ける者のためだけに言葉を残し、そして静かに死んだ。

浮遊する魂。

わたしは今、あらゆる思いから引き離されて、疼く本能を抱えた骨一本となって、ここに破滅する。漆黒《しっこく》の闇に呑まれて、漂う海原に無形となり、わたしの思いは永遠に流浪する。

彼女は正気であったような気がする。そして三村は、それを知っていたような気がする。真由美の部屋に眠っていた来生恭子の作品は、帝京出版の嶋の後押しで出版が始まった。

大阪の油染みた町工場で、一台の車が整備のために持ち上げられていた。古い外車で、臙《えん》脂《じ》色の塗装はすっかり光を失っていた。

「右のライトが点《つ》かなくなって。それからウォッシャー液がでる穴が詰まったみたい。助手席も前に出ないんです。もらいものなんで贅沢はいえないんですけど」

若い工員は屈託なく笑った。

「古いですからね。でもいい車ですよ。明日までには見ときます」

工員はライトの球を取り替えて、ウォッシャー液の出る穴を掃除した。ワックスが詰まっているだけだった。それから助手席が前に出ない原因を調べるためにその座席を外して持ち上げた。彼は古い車を大切に乗るということが好きだった。車だってペットと同じ、いや、人と同じ、乗り手の歴史を共有して老いていくのだから。ただの鉄の塊《かたまり》だと思うのは大間違いだ。

貰い物だと言っていたが、前の乗り手は独身の女性に違いない。家族持ちだと座席を持ち上げた時、いろんなものが出てくるのだ。菓子が散乱していたり、ティッシュの箱がへしゃげていたり。子供の積み木やブロックがごろごろしていることもある。その座席の下にはそんなものは一つもなかった。とても綺麗だった。女のスカートの下を覗いたようななまめかしささえあるほどに、綺麗だった。

金具の留まり具合が悪かっただけだ。工員はそれを直して座席を元に戻そうとして、手に柔らかなものがあたるのを感じた。

ガムのようだった。彼は先の気持ちのよさを壊されたような気がして、ちょっと寂しかった。しかし噛んだあとのガムの固まりにしては大きい。彼は指で摘んで取り上げた。

摘むと柔らかくへこむ。この弾力はなんだろう。

つなぎでゴシゴシと拭いて眺めて、彼はああと微笑《ほほえ》んだ。

「まだ終わらんのか」と同僚の声がした。

「もう終わりや」と彼は狭い中から怒鳴り返した。そして見つけたものを、どうするとも考えが付かず、そのまま足元に置いた。

深いブルーのマットの上で、それはコロンと転がった。すっかり汚れて黒くなってはいたが、工員が磨いた所だけが元の色を取り戻していた。色あせたピンク色の小さなそれは、ロボットの形の消しゴムだった。

真夜中にあなたを見る目。
あなたは言語というものが存在すると思っているでしょ。
でも本当はそんなものはないのよ。
あれは幻想――あれは幻覚。

解説――驚くべきデビュー作、あるいは小説の魔

大森　望

あなたが手にとったこの本は、新人作家・望月諒子のデビュー長編にあたる。

文庫本とはいえ、聞いたこともない新人作家の、七百枚を超える（短いとは言えない）長編を読むにはリスクがつきまとう。お気に入りの作家が書いた未読の本がまだたくさんあるのに、海のものとも山のものともつかない小説をどうして読まなきゃいけないのか。

しかし、もしあなたが（ミステリに限らず）小説を心から愛しているなら、そして、膨大な量の新刊の山から自分で新しい才能を見つけ出す〝発見の喜び〟を味わいたいなら、『神の手』を強くお薦めする。読み終えたあとは、この小説とめぐりあえた偶然に、きっと心から感謝するはずだ。

とはいえ、これだけでは信用できないと思う人も多いだろうから、本書の内容について、すこしくわしく紹介してみよう。『神の手』は、小説を書くことの魔に憑《つ》かれたひとりの女性をめぐるミステリアスな物語として幕を開ける。

ものを書くというのはね、体の中に怪物を一匹飼っているのと同じなの。それは宿ったものの内部を餌にして成長し、いったん成長しはじめたら喰い尽くすまで満足しない。……底のない沼と知りながら、抗うことはできない。……わたしの中で赤ランプが点滅する。

しかし、かつてこう独白した女性、来生恭子は、三年前に謎の失踪を遂げたきり、いまも消息が知れない。三十歳から三十七歳まで、書いて書いて書きつづけ、そしてその作品が一度も日の目を見ないまま、来生恭子はいずこへともなく姿を消した。一万五千枚に及ぶ原稿を残して……。

この作家志望者にとりついた恐るべき魔の姿を、『神の手』は、関係者の証言を通して徐々に浮かび上がらせてゆく。

一応の主人公格（前半の視点人物）は、大手出版社の文芸誌（純文学小説誌）編集長、三村幸造。彼はある日、広瀬と名乗る神戸の医師からの電話を受ける。いわく、患者のひとりが急に自分は小説家だと言い出して困惑している。彼女（高岡真紀）はあなたに小説を見てもらっているというのだが、それは本当でしょうか。

そんな名前に心当たりはない。しかし、医師が告げた高岡真紀の作品タイトルを聞いて、三村は絶句する。「緑色の猿」。それは、かつて彼がよく知っていた作家志望の女性、来生恭子の作品名だった。しかも、その小説を読んだ人間は、三村以外だれもいないはず……。

電話の数日後、一通のぶあつい封筒が届く。差出人は高岡真紀。同封されていたワープロ打ちの原稿は、まちがいなく、来生恭子が七年近く前に書いた短編だった。いったいどういうことなのか？

封筒の電話番号を頼りに神戸在住の高岡真紀と連絡をとった三村は、東京で本人と対面する。その見知らぬ女は、「来生恭子は自分のペンネームだ」と主張する。そして、十年前に三村がはじめて来生恭子と出会ったときと同じせりふ、同じしぐさを反復してみせる。

事情を探るため、神戸の広瀬医師を訪ねた三村は、真紀が恭子の人生を自分の人生として語り、恭子が話した言葉を自分の言葉として話していることを知る。

「小説を書くということは意識と無意識の留め金を外し、漂う言葉を拾うこと。そして小説家っていうのは心の中に怪物を一匹飼っているってこと。その怪物を育てることにより作家になりえ、その怪物に喰い尽くされて自殺する」

それは、三村がはっきり記憶している恭子の言葉と一語一句おなじだった。「まるで、その来生さんが高岡さんに取り憑いたみたいですね」といぶかしげに言う広瀬。

高岡真紀が来生恭子の経歴を詐称しているのか？　しかしふたりの間に接点はない。あるいは、来生恭子が真紀に乗り移って小説を書かせているのか？

謎が謎を呼び、三村が途方に暮れるのと同時に、読者も強烈な迷宮感覚に襲われる。いったいこの小説はどこへ向かおうとしているのか……。

個々の要素はありふれているのに（作家志望者、発表されなかった原稿、盗作疑惑、出版業界の内幕、「憑かれる」というホラー的なモチーフ）、まったく先が読めない。話がどう転がってゆくのか予想できないスリルとサスペンス。

しかし、こうしたプロットの巧みさ以上に印象的なのは、高岡真紀の身の上話や、三村の回想、広瀬の証言から構築されてゆく来生恭子像だ。

彼女は文字通り、書くことに憑かれた女性だった。一週間の休暇をとり、はじめて書き上げた千枚の原稿を持って神戸から上京し、大きな鞄にコピーを詰めて出版社に持ち込みをしてまわった女。この「持ち込み作戦」のディテールが、彼女のデモニッシュな情熱を浮き彫りにする。たとえば広瀬は、来生恭子がはじめて持ち込みをした出版社の編集長から聞いた話として、以下のように語る。

「彼女は大きな鞄を力任せに引き上げて机の上に置いた。なにかのブランドの鞄で、そのファスナーを開けると段ボール箱が入っていた。その段ボールの綴じ目にテープが張ってあって、その綴じ目を手荒に引き裂いて開くと、中にぎっしりと原稿用紙が詰まっている。『その迫力たるや、なんだかいきなり札束を前にしたような感じがあった』——彼はそう言いましたよ。……正真正銘の千六十二枚。ご丁寧に原稿用紙にワープロで打ってあったんですが、それで膨らむんでしょうね、彼の記憶では、ゆうに二十センチはあったそうです」

「そんなに持ち歩いているんですかと問うと彼女は、七部刷りました。持ち歩いているのは四部です。その印刷屋を探すのに一苦労でした。東京は全然知らないし、番号案内で山手線沿線の印刷屋を聞いて、一日がかりでいちばん安いところを探しましたと言ったそうです。二日前に来て、昨日一日で印刷屋と交渉をして、今朝できたコピーを受け取ったと言った」

あるいは三村の回想——。

あの日、来生恭子はほとんど初対面の彼の前で、自分が作家になることは人類のためだと言い放ったのだ。

それは一人の女の身のほど知らずな暴言とは一線を画していた。時として作家はそういう間歇泉を噴き上げるのだ。作家は——真正の作家は、ある種、狂人だと三村は常々感じていた。かれらは時々磁場に入り込んだように日常的な自分の姿を失う。……あの日の彼女には、編集者の魂のどこかを揺さぶる狂信的な熱情があった。

来生恭子をめぐるこうした断片的な逸話の異様なまでの生々しさが、ミステリの枠を超えた個性と輝きを作品に与える。いやむしろ、書くことのデーモンがジャンルの壁を食い破り、その向こうから暗い深淵が顔を覗かせるというべきか。

「怪物と闘う者は、みずからも怪物とならぬよう心すべし。忘れてはならない。深淵を見つめるときは、深淵もまたこちらを見つめている」とはニーチェの言葉だが、『神の手』はまさに、みずからも怪物となってしまった女性の姿をリアルに描き出す。そして読者は否応なく、深淵から見つめ返されているような気分を味わうことになる。

おなじ怪物に魅入られたことのない人は、いまどき小説を書くぐらいでなにをおおげさな——と思うかもしれない。本が売れないこのご時世に、小説で食っていこうなんて考えがそもそも間違ってるんじゃないの？

しかし、ほとんどの作家志望者は、金儲けがしたくて作家になりたがっているわけではない。やむにやまれぬ衝動、あるいは書くことのデーモンにとり憑かれて、一文にもならなくても小説を書きつづけ、なんとかして作家になりたいと切望する人は、今の日本にもあふれている。無数の公募新人賞には、あいかわらず数百の（場合によっては千を超える）応募があるし、2ちゃんねる創作文芸板の各スレッドに目を通せば、そうした作家志望者たちの生の声に触れることもできる。

来生恭子をめぐるリアルすぎるエピソード群にはおそらく著者の実体験がある程度投影されているのだろうし、この小説自体が、その怪物との戦いの産物だとも言える。しかし『神の手』は、読者を無視して文学的なテーマをひとりよがりに追求する小説ではない。著者はこの怪物になんとか手綱をつけ、ぎりぎりのところでエンターテインメントに踏みとどまり、（驚いたことに）小説をミステリとしての合理的な決着に向かわせる。

そのための探偵役として中盤から登場するのが、フリーの中堅ジャーナリスト、木部美智子。彼女の取材活動を描くパートは、あえて私立探偵小説的な定型を守ることで、迷える読者の道案内を果たしてくれる。秩序と混沌。論理的なミステリと、非合理なホラー。ふたつのベクトルが真っ向から衝突し、『神の手』はダイナミックな緊張感を孕《はら》んだまま結末へ雪崩《なだ》れ込んでゆく。

　謎解き場面の処理など、たしかにまだまだ荒削りな箇所も多いが、うるさがたのミステリ読者さえも強引にねじ伏せる力が本書にはある。忘れがたい印象を残す一冊になるはずだ。

　最後に、この小説の成立事情について触れておこう。

　大森がはじめて『神の手』を読んだのは、今から二年半前のこと。旧知の編集者から読んでほしいと頼まれ、たいして気が乗らないままページをめくりはじめて仰天。こんな才能がなぜ埋もれていたのかといぶかしみつつ、「e文庫」でオンライン出版されたバージョン（林雅子名義。http://www.ebunko.ne.jp/hayashi.htm）に解説めいた文章を書いた（このサイトに併設されている掲示板では、読者の熱っぽい感想も読める）。

　新人作家の電子出版デビューという先駆的な試みだが、オンライン小説全体の有料ダウンロード販売はまだまだ世間的に認知されていない。まして新人の長編とあっては、数十部も売れればいいところだろう——そう思い込んでいたのだが、作品の力がなせる業か、読者の目が肥えていたのか、この電子版『神の手』はオンライン書籍としては異例の大ヒットを記録。その余勢をかって、ついにこうして集英社文庫に収録され、書店の店頭に並ぶ日が来た。この原稿を書くためにひさしぶりにまた『神の手』を読み返したのだが、話の展開がわかっていても、やはりまた物語に引き込まれ、最後まで一気に読んでしまった。賞金一千万円クラスのミステリ系新人賞から鳴り物入りで登場する長編とくらべても、小説のパワーや密度はけっしてひけをとらない。それどころか、新人のデビュー作としては年間ベスト級の出来栄えだと思う。この驚くべき第一長編が、そのクォリティにふさわしい、より多くの読者を獲得することを願ってやまない。

なお、『神の手』の続刊として、本書で探偵役をつとめた木部美智子が登場する二長編が刊行予定とのこと。遅れてきた新人作家、望月諒子の飛躍に期待したい。

集英社文庫　目録（日本文学）

村山由佳　聞きたい言葉　おいしいコーヒーのいれ方Ⅸ
村山由佳　天使の梯子
村山由佳　夢のあとさき　おいしいコーヒーのいれ方Ⅹ
村山由佳　ヘヴンリー・ブルー
村山由佳　蜂蜜色の瞳　おいしいコーヒーのいれ方 Second Season Ⅰ
村山由佳　明日の約束　おいしいコーヒーのいれ方 Second Season Ⅱ
村山由佳　約束　―村山由佳の絵のない絵本―
村山由佳　消せない告白　おいしいコーヒーのいれ方 Second Season Ⅲ
村山由佳　凍える月　おいしいコーヒーのいれ方 Second Season Ⅳ
村山由佳　雲の果て　おいしいコーヒーのいれ方 Second Season Ⅴ
村山由佳　彼方の声　おいしいコーヒーのいれ方 Second Season Ⅵ
村山由佳　遥かなる水の音
村山由佳　記憶の海　おいしいコーヒーのいれ方 Second Season Ⅶ
村山由佳　地図のない旅　おいしいコーヒーのいれ方 Second Season Ⅷ
村山由佳　放蕩記
村山由佳　天使の柩

村山由佳　La Vie en Rose ラヴィアンローズ
村山由佳　ありふれた祈り　おいしいコーヒーのいれ方 Second Season Ⅸ
村山由佳　猫がいなけりゃ息もできない
村山由佳　晴れときどき猫背　そして、もみじへ
村山由佳　てのひらの未来　おいしいコーヒーのいれ方 Second Season：アナザーストーリー
村山由佳　BAD KIDS
村山由佳　海を抱く　BAD KIDS
群ようこ　トラちゃん
群ようこ　姉の結婚
群ようこ　でも女
群ようこ　トラブルクッキング
群ようこ　働く女
群ようこ　きもの365日
群ようこ　小美代姐《こみよねえ》さん花乱万丈《からんばんじょう》
群ようこ　ひとりの女
群ようこ　小美代姐さん愛縁奇縁

群ようこ　小福歳時記
群ようこ　母のはなし
群ようこ　衣もろもろ
群ようこ　衣にちにち
群ようこ　ほどほど快適生活百科
群ようこ　しない。
群ようこ　いかがなものか
室井佑月　血《あか》い花《はな》
室井佑月　作家の花道
室井佑月　ああ〜ん、あんあん
室井佑月　ドラゴンフライ
室井佑月　ラブ ゴーゴー
室井佑月　ラブ ファイアー
タカコ・半沢・メロジー　もっとトマトで美食同源！
毛利志生子　風の王国
茂木健一郎　ピンチに勝てる脳

集英社文庫 目録（日本文学）

百舌涼一 生協のルイーダさん あるバイトの物語
百舌涼一 中退サークル
持地佑季子 クジラは歌をうたう
持地佑季子 七月七日のペトリコール
望月諒子 神の手
望月諒子 腐葉土
望月諒子 田崎教授の死を巡る 桜子准教授の考察
望月諒子 鱈目《たらめ》講師の恋と呪殺。 桜子准教授の考察
望月諒子 呪い人形
森絵都 永遠の出口
森絵都 ショート・トリップ
森絵都 屋久島ジュウソウ
森絵都 みかづき
森鷗外 舞姫
森鷗外 高瀬舟
森達也 A3《エースリー》(上)(下)

森博嗣 墜ちていく僕たち
森博嗣 工作少年の日々
森博嗣 ゾラ・一撃・さようなら Zola with a Blow and Goodbye
森博嗣 暗闇・キッス・それだけで Only the Darkness or Her Kiss
森まゆみ 寺暮らし
森まゆみ その日暮らし
森まゆみ 旅暮らし
森まゆみ 貧楽暮らし
森まゆみ 女三人のシベリア鉄道
森まゆみ いで湯暮らし
森まゆみ 『青鞜』の冒険 女が集まって雑誌をつくるということ
森まゆみ 彰義隊遺聞
森まゆみ 森まゆみと読む 林芙美子「放浪記」
森まゆみ 『五足の靴』をゆく 明治の修学旅行
森瑤子 情事
森瑤子 嫉妬

森見登美彦 宵山万華鏡
森村誠一 壁の目 新・文学賞殺人事件
森村誠一 終着駅
森村誠一 腐蝕花壇
森村誠一 山の屍
森村誠一 砂の碑銘
森村誠一 悪しき星座
森村誠一 黒い神《み》座《くら》
森村誠一 ガラスの恋人
森村誠一 社《しゃ》奴《と》
森村誠一 勇者の証明
森村誠一 復讐の花期 君に白い羽根を返せ
森村誠一 凍土の狩人
森村誠一 悪の戴冠式
森村誠一 社賊
森村誠一 誘鬼燈

集英社文庫　目録（日本文学）

森村誠一　死《し》媒《ばい》蝶《ちょう》
森村誠一　花の骸《むくろ》
森本浩平・編　沖縄。人、海、多面体のストーリー
諸田玲子　月を吐く
諸田玲子　髭麻呂　王朝捕物控え
諸田玲子　恋縫
諸田玲子　おんな泉岳寺
諸田玲子　狸穴《まみあな》あいあい坂
諸田玲子　炎天の雪(上)(下)
諸田玲子　恋かたみ　狸穴あいあい坂
諸田玲子　四十八人目の忠臣
諸田玲子　心がわり　狸穴あいあい坂
諸田玲子　今ひとたびの、和泉式部
諸田玲子　尼子姫十勇士
諸田玲子　嫁ぐ日　狸穴あいあい坂
八木圭一　手がかりは一皿の中に
八木圭一　手がかりは一皿の中に　ご当地グルメの誘惑
八木圭一　手がかりは一皿の中に　FINAL
八木澤高明　青線　売春の記憶を刻む旅
八木澤高明　日本殺人巡礼
八木原一恵・編訳　封神演義　前編
八木原一恵・編訳　封神演義　後編
矢口敦子　祈りの朝
矢口敦子　最後の手紙
矢口敦子　海より深く
矢口敦子　炎より熱く
矢口史靖　小説　ロボジー
薬丸岳　友罪
八坂裕子　幸運の99%は話し方できまる！
八坂裕子　言い返す力　夫・姑・あの人に
安田依央　たぶらかし
安田依央　終活ファッションショー
安田依央　ひと喰い介護
安田依央　四号警備　新人ボディガード久遠航太《くどおこうた》の受難
柳広司　百万のマルコ
柳澤桂子　愛をこめ　いのち見つめて
柳澤桂子　生命《いのち》の不思議
柳澤桂子　ヒトゲノムとあなた
柳澤桂子　すべてのいのちが愛《いと》おしい　生命科学者から孫へのメッセージ
柳澤桂子　永遠のなかに生きる
柳澤健　1974年のサマークリスマス　林美雄とパックインミュージックの時代
柳田国男　遠野物語
柳田由紀子　宿無し弘文　スティーブ・ジョブズの禅僧
矢野隆　蛇衆
矢野隆　慶長風雲録
矢野隆　斗《とう》棋《ぎ》
矢野隆　琉球建国記
矢野隆　至誠の残滓

集英社文庫　目録（日本文学）

山内マリコ　パリ行ったことないの
山内マリコ　あのこは貴族
山川方夫　夏の葬列
山川方夫　安南の王子
山口百恵　蒼い時
山﨑宇子　ラブ×ドック
山崎ナオコーラ　「ジューシー」ってなんですか？
山田詠美　メイク・ミー・シック
山田詠美　熱帯安楽椅子
山田詠美　色彩の息子
山田詠美　ラビット病
山田かまち　17歳のポケット
山田裕樹・編　智に働けば　石田三成像に迫る十の短編
山田吉彦　ONE PIECE勝利学
山中伸弥・畑中正一　ひろがる人類の夢　iPS細胞ができた！
山前譲・編　文豪の探偵小説

山前譲・編　文豪のミステリー小説
山本一力　銭売り賽蔵《さいぞう》
山本一力　戌亥《いぬい》の追風《おいて》
山本兼一　雷神の筒
山本兼一　ジパング島発見記
山本兼一　命もいらず名もいらず(上)　幕末篇
山本兼一　命もいらず名もいらず(下)　明治篇
山本兼一　修羅走る　関ヶ原
山本巧次　乳頭温泉から消えた女
山本文緒　あなたには帰る家がある
山本文緒　ぼくのパジャマでおやすみ
山本文緒　おひさまのブランケット
山本文緒　シュガーレス・ラヴ
山本文緒　まぶしくて見えない
山本文緒　落花流水
山本雅也　キッチハイク！　突撃！　世界の晩ごはん　～アンドレアは素手でパリージャを焼く編～

山本雅也　キッチハイク！　突撃！　世界の晩ごはん　～ソフィーはタジン鍋より圧力鍋が好き編～
山本幸久　笑う招き猫
山本幸久　はなうた日和
山本幸久　男は敵、女はもっと敵
山本幸久　美晴さんランナウェイ
山本幸久　床屋さんへちょっと
山本幸久　GO！GO！アリゲーターズ
山本幸久　大江戸あにまる
唯川恵　さよならをするために
唯川恵　彼女は恋を我慢できない
唯川恵　OL10年やりました
唯川恵　シフォンの風
唯川恵　キスよりもせつなく
唯川恵　ロンリー・コンプレックス
唯川恵　彼の隣りの席
唯川恵　ただそれだけの片想い

集英社文庫 目録（日本文学）

集英社文庫　目録（日本文学）

集英社文庫 目録（日本文学）

わかぎゑふ　花咲くばか娘
わかぎゑふ　大阪弁の秘密
わかぎゑふ　大阪人の掟
わかぎゑふ　大阪人、地球に迷う
わかぎゑふ　正しい大阪人の作り方
若桑みどり　クアトロ・ラガッツィ(上)(下)　天正少年使節と世界帝国
若竹七海　サンタクロースのせいにしよう
若竹七海　スクランブル
和久峻三　夢の浮橋殺人事件　あんみつ検事の捜査ファイル
和久峻三　女検事の涙は乾く　あんみつ検事の捜査ファイル
和田秀樹　痛快！心理学 入門編　—なぜ僕らの心は壊れてしまうのか
和田秀樹　痛快！心理学 実践編　—どうしたら私たちはハッピーになれるのか
渡辺淳一　白き狩人
渡辺淳一　麗《うるわ》しき白骨
渡辺淳一　遠き落日(上)(下)
渡辺淳一　わたしの女神たち
渡辺淳一　新釈・からだ事典
渡辺淳一　シネマティク恋愛論
渡辺淳一　夜に忍びこむもの
渡辺淳一　これを食べなきゃ
渡辺淳一　新釈・びょうき事典
渡辺淳一　源氏に愛された女たち
渡辺淳一　マイ センチメンタルジャーニィ
渡辺淳一　ラヴレターの研究
渡辺淳一　夫というもの
渡辺淳一　流氷への旅
渡辺淳一　うたかた
渡辺淳一　くれなゐ
渡辺淳一　野わけ
渡辺淳一　化身(上)(下)
渡辺淳一　ひとひらの雪(上)(下)
渡辺淳一　鈍感力
渡辺淳一　冬の花火
渡辺淳一　無影燈(上)(下)
渡辺淳一　孤舟
渡辺淳一　女優
渡辺淳一　仁術先生
渡辺淳一　花《はな》埋《うず》み
渡辺淳一　男と女、なぜ別れるのか
渡辺淳一　医師たちの独白
渡辺将人　大統領の条件　アメリカの見えない人種ルールとオバマの前半生
渡辺優　ラメルノエリキサ
渡辺優　自由なサメと人間たちの夢
渡辺優　アイドル　地下にうごめく星
渡辺優　悪い姉
渡辺雄介　MONSTERZ
渡辺葉　やっぱり、ニューヨーク暮らし。
渡辺葉　ニューヨークの天使たち。

集英社文庫　目録（日本文学）

綿矢りさ　意識のリボン
綿矢りさ　生のみ生のままで(上)(下)

＊

集英社文庫編集部編　短編復活
集英社文庫編集部編　短編工場
集英社文庫編集部編　おそ松さんノート
集英社文庫編集部編　はちノート—Sports—
集英社文庫編集部編　短編少女
集英社文庫編集部編　短編少年
集英社文庫編集部編　短編学校
集英社文庫編集部編　短編伝説　めぐりあい
集英社文庫編集部編　短編伝説　愛を語れば
集英社文庫編集部編　短編伝説　旅路はるか
集英社文庫編集部編　短編伝説　別れる理由
集英社文庫編集部編　短編アンソロジー　味覚の冒険
集英社文庫編集部編　短編アンソロジー　患者の事情
集英社文庫編集部編　よまにゃノート
集英社文庫編集部編　よまにゃ自由帳
集英社文庫編集部編　短編宇宙
集英社文庫編集部編　STORY MARKET　恋愛小説編
集英社文庫編集部編　よまにゃにちにち帳
集英社文庫編集部編　短編ホテル
集英社文庫編集部編　短編アンソロジー　学校の怪談
集英社文庫編集部編　よまにゃハッピーノート
集英社文庫編集部編　短編宝箱
集英社文庫編集部編　短編旅館
青春と読書編集部編　COLORSカラーズ
短編プロジェクト編　非接触の恋愛事情
短編プロジェクト編　僕たちは恋をしない

集英社文庫

神《かみ》の手《て》

2004年 4 月25日　第 1 刷　　定価はカバーに表示してあります。
2023年 4 月16日　第10刷

著　者　望月諒子《もちづきりょうこ》

発行者　樋口尚也

発行所　株式会社　集英社
東京都千代田区一ツ橋2-5-10　〒101-8050
電話　【編集部】03-3230-6095
【読者係】03-3230-6080
【販売部】03-3230-6393（書店専用）

印　刷　図書印刷株式会社

製　本　図書印刷株式会社

フォーマットデザイン　アリヤマデザインストア　　マークデザイン　居山浩二

ISBN978-4-08-747691-0 C0193